U0667715

亞聖宗孫孟慶利題

詩詞集

崇明頌

主编　崇明县经济促进会

李殿仁題

文匯出版社

崇明颂诗词集在版编目

总 创 意：乐后圣

策　　划：沈　岳　陈继明

主　　编：崇明县经济促进会

支　　持：崇明县文化广播影视管理局

特别支持：王士明

编 委 会：（以姓氏笔画排列）

　　　　　　王士明　江荣清　邱振培　沈汉章

　　　　　　沈　岳　沈冠军　陆顺章　陈继明

　　　　　　殷惠生　郭树清　黄汉江　龚家政

执行主编：沈　岳　江荣清　郭树清

序

——崇明文脉的寻觅

叶辛

　　秋日,友人郭树清、岑毅送来《崇明颂·散文集》和《崇明颂·诗词集》两本带着墨香的清样,请我作序。此书在崇明县委、县政府重视和县文化广播影视管理局的支持下,由崇明县经济促进会主编,文汇出版社出版。细读书的清样,似乎经历了一次长久、难忘的崇明文化之旅。行走字里行间,沿途望风景、观历史、看风俗、品人文,我不禁被扑面而来裹着海风潮韵的崇明文脉气息所吸引、撞击和诱惑,深深地沉浸和陶醉其中。

　　从贵州调回上海工作的二十五六年间,我曾十多次应邀踏上崇明热土,对这里的自然和人文景观留下了难忘印象。特别是近年来阅读了崇明籍上海作家郭树清辛勤笔耕的《崇明情缘》《崇明风韵》《崇明风情》等散文集,以及出席由崇明县县委宣传部、崇明县经济促进会、崇明县教育局、文广局等联合组织召开的《崇明风韵》座谈研讨会,我更感受到崇明人文景观和自然风光无穷的魅力。

记得 2014 年 10 月 15 日，我有幸参加了在北京召开的中央文艺座谈会，聆听了习近平总书记的重要讲话。他强调，"文化是民族生存和发展的重要力量。人类社会每一次跃进，人类文明每一次升华，无不伴随着文化的历史性进步"。"艺术可以放飞想象的翅膀，但一定要脚踩坚实的大地"。"文艺创作不仅要有当代生活的底蕴，而且要有文化传统的血脉。中华优秀传统文化是中华民族的精神命脉"。从习总书记在中央文艺座谈会上论述的文艺作品创作观观照，《崇明颂》的两本集子，在挖掘、传承和弘扬中华文化的组成部分——崇明文脉上作了难能可贵的努力，且彰显厚重的社会价值和意义。

《崇明颂·散文集》《崇明颂·诗词集》入选的 50 多篇散文、200 多首诗词，从不同视角、不同侧面寻觅崇明文脉的多姿多彩，破译或解读崇明文脉背后的特有文化基因，给读者分享崇明文化的获得感。综观全书，它清晰地呈现四个特点：

一是写景，讴歌崇明大好风光，传递崇明文脉魅力。散文《东海明珠观落日》，以优美细腻的笔调，把长江落日所见的变化莫测的神奇及愉悦写得美轮美奂。《北湖，崇明岛的一颗蓝色宝石》，叙述和描写了目前上海最大的人工湖和首个人工"咸水湖"的美丽景色和作者面对这一未来上海"水岛后花园"的期待。《瀛洲处处是画卷》，描写了改革开放 30 多年来，崇明绿色生态岛上东滩湿地、渔家游和前卫等度假村、东平国家森林公园、明珠湖、陈家镇等各具特色的美妙景观。从这些诗情画意笼罩的自然美景中，传递出崇明文脉所具有的天然魅力。《诗词集》也大多关注崇明各类景点、景色、景观，以及游览观景的体验感受，而且往往从四季自然生态的风景切入，触景生情，赞美了宝岛之美。

二是状物，折射崇明文脉情结。散文《神力石海箭》，叙述了在过去生产力低下的年代，崇明石匠打造的石海箭对防止岸滩冲刷、保护滩涂稳定，保持崇明环岛河势定力的功效，它已成为崇明石匠文化之一。《银杏情思》，写了目前崇明全岛列入保护的 15 株银杏中树龄最长的一棵——400 余年的家乡银杏树，历经风雨沧桑依然保持着枝杆挺拔、英姿勃发的身姿，从中可见崇明生态文化的影子。另外，《家乡的大灶》《从崇明灶花到移动壁画》《羊肉酒粄》《舌尖上的难忘》等，从各类生活用具、物品、特产、食物等写实，可见崇明文脉的情结。《诗词集》中的《六十年来住房谱》，通过家庭文化载体——住房谱，反映崇明村民从"呱呱坠地挤茅庐"，到"双亲两墅享儿福"的今昔生活巨变。还有不少诗词通过土布、雕花床板、灶花、大米、老白酒、崇明蟹、白山羊、黄金瓜等"物"有感而发的抒情，以小见大，让读者直接感受到浓浓的崇明传统文化的滋味。

三是叙事，凸显崇明文脉风俗。不少散文在叙事中，较集中地反映崇明文脉中传统风俗的现象。《白居易在瀛洲改诗》，把唐代大诗人白居易在岛上改诗解字谜的传说，写得情节迭出、妙趣横生、富有韵味，增添了崇明传统文化风俗的内涵。《崇明"出会"风俗趣谈》通过庙宇宗教活动关系密切的初会（出会）的民间祭祀故事的生动叙述，不仅探寻其社会历史文化背景，而且揭示其对民间娱乐性活动和集市商贸交易繁荣的推力作用。《崇明，淳朴的乡风民俗》《崇明红白喜事沿革》，直接凸显崇明风俗。《诗词集》不少内容—方面反映崇明乡间传统风俗，如，《故乡习俗》（十首）、《三岛民俗》《正月半回崇明祭祖》，从多个视点聚焦崇明风俗。另一方面《上海长江隧桥吟》等诗词延伸传统文脉，以今天的视角，赞美了改革开放春风催生的上海长江隧桥等宏伟建筑的风貌。

四是塑人，揭示崇明文脉神韵。一些散文和诗词，通过叙述、描写、点赞广义的崇明人、故乡人、长寿人、知青、老干部、三峡移民、草根文化人士等，着力表观崇明人民勤劳、纯朴、勇敢、宽厚、向上的精气神。如，散文《勤劳勇敢的"崇沙帮人"》，表现了崇明人勤劳勇敢、艰苦创业、奋发向上的品质；《我不是过客，是归人》《风雪人生路，难忘故乡情》等，表现了崇明故乡人丰富的情感世界和性格特点；诗词《知青艺术馆》《题知青文化艺术中心》，不仅捕捉到知青群体的特征；而且在一定程度上表现了知青文化的精神内涵。散文《高风亮节——记离休干部陈继明二三事》，讴歌了崇明老干部典型的廉洁奉公情操。《一个"淡"字，铸就长寿》，诠释了崇明人长寿的奥秘。

尤其值得一提的是,沈岳的散文《崇明之韵》通过土之韵、水之韵、人之韵、园之韵、食之韵、俗之韵、梦之韵等层面,多棱角地体现了崇明文脉的鲜明特点,从某种意义上说,它成为崇明自然生态和人文脉络的缩影。《天人合一的经典之作——崇明岛成因探》则把历史传记、史料、科研成果和文学描述糅为一体,不仅揭开了崇明岛天人合一的历史文化基因,而且将崇明文脉起点、积淀和走向尽收笔下。郭树清《堡镇老街》等9篇散文,也从景、物、人、事四个侧面,映现了崇明传统文化的亮色。而郭化若的《崇明岛》,把崇明地理文化环境的独特性刻画得淋漓尽致,令人惊叹。

从宏观视角看,崇明在漫长历史的进程中,开启、演绎、积淀、形成和发展了宝贵的崇明地域文脉,包括历史文化、生态文化、农耕文化、景观文化、旅游文化、民俗文化、乡土文化、知青文化、人文文化、长寿文化等。崇明有史以来,正是因为有其海岛文化价值引领、覆盖和渗透,世世代代的崇明人才一直魂有定所、行有依归。"文章合为时而著,歌诗合为事而作。"《崇明颂》的每一篇散文,每一首诗词,不仅文以载道,传递真善美的正能量,给世人了解、熟悉和感悟崇明的风光和文脉提供了特有的视角,且在客观上保护、传承和弘扬了经济社会发展中可能断层、流失的崇明文化元素和现象。在眼下《崇明颂》的这两本集子中,几乎都可以找到崇明文脉的踪影。

　　我想，无论是崇明人、城市人，还是外乡人，只要你的眼光触及《崇明颂·散文集》《崇明颂·诗词集》，就会深深地被文中所跳跃的崇明文脉元素所感染，就会身临其境与崇明海岛同呼吸，就会与书中所表达、讴歌的独特的景、物、事、人发生深深的共鸣。这正是本书的文学性所在。

　　原"崇明颂"伴随着海岛文化对外影响力的拓展，唱响中华大地，成为今天中国走向世界的一张靓丽名片。

　　是为序。

2015 年秋于上海

（本文作者为中国作协副主席）

目
录 Contents

龚家政

郭化若①

崇 明 岛

禹域长龙吐一珠，
江心双锁如航途。
枕戈沧海观千变，
砥柱函关辟万夫。
禾浪翻金吴野阔，
云霞唤曙梦天舒。
九州别有人山险，
万国争传八阵图。

① 郭化若(1904—1995)，福建福州人。黄埔四期毕业。中国人民解放军中将。曾任红一方面军代参谋长、毛泽东的军事秘书、三野九兵团政委、军事科学院副院长。

丁 芒

崇明诗书画

崇明四望水连天，一片生机似火燃。
谁掌大潮驱海立，吟风唱雨有诗仙。

王世范

团 结 沙

驱车游览团结沙,港汉滩涂处处佳。
茫茫一片连天绿,姣姣数群解语花。
国际会场耸碧落,五星宾馆笼云霞。
东陲如此多妖媚,吸引天下开发家。

东滩候鸟保护区

瀛洲东陲芳草姣,恰是候鸟栖息桥。
凌晨白鹭群觅食,暮夕丹鹤独窥瞧。
银燕翩翩逐浪去,黄鹂娓娓编歌谣。
往昔人近拍翅走,今朝客至曼舞邀。

江荣清

长 寿 乡 赞 歌

欲访熙熙耄耋郎，请来绿岛寿星乡。

童颜鹤发精神气，书画棋牌福乐康。

菜在屋前随意摘，粮存囤里放心尝。

问渠哪有长生诀？水洁天蓝国运昌。

欢迎你们再来崇明

金秋圆月照心头，浩荡清风载客游。

百啭黄莺新曲美，长嘶铁骑壮姿优。

农家难得休闲乐，脉络从来血畅流。

目送飞鸿南下路，春雷一炸即来洲。

三峡移民到崇明①（二首）

一

青山笑点头，绿水伴川舟。

君为千秋业,搬家到渚洲。

二

苗自四川来,崇明合力栽②。
东风催日月,济济育良材。

① 2000 年 8 月 17 日,首批四川平阳县 150 户移民到崇明,
受到上海市、崇明县领导、群众的热烈欢迎,当地派出 50 辆车送
他们到落户各点。

② 移民徐某携黄桷树苗来崇明,栽种在新居宅前,电视有报道。

崇 明 长 寿 乡

老君王母下东瀛,地杰天灵百鸟鸣。
考证寿星宜住地,崇明第一不虚名。

崇 明 灶 花

民间艺术有奇葩,自古崇明爱灶花。
壁上鱼虾锅里粟,千秋万代众人夸。

日军竖河大烧杀有感（二首）

一

竖河惨案数冤魂,永记倭灾血泪痕。
白骨废墟无辜命,化成史鉴震乾坤。

二

铁证如山刻汗青，屠刀举起骇心灵。
横尸古镇家家恸，直上天庭憾地冥。

崇明元宵夜景

惊雷彩雨漫天浇，玉兔银羊遍地潮。
江渚满街欢似海，千灯万众乐逍遥。

崇明"饮茶谈诗"会

盼来诗友近清明，轮渡专车笛共鸣。
宝塔赏心飞瀑泻，玫瑰悦目玉樽倾。
灵犀一点通南北，唐宋三千善仄平。
虽道春风常带湿，晨曦破雾即天晴。

崇明县老干部诗书画组①

直下飞龙戏翠珠，神州宝岛世间殊。
垂涎倭贼前朝罪，浴血英雄后代模。
学士从戎芦作伴，农工背井渚成途。
声声杜宇斜阳里，不老青松入画图②。

① 年初起，我曾应邀为该组讲填词知识、改稿、购物，参加
活动。

② 明朝常有倭贼骚扰崇明，县令唐一岑为抗倭捐躯。老干

部中多师生、工人和农民,在芦荡中抗日救国。晚年仍精神抖擞,
为崇明出力。

二月二,龙抬头

年年二月龙抬头,从此农忙直到秋。
乳白棚房秧迅长,金黄原野谷丰收。
家无衣食家难靖,国有精神国少羞。
癸巳春风今又是,三民村里巨龙遒。

崇 明 公 交

一轮圆月照心头,万里长风解众愁。
啭啭黄莺心曲美,飘飘白雪舞姿优。
蜜蜂酿得花欢笑,脉络相通血畅流。
喜越虹桥江底路,驱龙催马写春秋。

点绛唇·崇明

一泻东流,
沉沉绿舰迎涛走。
得天深厚,
宝玉含龙口。

鱼蟹源头,
人造林原秀。

君知否？
渚腰虽瘦，
却已千年久。

清平乐·瀛洲古村

古村虽小，
屋盖金黄草。
台上娇娘相俊巧，
球向谁人抛掉？

村前车水淙淙，
屋中石臼咚咚。
最趣独轮车手，
东歪西倒难纵。

西江月·夏游崇明

赤日高悬碧汉，
江心岛国清凉。
车船转辗旅程长，
端坐屏前遐想！

见报隧桥已贯，
眼球顷刻生光。

何忧雾重与风狂，
从此沪崇路畅！

卜算子·崇明俏

山雨伴君来，
龙口含珍宝。
树海林涛候鸟嘻，
天上人间少。

水里蟹鱼奇，
岸上童翁笑。
景似蓬莱寿似仙，
还是崇明俏。

卜算子·崇明杨刚民间音乐馆

乐馆驻乡间，
百万银来垒。
除了杨刚会有谁？
竭力搜精粹。

古调始瀛洲，
丝竹清新绮。
奏起琵琶大忽雷，
顷刻人声沸。

朱汉祥

贺新郎·夜行长江隧桥

霞落车桥接。

好灯光，

晚空映托，

幻成虹霓。

钢塔巍巍摩天翼，

斜索行行如阅。

诉浩荡，

涛声宽阔。

无限豪情齐涌起，

颂传奇，

空嘴凭谁说！

思漫漫，

进龙穴。

金鳌玉宇何方谒?
待来宾,
花滩翔鸟,
锦河沉月。
绿色丛中掀羊角,
引逗摇花舞听腊夜,
飞箫伴雪。
长路条条环绿岛,
看风光,
清雅培高洁。
湿地暖,
可抓鳖?

念奴娇·长江隧桥行

巨桥飞跨,
贯通了商旅,
北衢南辙。
瀛海东边方日出,
万卷金涛翻迭。
霞彩凌空,
风和送媚,
带笑巡龙穴。
豪情千丈,

任凭空嘴难说。

往有玉宇机声，
金鳌镜影，
料竟成虚设。
别话沧桑今恳约，
天下友朋观月。
晚唱渔舟，
情尽何超脱。
绿风三岛，
借机飞起腾越。

朱建邦

崇明龙抬头节

炒豆熏香引大龙,农耕社稷系天宫。

驱灾纳吉调风雨,治水兴云谷物丰。

四海图腾灵物敬,百花生日帝王弘。

虬蛟虚幻民间颂,根脉生存华夏中。

朱荣兴

登 南 门 江 堤

大堤拾级我登高，无尽长江滚滚涛。

壮垒雄堤凭浪拍，碧洲绿岛任逍遥。

吞波劈浪舳行畅，逐水追潮鸥独淘。

眺望江南工业景，近观生态寿星桃。

庄 奂

游 崇 明 岛

乘轮东渡访瀛洲,波涌金鳌托小楼。
湿地荒滩成景点,丛芦杂树绿成畴。
栈桥曲径迎宾客,碧水蓝天嬉鹭鸥。
蹑步行来怕惊扰,枝头宿鸟亮歌喉。

苏通大桥通车

箜篌谁携搁长江,敢是诗仙酒后狂。
凭此通天邀先哲,高山流水颂尧唐。

沙文达

水调歌头·崇明海塘巡

往事新潮涌，
百里海塘巡。
葱茏生态新貌，
胜过画中菁。
天上彩云起舞，
堤旁鸟语鸣啭，
拍岸浪涛声。
过了北湖界，
别处不须行。

同甘苦，
共患难，
历艰辛。

二十年逝将去，
时景似浮云。
敢与怒潮搏击，
敢冒狂风暴雨，
含笑颂功臣。
征途险情恶，
自有后来人。

沈　岳

崇　明　岛

巨龙口中绿宝珠，
巧夺天工长寿往。
陶公笔下桃源记，
千年实证无人注。

天翻地覆起悬殊，
瀛洲草民静养之。
忽闻新轮生态起，
崇明丰碑光明指。

"义诊"之感①

树高千尺不离根，
为人不忘养育恩；
他乡取得凌云志，

报恩竹马众乡亲。

　　① 义诊：崇明县经济促进会邀请上海几十家三级医院的崇明籍专家数次到崇明为父老乡亲义诊。

沈纪昌

美丽崇明

扬子中分两岸青，海江欢涌起涛声。
成群鸥雁凌空绕，连片村楼向日迎。
河港清流经纬织，野田香飘稻麦塍。
绿荫深处人情暖，宜居氧吧出寿星。

沈 志 仁

南 门 海 塘

长堤漫步行,绿树草菁菁。
夜幕观灯烁,晨曦听鸟鸣。
妪翁交谊舞,男女唱歌声。
留恋风光美,依依不舍情。

知 青 艺 术 馆

岁月何能去复来,青春无悔不疑猜。
重温昔日阳刚族,展示当年巾帼孩。
蓬荜生辉闪光泽,泥娃拔萃用人才,
缘逢斑发重相会,宾至如归酒宴开。

鹧鸪天·国家森林公园

繁茂华园气息清,
荷塘绿叶满纸荣。

纵深凉爽林间道，
横贯悠闲柳荫青。

香味溢，
闻芳馨，
花园鲜艳醉轻盈。
辉煌灿烂琉璃屋，
风景迷人留愫情。

鹧鸪天·垂钓

杨柳低垂丝软柔，
湖边倒影水中浮。
鱼儿活跃清波漾，
游客怡然自乐悠。

长钓竿，
系弯钩。
喷香食饵诱鱼投。
满弓蹦跳飞鳞片，
味美肥鲜杯酒酬。

鹧鸪天·水上乐园

一望无垠荡漾微，

清濂碧水且涟漪。
自然景致非常美，
独影姿容格外迷。

游艇快，
挂帆追，
乐园嬉水浪花飞。
轻声细语交情谊，
水上风光满意归。

鹧鸪天·攀岩

高入云霄陡壁崖，
崎岖险道尽边涯。
身临其境离天近，
俯首回环看地斜。

心稳定，
胆量佳，
无畏奋进敢冲爬。
践行万壑登山快，
赢得攀岩人赞夸。

鹧鸪天·知青墙

十万知青围海滩，
别离父母闯难关。
挑灯夜战芦花荡，
艰苦开创肥沃田。

水怨地？
岂憎天。
知青无悔献心丹。
无私谱写农场史，
喜看墙头隽永篇。

行香子·瀛洲公园

绿树花妍，
翠竹苍园。
拱桥边、
波浪清泉。
晨湖垂钓，
兴趣盎然。
看陶然亭，
红桥曲，

假山颠。

品茶赏景，
闲趣聊天。
儿童们，
跃马奔前。
姣姿伴侣，
情意绵绵。
见弹跳床，
架游艇，
滑梯欢。

摸鱼儿·瀛东生态村

看瀛东，
拓开新路，
艰难围垦基础。
养鱼起步沾优势，
种植业丰收黍。
心爱处，
最乐意、
高楼大厦农家户。
东隅刚曙。

再发展宏图，
迎宾游览，
度假喜欢去。

凉亭里，
翠竹丛林避暑，
心怡神悦如栖。
水塘垂钓鱼儿跳，
游艇嬉追飞鹭。
更好处，
农家乐、
来宾胜似归家住。
真诚情愫。
数业绩辉煌，
雄心壮志，
共享小康富。

沈仲敏

崇 明 土 布 吟

唧唧复唧唧，家家织布忙。

朝起三更月，夜傍灯火光。

身坐机扁担，机梭日夜吭。

三日不停梭，织成一匹长。

织女心灵巧，花布多呈祥。

织女手中线，全家油米粮。

春种一颗籽，秋冬变衣裳。

此是女儿功，婆家喜非常。

十五学机杼，十八作嫁妆。

婆母喜开颜，爹娘乐肚肠。

土布名声大，远销南北洋。

崇明织女多，世称衣被乡。

而今走进新时代，土布功能变收藏。

织女功劳永记取，织女精神永传扬。

前 卫 村

瀛岛从来誉天下，金鳌古迹美名昭。

农村远景今何在？前卫新村路一条。

绿华镇礼赞（五首）

一

生平好静少悠游，今日驱车豁远眸。

绿掩长堤千亩地，鱼塘似镜耀平畴。

二

江水滔滔卷急流，当年围垦展鸿猷。

千军万马争先上，多少英雄业绩留。

三

四十年来改旧观，新村伟业史无前。

园林蔬果家家富，处处鱼塘鹅鸭欢。

四

林荫遍地鸟争鸣，集镇繁华百业兴。

宝岛风光绿华美，天蓝地绿气纯清。

五

生态家园始建成，绿华处处展新程。

明珠湖水碧波漾，耄耋欢欣步履轻。

沈 娇 妍

春 夜 慢 归

春雷骤雨晚初停，
月影西回柳色青。
岸上红花新草伴，
孤灯照我叹伶仃。

思 乡

秉烛月缠绵，入我相思简。
一思亲人恋，思思泪涟涟。
二思故乡缘，丝丝心甜甜。
三思乡愁颜，世世手牵牵。

陆钧陶

沁园春·祝上海开放大学崇明分校三十周年校庆

校庆光临，
桃李芬芳，
斗艳比娇。
看机关事业，
门生济济；
教林学子，
才气昭昭。
白璧青草，
兼容广纳，
适应需求专业调。
经纶展，
为疏通瓶颈，
屡创新招。

卅年硕果妖娆，

赖协力同心共育苗。

祝崇明分校，

日新月异；

瀛洲教育，

浪涌波高。

集聚群贤，

因材施教，

三岛人才输送包。

更开放，

似雄鹰振翅，

直上云霄。

陈炳元

长寿岛（六首）

一

陈抟八百只虚传，瀛岛龄高赖自然。

氧吧连宇常开启，扑面风来味亦甜。

二

海上仙山无处寻，祖龙魂断望东溟。

不意时移千载后，蓬莱三岛聚崇明。

三

古稀不敢从心欲，唯恐亲严厉不容。

百二高堂黎杖下，垂髫华发俱顽童。

四

有山有水景宜人，有水无山水亦灵。

不见清溪千转后，激情无限护洲瀛。

五

桃魂李魄唱阳春，金风八月桂花馨。

梅横雪舞芳菲远,物尽天时寿自新。

六

夏日林荫春日花,秋来梨橘隐篱笆。
夕阳斜照轻烟淡,百岁青田喜摘瓜。

崇 明 粗 纱 布

银河滚滚浪层层,入暮飞梭到日升。
辛苦织成云万片,余存展馆作文凭。

三 岛 民 俗

三岛人文本一根,同风共俗一乡音。
婚丧喜庆乐声响,送老迎新爆竹升。
住户零星无聚落,家居进退有章程。
高楼拔地连成片,屋宇纵横互串邻。

过上海长江大桥(新韵)

大江浩荡向东溟,春日斜晖万点金。
涌动烟涛频起落,临波鸥鸟偶浮沉。
长桥飞架无灵鹊,铁索斜牵有巨琴。
巴士穿梭各踏浪,擎天妙手奏流云。

三 沙 洪

此水原来是海流,三沙偎抱系千秋。

明珠照海龙涎宝，沃土横江水陆洲。
乳汁融流优子女，狂涛怒卷制倭酋。
屡经改道成新貌，生态园林两岸楼。

采桑子·水车

长龙铁骨铮铮接，
世代相连，
唐宋元明，
碧水长流斗旱天。

板横轴转银波涌，
汩汩清泉，
弯道回旋，
稻谷香飘润万年。

望海潮·崇明岛

横戈沧海，
中流柱砥，
江涛暗换年华。
烟柳弄晴，
长河翠绕，
双洪逐浪天涯。
鸥起戏鲸鲨。

雁征碧空远，
鸾舞琼花。
李白桃红，
漫留春色驻瀛沙。

迷蒙烟雾轻纱。
有虹飞海口，
墩到陈家。
桥引启东，
途通沪陕，
运输水陆交叉。
熙挤尽船车。
揽月望崇渚，
披彩流霞。
吴楚明珠耀闪，
光转宋唐衙。

扁 舟 渡
——从老滧港东渡长兴岛

扁舟吨半十匹机，轻歌起步大江西。
日偏船行近潘石①，江面恶变风浪起。
浊浪排空为山倒，小船飘摇跌浪底。
船前船后尽是浪，唯见头顶黑云飞。
船机轧轧顶浪上，刹那船上浪峰巅。

浪击船抛篷拍响，急浪推拉铁船皮②。

浪峰浪巅次第滚，恰如片叶逐浪移。

海豹惊惶瑟瑟抖，东歪西倒不自主③。

妻子紧抓我左手，浪花打湿身上衣。

若有意外莫管我，径自游水逃命去。

此是钱币二千五，孩子开学莫差迟。

船离岸陆三十米，浪击江堤雪纷飞。

如若船覆生意外，狗扒式泳济何事？

把舵小子年十八，紧抓舵杆盯浪驱。

船工老汉头微秃，口叼烟卷发口谕：

船头不偏顶浪上，油门轰足不可熄。

临危不乱方才稳，顶风劈浪勇搏击。

船到大兴风浪过，江滩茫茫日向西④。

背狗携妻涉滩走，捡得性命抵江堤。

若然机器出故障，一船生灵尽喂鱼。

抑或掌舵先慌神，浪击船覆祸立至。

事到急时才始见，人逢绝处显智愚。

至今忆及扁舟渡，风狂浪恶心犹悸。

① 潘石：长兴岛西端的乡镇名。

② 铁船皮：小船全用四毫米厚的铁皮做成。

③ 海豹：随船所带家犬名。

④ 大兴：长兴岛中东部村名。

陈 洪 法

崇 明 大 桥

游龙戏水似弯弓，直入云霄两岸通。
织女牛郎惊叹问，"银河可有造桥工？"

吴家龙

水调歌头·长江桥隧通车

华夏第三岛，
鱼米古瀛洲。
物华天宝人杰，
净土故园优。
江海千年沿袭，
舟楫人多拥挤，
劳累不胜愁。
贤哲几时有？
崇沪见鸿猷。

神州至，
当今胜，
订宏筹。

隧桥通起，

南北天堑变同州。

今日车流往返，

来日轻骑①施展，

并驾靓姿眸。

滚滚长江水，

无语看虹绸！

① 轻骑：轻轨地铁。

故乡习俗（十首）

元　日

爆竹声声寅卯间，新衣新帽拜新年。

糍圆酒酿头朝食①，花甲亲婆压岁钱。

元旦书红万事通，挥毫写就斗方中。

雄浑春字添祥瑞，日暖风和五谷丰。

冬宵守岁睡眠少，今夜酉时游梦乡。

民谚古瀛盘稻囤②，祈求兴旺体康强。

年　初　二

路上行人欲串门，香糕水果满箩盆。

寄爷藜杖宅前候，携手并肩情意温。

年 初 三

开门利市放鞭炮，头彩得中亲手攻。

盘溦初三人鼎沸③，物华天宝地灵崇。

年 初 四

中堂半壁挂神符，燃烛焚香缭绕徐。

锣鼓十番丝竹调，磕头拜佛望殷余。

年 初 五

炮仗频仍岁首闻，原来初五接财神。

加官跳起锣钹响，元宝扛肩台账银。

年 初 八④

拜年拜到年初八，要吃萝卜由己拔⑤。

道是无情却有情，习俗怎可强求脱。

上 元 日

巧妇捏成鸡狗鸭，卷粞银子贡田头⑥。

郊原嫩绿初经雨，袅袅炊烟夕照柔。

火树银花元夜市，红灯高挂宅前门。

定心粞子两头大，有志男儿四处奔⑦。

① 崇明谚语：年初一吃酒粃（酿）第一朝。

② 古瀛：为崇明古称。盘稻囤：年初一晚上一般六七点钟睡觉，崇明话叫"盘稻囤"。

③ 盘溦：现崇明县港西镇所在地。

④ 这首诗为平起仄韵。

⑤ "拜年"两句：为崇明谚语，因平仄，原话为"自己拔"。

⑥ "巧妇"两句：崇明元宵节家家做圆子（糍子）、用糯米粉捏成的元宝（银子）和哑铃状的卷糍，崇明话："两头大（读'肚'）。"

⑦ "定心"两句：崇明有谚语：吃了"两头大"，各人寻投路。意思是新年已过完，各人走向各自岗位，为新的一年而拼搏奋斗。

吴真慧

天净沙·森林公园（三首）

一

晨曦风送森林，

旷然绿野无垠。

远处幽深杉树，

似屏如画，

传来隐隐清吟。

二

微观镜里森林，

浅深绿色层层。

小径依稀远去，

嫣然来了，

裙飘娉娉婷婷。

三

杉湖绿水澄清，

柳枝低拂轻轻。

一霎雷声雨泼，

风狂波乱，

欣欣别有诗情。

金持衡

前 卫 村

漫步小庭风景幽，忽迓巨变醉吟眸。
农家新厦如林立，市井行人似水流。
镇上时鲜迎客醉，乡间野味引仙游。
村前村后娇容展，翠竹丛中鸟语啾。

东 滩

眼望苇波连接天，心声别铸颂尧年。
云间彩影照如醉，湖畔清风吹似眠。
沧海泛舟情切切，履痕心曲意绵绵。
与时俱进真豪迈，再创辉煌景更妍。

湿 地

望滩万里鸟途通，草木烟笼淡淡中。
回首惊呼野色翠，凌风遥指彩霞红。

枕流漱石唤吟客,落叶闲云迓野翁。
锦绣崇明今日美,资源保护树丰功。

森 林 公 园

平衡生态园林好,蛙鼓松笙弦管声。
揽月亭中能醉蝶,云霞阁上可迷莺。
鲜花烂漫撩诗兴,翠鸟殷勤忆友情。
景色天成增锦绣,日新月异眼前横。

季儒德

念奴娇·森林公园

瀛洲北岸，
看幽篁芦苇，
绿波靡曼。
蔽日高槐摇翠碧，
洒落阳光稀见。
劲柏青樟，
古松新柳，
倜傥风流彦。
葱茏馥郁，
物华佳景称愿。

常忆五十年前，
滩荒水淹，
多少人家怨。

驱逐龙王多艰苦,
沧海良田方献。
植树造林,
花枝招展,
十里蓬莱苑。
如斯环境,
景观欣尔吟叹。

杨士祥

崇 明 灶 花

崇明工匠有天资，代代灶花皆适时。
鹿鹤重松具创意，梅兰竹菊巧文词。
龙腾虎跃云生气，柳绿桃红客题诗。
画面淡淡颜色美，匠心独具笔端挥。

清平乐·崇明农家乐

西风乍起，
蟹肥农家喜。
浊酒一壶无禁忌，
笑谈村民哲理。

崇明三岛风光，
如今换上新装。
中外游人信至，
皆言治政周章。

夸 根 雕

根雕艺术展芳姿，引得游人乐赋诗。

凤舞龙飞颇耐看，鹰旋狮吼去来驰。

开屏孔雀迎游客，济世观音送子儿。

产品工精有灵气，自甘奉献寸心知。

沁园春·东滩湿地公园

湿地风光，

空气清新，

闲静自然。

望周边景色，

江天一线，

孤帆远影，

白鹭盘旋。

满目青青，

汗牛食草，

云雀穿梭芦荡间。

于今是，

迎朝霞暮雾，

屡变容颜。

有缘乘兴参观，

似踏进蓬莱仙境边。

幸凭依上海，

名声远播，

若然垦殖，

定有奇观。

开发崇明，

紧锣密鼓，

上下同心规划全。

齐心勉，

乘申江旺势，

跨越争先。

杨辛耕

念 瀛 洲

奔腾戏岸跃重洋，万里蛟龙驾浪翔。
敬慕崇明①心向善，双珠炯炯水仙香②。

① 崇明：崇尚光明。
② 双珠：崇明、长兴两岛。

杨逸明

崇明岛上"饮茶谈诗"

诗心几个聚崇明，话到推敲即共鸣。

小碗绿芽千片耸，长江白浪一壶倾。

超音思绪飞唐宋，带电才情写仄平。

今夕不闻窗外事，随它春雨变阴晴。

施　达

闻崇明冠长寿岛美誉（二首）

一

旖旎风光田园美，瀛洲四顾水连天。

喜闻绿岛冠长寿，概因生态颐延年。

二

清朗爽气适宜居，远方候鸟爱来栖。

为何崇明长寿多，一方净土孕生机。

浪淘沙·崇明东旺沙

极目望瀛洲，

万顷沙鸥，

风光此处尽收眸。

江海围田成沃土，

一派丰收。

碧水正东流，
江渚渔舟，
扬帆奋起赶潮头。
与世同行求进取，
还当筹谋。

满庭芳·秋游前卫村

湿地公园，
登临纵目，
一览寥廓江天。
小桥茅舍，
低矮荻芦间。
沉积淤沙水泽，
苇丛外，
白鹭联翩。
金风里，
层层叠帐，
似伏浪连绵。

潺潺，
流溢处，
浮光影跃，
气飒云闲。

叶飞令秋肃，

凝绿含胭。

但见野芳傲首，

伶俜立，

节守清寒。

斜阳下，

横舟岸渡，

凄意似从前。

施士珍

雪梅香·崇明宝岛

浪千叠，
长龙奔海吐明珠。
渺茫烟波处，
如浮博浪孤凫。
阅尽沧桑历唐宋，
移来秀色自蓬壶。
掩穹阁，
花木森森，
香溢翠铺。

气清滋肺腑，
水质鲜新，
如醉屠苏。
快艇飞驰，

开发一声春雷动，
架桥隧贯申苏①。
争朝夕，
鹏展腾飞，
地动山呼。

①"架桥"句：中央决策，崇明大开发，东段江底隧道从长兴岛至浦东新区，北段崇启大桥贯通江苏启东。

施弟敏

竖河镇日寇大烧杀遗址

一

谁生血雨夹腥风，此地曾经杀我兄。

七十年来凭吊日，犹存焦土尚余红。

二

八年击败法西斯，华夏扬眉吐气时。

祭祀冤魂唯一语，国威之强赛雄狮。

南门百年银杏树

百年古杏耸穿空，满树葱茏盛世容。

日寇炮轰残枝在，长鸣警世一尊钟。

题崇明博物馆（新韵）

前门古杏后檐松，数顷庭园映绿红。

五代汀沙初出水，宋元州县始归宫。

千年织晒勤劳史,万户耕渔淳朴风。
盛世明珠光夺目,诱人生态大瑶琼。

题知青文化艺术中心（新韵）

崇明前卫艺中心,碧水蓝天万象新。
千里巨龙珠嵌首,万畦良地锦穿身。
文朋云集花荣帐,墨客鲫游柴进门。
绘就知青风采画,精神传世迪儿孙。

崇明岛年俗（八首）

崇明糕加工店

小巷西头土作坊,乡男镇女簇拥忙。
三两分钟香宠出,剔透晶莹白玉缸。

书法家写春联

墨笔三支布袋装,印章二枚有圆方。
东乡写毕忙西队,副副春联文采藏。

理　发　店

乡人理发抢年前,坐店蹲檐排次先。
剪染吹油梳剃汰,迎春秀个美容颜。

压　岁　钱

红封放在枕头边,浮想联翩夜未安。
明早儿孙来拜贺,千元讨个膝前甜。

西邻挂尊姿

西邻代代孝为先，新岁年年瞻祖颜。

有谱以来三十位，端庄英发挂厅间。

阿张的年货

白鸭青鱼散养鸡，鲜菇木耳刮光蹄。

独家别墅廊檐下，咸肉香肠挂得齐。

炒蚕豆

婆婆烧火媳撑芦①，沸烫盐砂炒豆锅。

满屋焦烟双脸黑，一前一后灶妖魔。

守岁

东邻西舍火通明，除夕无眠守岁庚。

虽不皆知年恶到，鞭炮零点准升腾。

① 撑芦：炒蚕豆时用芦苇扎的把子。

施驾宇

水调歌头·咏岛

旭日拢津渡，
暮色落天桥。
曾经大浪兴叹，
今却笑扶摇。
万里流沙堆聚，
潜底终须翘首，
不枉路迢迢。
潮动涌江口，
沧海现金鳌。

树新城，
通苏沪，
镇风潮。
谋求生态，

花园规划有奇招。
重振瀛洲四宝，
再续崇明古调，
莺语稻香飘。
扁担今犹在，
新老一肩挑。

施 南 池

东 平 林 场

一

五千余亩树森森,玉露松杉密密荫。

漫步举头天一线,袭人淑气畅胸襟。

二

茫茫碧海渺无垠,鸟语花香果满林。

更上层楼新气象,凭栏遥系故园心。

三

海岛明珠举国珍,工农渔牧万家春。

乡情老去真无价,击壤歌呼作舜民。

倪新康

游文化村观"龙"即兴

远古图腾世相同，瀛洲塑造夺天工。
雕花万块集神话，技艺千层受敬崇。
文化村中土布老，农家院内牡丹红。
莫言何处寻胜景，海岛龙宫争观中。

姚卫萍

游 寿 安 寺

钟声侵幻梦，月色染禅心。
袅袅香烟起，悠悠古树沉。
只身寻妙韵，独步上山林。
腾起云天外，群星伴我吟。

徐炼锋

崇 明 土 布

丝丝缕缕纺车声，纬纬经经土布成。
犹忆先慈常夜织，衣吾弟妹衣儿甥。

顾后荣

生 态 林

鱼逐纹波九曲溪，疏林虫戏百家鸡。
缠藤竹架豆垂角，摘取醇醪助咏题。

长 寿 岛

江海悠悠现绿洲，谦和俭朴民风修。
人间乐为神仙寿，生态作楫好放舟。

雕 花 床 板

巧匠几多作画床，谁家迎入俏嫁娘？
时移世易委尘弃，揽进村中作宝藏。

端阳赴三民文化村

布谷声催粽叶香，三民村里过端阳。

祥云乍聚腾龙脚，绿水初升念楚湘。

古柳槎枒思逐客，新菖馥郁叹空觞。

东家召我闻青艾，犹喜逢人点额黄。

顾承才

崇 明 学 宫

拔地巍然立龙口,博古传承韵独悠。
古船犹存征海迹,探花建树耀千秋。
先民披星垦荒丘,城门烽火拒倭酋。
弹指一挥千古事,明珠更灿尽风流。

袁人瑞

崇 西 水 闸

巍巍高闸岛西开，引得长江活水来。
生态家园描巨笔，淡淡泼墨写题材。

西沙湿地公园

湿地西沙听涨潮，环滩十里绕长桥。
鹭鸶时从耳边过，随见蛸蟟舞小螯。

生 态 岛

天赐瀛洲古韵存，无边绿野碧茵茵。
城中百姓愁霾雾，乡下村民恋祖根。
秩秩清流鱼水乐，盈盈厚土米粮淳。
豪车巨厦难称福，丽日蓝天足抵贫。

堤 上 忆 当 年

明湖远近景妖娆①,引得游人竞折腰。
忆说当年初创日,沉船闸底万夫挑。

① 明湖:指明珠湖,原属长江在岛上的港汊,当年数万崇明
人挑土筑堤。

金 鳌 山①

拾级鳌山踏顶高,古寺苍柏两相招。
一滩鸥鹭浮波近,万里江流入海遥。
异代烟云寻壁刻,昔年钟鼓问渔樵。
下山九曲桥边过,来向唐公慰寂寥。

① 大明抗倭英雄唐一岑葬于金鳌山下。

崇 明 灶 花

乡村沃土一枝葩,农户厨房看灶花①。
乌鹊踏梅迎贵客,鲤鱼登阁兆麟娃。
锅灰调墨砖充纸,瓦钵操刀泥拌沙。
白石当年匠人也,民间欢喜即名家。

① 灶花:即灶画,是崇明泥匠在所砌的灶墙上所作之画,内
容极富乡土气息。

绿 华 颂

横江截坝怒沉舟，拂拭明珠靓眼眸。
半纪光阴挥彩笔，一番事业展宏猷。
鱼肥蟹壮升经济，鸟语花香旺旅游。
最是瀛洲佳绝处，橘红瓜熟绿华秋。

明 珠 湖

明珠湖水漾春光，国色毋需浓淡妆。
冽冽澄波鸥鹭白，田田碧叶芰荷香。
一坡细草裁绒毯，十万森林胜氧舱。
莫问桃源何处是，两三渔唱逗斜阳。

南门大堤即景①

放眼泱泱江面开，游人亲水上平台。
葭芦伏浪招螯蟹，杉柏凌空护岸隈。
风电轮机皆北立，亚通飞艇自南来。
长堤环护金汤固，生态宏图待剪裁。

① 岸上立有巨碑，上铭"崇明岛"三字，为崇明书法家邱振培
所题。

饮老白酒吟

崇明腊酿启封头,太白闻香此处留。

群玉栏杆三拍罢,百篇诗赋一挥收。

青阳逼岁吾能饮,白发盈颠谁复愁?

尘世苍茫醉里看,徐行啸傲兴悠悠。

赞寒优湘晴米

寒优湘晴米,科研出上珍。

瀛洲佳水土,农户巧耕耘。

粒粒珠晶润,颗颗玉琢匀。

谁家炊已熟,香气溢氤芬。

桑果(三首)

一

荔枝当年惑太真,一骑千里绝红尘。

不知东海烟波里,生长瀛洲尚有珍。

二

万苑缨络散馨芬,嫩玉团栾墨染痕。

日啖桑珍三百颗,不辞长作岛中人①。

①"日啖"两句:化用坡翁"日啖荔枝三百颗,不辞长作岭南人"二句。

三

葚实宜人味正甘，倾城男女下桑田。

自尝自摘朱唇酷①，吻得春光又半天。

①"自尝"句：桑果食后，唇齿如染丹紫。

芦　笋

合兴园艺誉声隆，六月驱车到堡东。

十里膜铺云覆地，一帘春驻雨融风。

柔枝细细丝萝样，嫩笋纤纤玉指同。

绝妙佳蔬称绿色，科研生态可兴农。

水　仙　花

园艺人家数合兴，瀛洲自古水仙名。

曾经泥下千天暗，来放窗前一月明。

笑靥岂嫌倚石冷，涵芬只要饮波清。

精华蕴就玲珑态，自是凡花比不成。

甜芦穄（二首）

一

形如高粱甘似蔗，崇明特产堪称绝。

临风摇曳满田香，姿高八尺持有节。

金秋九月芦穄熟，上海阿拉旅游热。

农父殷勤待客心，芦稼三根一刀切。

二

甘甜松脆隐糖芯，大嚼一通生饱嗝。
有人好事植他乡，风韵东施效不得。
淮南为橘北成枳，节短根粗硬如铁。
沙清水软属天成，生长瀛洲不出阁。

崇明蟹（中华绒毛蟹）

孕生江海波涛里，名冠中华门第高。
白肚青壳黄金爪，口飞唾沫舞双螯。
将军铁甲重横行，公子无肠脾气孬。
阳澄湖蟹值千金，其宗系出崇明岛。
能人出岛创新业，天下五湖殖此宝。
十月秋风蟹脚痒，膏黄涨壳肉满螯。
一蟹能下三碗酒，可问今年发财了？

白 山 羊

崇明水土生百草，岛上山羊数一宝。
不比湖羊体肥硕，不比滩羊卷皮羔，
玲珑体态四蹄轻，通体雪白无杂毛。
秋高霜落羊正肥，过江如鲫引老饕。
此肉不比凡滋味，水陆八珍谁知道！
滋阴养胃周身暖，不用十全大补膏。

呼朋沽酒吃扛聚①，一乐何辞达天晓。

① 崇明民间常有聚众包食整羊之俗，称为"吃扛聚"。

香 酥 芋

崇明本地香酥芋，名实相归蔬中杰。
紫梗红芽生白玉，净植田田风展叶。
清沙净土蕴精华，宝岛栽培有妙诀。
戏说曾闻大芋头，倚仗清宫声显赫①。
炒作不宜香酥芋，细炖功夫滋味绝。
席上珍馐百味陈，酥芋汤中不可缺。
人称此物亦相思，年年供上中秋节②。

① 电视剧《宰相刘罗锅》把某芋头称为贡品，遂使该芋头风靡天下。
② 崇明风俗，中秋节吃月饼、香酥芋、南瓜等食品。

黄 金 瓜

一身披挂黄金色，腹有诗书千万页①。
天公造物巧奇思，武相文心相与谐。
曾有关东座上客，举箸瞠目舌生结：
面条岂能作菜肴？细如发丝恁会切！
爽脆直可比海蜇，食之清香味不绝。

大名不虚黄金瓜，三岛特产声起鹊。

若能耐得久储藏，科技攻关待跨越。

① 沪、崇语中，"诗、书"与"丝"同音，谓其瓜丝饱满。

花　菜

花菜之乡崇明岛，冠盖华东声名噪。

水清地洁空气净，自是他乡不能效。

一年四季足收成，专业农家识精窍。

接天遥望十万亩，滚玉堆银骋怀抱。

北地天寒主妇愁，百蔬萧瑟花菜俏。

远销东北俄罗斯，韩国日本亦称妙。

千里迢迢港澳行，又跨海峡访宝岛。

车载船装笛声声，高奏农民致富调。

白 扁 豆

三岛名蔬白扁豆，崇明特产争传说。

农家户户皆栽植，绿叶迎风绕篱落。

花后尽挂关公刀，素珠镶嵌碧玉盒。

一斤扁豆半斤肉，自打驰名价不薄。

也曾尝得客扁豆，粒大粗糙味难说。

老饕席上厌膏粱，盘里甘肥皆冷落。

醉眼蒙眬唯一顾，白扁豆子酱瓜末。

翠 冠 黄 花 梨

南门西去鸽龙侧，八月梨园已堪折。

黄花初识锁深闺，佳果招徕四方客。

一枝移自鲁东南，琅琊仙家舍不得。

铁干虬枝花如雪，玉质冰晶皮青褐。

甘甜爽脆颊生香，一时倾倒老饕客。

莱阳侧目砀山妒①，净土清沙独成格。

崇明特产新增谱，我为梨农歌一阕。

①"莱阳"句：山东莱阳、安徽砀山，均以产梨闻名。

龚家政

崇明、长兴、横沙三岛游（三首）

一

舟车三岛尽情游，微雨双禽绿野畴。
三百诗中真爱记，纲常不禁本事讴。

二

长桥津渡大江头，一宿行人景况幽。
海韵天风晓光里，如弓人卧最情柔。

三

连宵絮语说情怀，不解裙裳惹费猜。
灯不分明人似玉，独清浊世亦奇才。

仿古三井两院大宅

独特民居岛上村，水围三井两庭园。
前桥后竹多幽趣，东柳西榆少俗痕。
斫笋网鱼缘客到，开醅面圃劝酒樽。

庄周濠上今无恙，来此听君仔细论。

三民文化村（三首）

一

一心一德一倾情，集古集今集大成。
奇艺奇葩奇苑里，赏文赏物赏精英。

二

一村风物一村金，能见范君底蕴深。
遗响流光乐郊护，奇观历历可清心。

三

断石残砖腐木根，刀雕斧凿并威恩。
尽心组合新天地，朽物生辉入梦魂。

绿华二景书兴（二首）

明 珠 湖

明珠湖上水光浏，泽草游鱼漾吾眸。
莫道杭城西子美，依江濒海惹人游。

西 沙 湿 地

芦荻招摇远棹轻，长桥迈步看潮生。
江风海韵天然景，万贯奢钱买不成。

灶　花（二首）

一

梅兰竹菊灶墙栽，伴饪清姿眼界开。

知否为天民食外，节操风骨岂忘怀？

二

鸡鸭鱼虾作壁花，贫家自可比豪家。

灶君顿悟其中意，多为黎元逐鬼邪。

为竖河镇大烧杀纪念馆布展感赋（二首）

一

白骨坟茔七四年，史书永载逝名全。

屠刀化作警钟响，告慰冤魂到九泉。

二

血泪盈盈九转肠，昭昭铁证著篇章。

和平旗举难忘昔，家国恩仇总激昂。

崇明四时即事（四首）

春

总觉秋光事事宜，爱春方始暮年迟。

雨知时节飘飘下，风暖人间缓缓吹。

蜂蝶导游花蕊径，鹂莺报喜柳梢枝。

芳郊如画江楼里，细味韶光付与诗。

夏

羽蝉最爱暑天临，出土栖枝好唱吟。

荷沼鸣蛙催蕾展，蟹蜞痒爪到庭擒。

犁田鹭起飞牛背，停雨虹弯伴翅禽。

人在江乡事事趣，夏炎处处可清心。

秋

爽秋天气悦心神，胜却阳春绿夏茵。

野有蜇声天籁调，天增光影野芬氲。

满池浮芰群儿采，一字横空万里巡。

苏月霜枫陶令菊，最宜吟啸岛江滨。

冬

又是西风令序冬，萧条天地看谁雄。

放翁夜雪诗词壮，杜老天寒句韵工。

自有长松高竹节，可羞青女翠娥容。

江船霜月人归后，诗酒纵横送岁终。

一剪梅·崇明——启东

　　仅一江之隔，然首次到启东。清末民初，涨海"北沙"，即今启东，大多由崇明人过江垦殖繁衍，故同是吴语，同样民俗。

瀛岛启东路非遥，

水上舟篙，

曾不崇朝①。

青芦翠竹橘梅桃，

也是渔樵，

也是乐郊。

涨海北沙百年潮，

吾祖肩挑，

垦殖辛劳，

相同吴语与民谣，

一样衣绡，

一样厨肴。

①"曾不"句：语出《诗经·卫·河广》："谁谓宋远，曾不崇
朝。"崇，终。曾不崇朝，用不了一个早晨，就可到达。

一剪梅·崇明——海门

来到海门，与原《海门志》主编俞氏相谈甚欢。我说："先
有海门，后有崇明，有崇明人口语和南通、海门相同为证。"俞
说："先有崇明，后有海门，海门有众多家谱为证。"

我说同根崇海人，

先有海门，

后有崇人。

崇明吴语是后昆，
通海先民，
来岛耕耘。

俞说薪传证据殷，
家谱载文，
先有崇人。
前塌后涨是海门，
清初垦民，
多有崇人。

浪淘沙·崇明长寿岛

江海涌潮漫，
一岛横澜。
水周乐土净无烟，
秋月春江天籁调，
来请游观。

弥望尽田园，
天淡云闲。
燕朋鸥友异尘寰，
梅竹桃榴兰蕙菊，
长寿乡关。

黄凤超

崇 明 岛

江水海潮相激流,万斛黄沙随水游。

云升江海交流处,泥沙随波淤积洲。

崇虽烟波芄苇虚,黑蜃成云二洲图。

昔日长江第一洲,雏成唐末至宋初。

西沙芦苇晚风起,风吹浪涌海涛汹。

一日两潮浪翻滚,江海孤悬巨浸中。

县治六建五迁置,风潮海塌共济舟。

沙帆远影悠漫漫,千年古渡久孤洲。

往岁曾难渡车马,今天来往四方通。

昼夜车轮滚滚去,飞起长龙两岸红。

黄汉江

上海长江隧桥吟①
——南隧北桥由浦东相连长兴崇明两岛

一条巨隧赛神龙，两岛长桥胜彩虹。
世代潮汐祈坦道，今朝涌浪赞奇工。

海岛出行（二首）

一

自古携囊坐木帆，后来行旅挤轮船，
今天桥隧如车水，明早飞机似燕穿？

二

重雾锁河江，狂飙堵桨樯。
隧桥圆梦幻，岛岸豁无疆。

① 以上三首诗初稿于 2009 年 5 月 8 日，发表于《中华 60 年诗人大典》（中国文史出版社，2009 年 11 版），后载于《诗海》（第

十卷(人民日报出版社,2009年12月版)。2010年4月经当代著
名诗人周笃文先生悉心亲笔评阅、指教,历经半年多,无数次修
改,尤遵格律,现稿定于2010年12月8日。

驾 车 乡 村 路

春赏桃梨车醉颜,夏摘瓜果路香甜。
秋收稻穗淹车道,冬捡棉花掠路肩。

驾 车 泥 土 路

平时舢板弄潮童,烈日尘灰舞巨龙。
雨季泥牛脾性犟,雪天巧饰北极熊。

六十来年住房谱

呱呱坠地挤茅庐,苦苦青春兑瓦屋。
卅载三迁居景厦,双亲两墅享儿福。

筹资捐建故乡情①

砼路条条宽又牢,车亭个个巧而姣。
文娱馆内文娱乐,闲话亭中闲话聊。
棋类乒乓凭智勇,纸牌麻将任逍遥。
健身影视民间舞,阅览评弹网上遨。

① 2003年始,筹资为故乡捐建文化娱乐馆和18条混凝土

路、6 个候车亭、2 个休闲亭，并设立老年福利基金。

故乡八鸟生态图

对唱黄莺恋柳情，双飞紫燕剪禾绫。

杜鹃谷谷忙播种，喜鹊喳喳好兆綦。

撞破河云白鹭重，啄伤湖镜海鸥轻。

独鹰武士巡戎阵，群雁书生变字形。

如梦令·崇明岛东滩湿地

潮浪轻摇水草。

芦荡笑迎候鸟。

镶点点风车，

绿岸抱拥长岛。

妖娆，妖娆。

别墅搬来多好！

天净沙·故乡度暑假

紫藤绿树鸣蝉。

轿车别墅花园。

菜嫩瓜甜果鲜。

鸟吟蛙咏。

回乡误入桃源。

黄丕范

绿　华

长江浪挟沙，崇明西昂头。
劈开东去水，使分南北流。
激荡回旋处，出没数渚州。
渐淤渐近陆，栽青固虚丘。
围圩筑堤防，合龙港汊沟。
建闸控潮汐，独立水系修。
筹划图垦殖，连片一平畴。
素笺无挂碍，粉彩任自由。
应顺大自然，排布慎计谋。
夹道浓荫远，天光一线浮。
农林牧副渔，竞创名特优。
桃源水乡美，悠然见白鸥。
农家休闲乐，湿地生态游。
卅年苦经营，累累硕果收。
前景无限好，持续展宏图。

根 艺

树干选作良材去，唯剩根盘雨露中。

脱落肤须融为土，犹存骨架昔时风。

参差虬结玲珑态，抱石穿泥造化工。

难说当年多少事，新林故地喜茏葱。

南江看灶花

曾经惯看百千家，今日驱车看灶花。

司命官名应已废，东厨廨址却能查。

前临五味仙桥谷，后靠天囱火焰崖。

谷下崖前多彩画，鸟飞鱼跃伴丹霞。

民生日上饮无爨，科技更新物有华。

巧匠艺工将泯灭，南江赘志护奇葩。

夏游前卫村

蝉响应须三日后，喜逢梅雨放晴天。

驱车体会农家乐，信步观光生态园。

嫩豆黄瓜淳有味，红墙绿树爨无烟。

循环链接非人力，物种相因秉自然。

芦穄森森千亩绿，蜻蜓懒懒一寮安。

板桥曲折通幽处，"环洞"精微卧水边。

今日膏腴鱼米地,昔时羸瘠碱盐滩。
桑田沧海寻常事,暮菌朝露视等闲。

黄永存

前卫观景楼

潮生海门外，日落老江头。
芦涌春江月，霜来万鸟秋。

古瀛饭庄

昔日老民宅，今为古瀛厅。
青枝虬根老，旧燕紫梁新。
客远怀乡路，炊香认前亲。
暮重林幽处，杯酒说古今。

黄应义

前 卫 生 态 村

瀛洲东海农家乐，喜见年年巧建楼。
处处景观新构妙，青青竹径翠荫稠。
泥沙积累成平野，百草漫繁现绿畴。
规划远图生态岛，水清土净庆丰收。

颂三民文化村

教育旅游文化深，拓创竟是闽强人。
崇明十万三千宅，数百流年出一村。

清平乐·访前卫村

金风拂晓，
丹桂飘香早。
游客古村相望笑，
生态村呈新貌。

田园诗意风光，
已非往日梳妆。
挂绿披红农户，
难寻草屋篷房。

望海潮·咏崇明岛

沙汀唐见①，
宋、明州县②，
东瀛称自元璋③。
交错陆衢，
纵横水网，
盈盈稻菽飘香。
文化溯源长。
叹英杰频出，
飞彩流芳。
质朴民风，
谦和敦厚热衷肠。

今朝逐换新装，
看天清水洁，
鸟语花香。
云涌风呼，
舟飞浪遏，

环海日夜通航。
楼宇满城厢。
创建新中学，
科教兴邦。
规划蓝图壮阔，
佳境胜天堂。

①唐武德年间长江口江面出现东沙、西沙，是崇明岛的前身，有1300多年的历史。

②宋朝为州，明朝为县。

③明太祖朱元璋曾称崇明为东海瀛洲。

沁园春·游前卫村

宝岛东隅，
北岸江边，
蓄水溢洪。
看茫茫一片，
风翻雪浪；
逍遥荻浦，
鸥击鱼踪。
舟叶飘飘，
捕鱼钓蟹，
来往穿梭水草丛。

维生态，
创自然生活，
又立丰功。

如今城市融通。
"农家乐"①，
旅游生意隆。
更水清土净，
新鲜空气；
绕村花果，
橙绿嫣红。
波碧塘粼，
悠游蟹鳖，
喷灌园蔬兴意浓。
怡吟咏，
颂繁荣锦绣，
气象千重。

①"农家乐"：吃农家饭、干农家活、住农家屋、享农家乐。

程 宣 猷

崇明东滩湿地（八首）

一

东滩伟岸卧磐石,唐氏挥毫涐字遒。
伫立苍茫神秘地,浪翻涛涌话瀛洲。

二

东海含洪深莫测,滩涂浩渺广无穷。
年增万亩默无语,土地资源天下雄。

三

东滩湿地万千顷,翠绿纵横不染尘。
百鸟乐其风土好,鹤栖青帐雁为邻。

四

曲桥长卧绿茵上,鸥鹭翱翔画境中。
乘坐泥橇任牛走,品尝滩气醉人风。

五

苍苍天宇茫茫地,草长禽飞牛映霞。

沧海桑田惊巨变，岛民无愧大中华。

六

碧波流逝虽堪叹，巨浪狂澜甚可观。

湿地拖蓝千顷润，青芦飞岸作龙盘。

七

水色芦声供秀丽，长堤迤逦起宏图。

日月椽笔精心绘，娇艳雄浑景态殊。

八

盈眸漠漠天连水，充耳萧萧风卷芦。

举步沿滩欣绿涨，流连芳草忘归途。

崇明前卫村杂咏（八首）

芦荡之一

风亲芦荡碧波扬，画卷天成灵气彰。

若把西湖比西子，可将前卫喻檀郎。

芦荡之二

绿波远去连天碧，清气徐来润面凉。

天赐人工奇绝处，心疑是否到仙乡。

芦荡之三

围垦种青宏业创，滩涂喷绿染苍茫。

当年水患今安在？蕴怨藏恩两不忘。

竹塔

竹塔崔嵬拔地昂，玲珑蔚焕着灵光。

登临留影思无限,汗水人工毓秀章。

动 物 之 一

金猴无事尾追忙,鹦鹉弄喉学引吭。

伴我徜徉丹顶鹤,河边允我摄三张。

动 物 之 二

利爪金眸铁翮强,决云掣电可称王。

近邻肥兔无能猎,只为羁身钢索房。

宾 馆

栉比餐厅红木床,家禽珍味任君尝。

消闲度假称心地,可洗尘烦得失伤。

期 冀

茫茫野境绿苍苍,妙状殊形兆富强。

跨越蓝图荣宝岛,我期前卫更辉煌。

崇明澹园老干部俱乐部

澹园荷映碧琉璃,楼榭厅廊富贵姿。

秀木葱茏迷慧眼,琼花锦绣送香脂。

健身设备眷垂老,遣兴棋牌起舞池。

醒悟经营斯业者,口碑载道乐驱驰。

崇明寒优湘晴稻米

露灌风吹雨润良,秧针绽绿沐春阳。

夜邀星月留清影,朝侣云霞舞黛光。

尧陌千畦输玉粒，舜田万亩运琳琅。

寒优一口香三日，故领风骚米市场。

崇明诗书画学会

文运欣随国运隆，千年难遇幸今逢。

风光遍入诗书画，雨露频滋翰墨钟①。

目睹瀛洲扬浩气，心怀赤县洗凡胸。

吾曹结社弘文艺，国粹呈祥托巨龙。

① 钟：汉民族文化之一，如编钟、诗钟、钟鼎文等。

忆江南·崇明特产礼赞（八首）

甜 芦 穄

娟娟净，

粗看似高粱。

翠叶从风疑举袂，

青竿向月若梳妆。

甜脆倍思尝。

白 扁 豆

玲珑子，

守素裹银装。

绿荚孕珠犹秀蚌，

青藤上架似编墙。

滋补肾肝肠。

金 丝 瓜

金璨璨，
慰齿馈微凉。
脆美千丝消酒醉，
清奇万缕润喉香。
国宴露锋芒。

老 白 酒

杯中液，
精米酿琼浆。
畅饮钩诗生妙句，
酣斟壮胆去彷徨。
品后气轩昂。

绒 螯 蟹

双螯举，
披甲走河塘。
丰腴金膏经稻熟，
晶莹玉质伴橙香。
思彼口涎长。

凤 尾 鱼

娇水族，
味夺百鱼强。
浪里沉浮临岸羡，

席中吞吐嗜鳞狂。

鲈鲤岂能当。

白 山 羊

毛如雪，

角短皓髯长。

借问琼筵何味好，

当推玉碟飨膻香。

一尝永难忘。

水 仙 花

冰心洁，

淡雅美人妆。

冷萼含情凝翠绿，

寒葩着意送清香。

忍冻品无双。

潇湘神·崇明湿地（二首）

一

芦苇滩，芦苇滩，绮罗万匹舞衣宽。

欲赴银河寻织女，停机裁纫自然纨。

二

青碧毡，青碧毡，清风拂拭涌层澜。

满目晶莹生梦幻，飘然不让步瑶坛。

胡锦涛总书记亲临崇明前卫村

领袖亲临前卫村，蟹塘田埂留步痕。
喜从天降情何似？澎湃心潮万马奔。

青玉案 · 绿华

昔时潮水喧吞野。
鸟凄凉、
人惊怕。
曾几何时成彩画：
茂林修竹，
碧芦紫蟹，
比比凌云厦。

烟波不解人通化，
探问宏图系谁画？
史册俨然传实话：
驱涛高手、
锁蛟劲臂、
许国忧民者。

蔡国华

去吕四途中（三首）

一

崇启大桥披彩霞，迎吾宝马走天涯。

漫游南北揽阳景，驰骋后峰西日斜。

二

临窗远眺海凌波，鸥鸟群飞满眼过。

明有冉悠红日启，勾吾灵动欲高歌。

三

百帆争渡绿波湾，宁陕凭桥速度山。

缩地移天非妄语，苏淮千里一时还。

正月半回崇明祭祖

青丝稀落鬓华连，犹念椿萱养育年。

姊妹兄弟依定俗，故乡祖籍上田阡。

烛燃香袅素斋祭，泪洒心哀天籁咽。

料峭春风拽吾带，清明来赴故乡筵。

王世玮

崇 明 颂

崇明，
你远在唐朝，
就孕育着滩地的雏形，
到了宋代，
水面上凸显了沙洲的身影。
由于华夏西高东低的地缘，
兼以长江日夜的奔流不停，
你在动静交织中渐渐苏醒。
地久天长，
你不知不觉地，
在江面上隆起了一片天地。
漫长的岁月，
把你陶冶得更加美丽绿荫。
你是长江的碧玉，

在清澈中怡然宁静，
你是东海的明珠，
在翡翠里发光闪莹。
你东偎大海，
受宠若惊，
你三面环江，
在江水的怀抱中悠然而醒。
崇明啊崇明，
你是华夏的岛中之星，
你是神州的沙洲之灵。
你拥有 1 200 平方公里的沃土，
养育了七十万善贤良民。
这里有文学家，有书法家，
有绘画家，有摄影家，
为崇明增添了一道道亮丽的风景。
曾记否？
《崇明报》上刊你的文章，
《诗书画》里有你的篆印，
文化馆壁挂你的卷墨，
《风瀛洲》里留你的踪影。
不易呀，不易呀，
你们呕心沥血，竭虑殚精，
肝胆相照，德艺双馨。

用文学、用艺术，

陶冶了人们的心灵。

这片广袤的土地，

也涌现了许多守本的村民。

他们精耕细作，培育精品，

他们反复实践，勇于创新。

餐桌上的美酒佳肴，

都是农民兄弟的智慧和艰辛。

我曾创作过一段说唱，

以此陪伴亲族贵友们的热情和欢欣。

并烘托现场气氛的和谐温馨。

请君聆听：

崇明岛，真正好，

土特产，呱呱叫，

如今进出有隧桥，

来去方便游宝岛。

一尝甜芦稷，

又甜又脆又隐糖，

请回味，

解渴可口精神爽。

二尝黄金瓜，

宾宴桌上不可少，

多咀嚼，

植物海蜇名气高。
三尝白扁豆，
粒粒粗壮闪银光，
要知道，
滋补身体无处找。
四尝甜包瓜，
甜又甜，脆又脆，
别忘了，
早餐配粥口感好。
五尝白山羊，
肉质鲜嫩营养好，
加点红辣椒，
冬令补品少不了。
六尝老毛蟹，
雄有油，雌有黄，
蘸点醋，放点姜，
高档筵席是佳肴。
七尝老白酒，
口感温和后劲足，
觥筹互敬，
喝了飘然晕头脑。
八尝崇明糕，
糯性淡雅不俗套，

带上几盒，

老少皆宜脸上笑。

崇明岛，多自豪，

山药芋艿萝卜条，

青菜茄子小辣椒，

崇明特产"木老老"。

崇明岛可谓是人杰地灵，

我们由衷地感到振奋和自信。

改革开放，

又一次把崇明唤醒。

崇明的变化，

更是日新月异。

我曾赋诗一首四言，

来歌颂崇明的巨变：

瀛洲大地，处处绿荫。

乡乡植树，村村有林。

公园风光，更是芳英。

小桥流水，楼阁榭亭。

健身器械，卵石草茵。

城市建设，高层建筑。

高楼幢幢，不乏绿荫。

公路通达，车水马龙。

休闲度假，空气清新。

游客观光，个个憧憬。

春意盎然，不分时令。

人民生活，安康温馨。

这是崇明的缩影，

这是家乡的风韵，

每一个家乡人怎不动情！

也曾带过文学社团去游东滩，

开开眼界，助助雅兴。

写写文章，赏赏美景。

哇，多美的东滩！

此时，我们无须构思，

席地而坐，挥笔就撰。

新诗便在本子上出现，

踏着软绵绵的滩地，

望着奔腾跳跃的水面，

一泻千里，天水相连。

啊，多么壮阔，多么遥远！

你不愧是华夏神州的一员。

身边有茂密的芦苇，

碧绿中有时隐时现的鸟叫。

河塘里有鱼儿和水草，

它们时而摇曳，时而吐泡，

分明在和游子耍娇。

远处有中羊奔跑，
哞……哞，咩……咩，
大自然的交响乐曲，
抑扬顿挫地荡漾在云霄。
不仅仅是这些，
岛上还有许多景点，
明珠湖，前寻村，
高家庄，瀛洲公园，
还有东平森林……
话中有话，说不完的崇明；
诗中有诗，唱不完的崇明；
文中有文，写不完的崇明；
景中有景，摄不完的崇明。
我爱你，颂你，
吻你，褒你，
我美丽的家乡——崇明。

朱荣兴

崇 明 赋

　　岛之地理。中华第三大岛，明朱元璋钦赐：东海瀛洲。位东海岸中点，华夏雄鸡胸前；头枕东海，躯卧长江，三环江一临海，金涛碧波之上，迎东海千层浪，接长江万里水。江与海的交汇，风与浪的亲吻；吞江纳海，吸长江之灵气，摄东海之魂魄。滔滔长江，滋养崇明清朗，浩瀚东海，赐赋瀛洲开放。江之气岛之气，海之魂岛之魂。挟江奔海，南望江南，北眺海启。江风海韵，东海明珠，国之珍宝。

　　岛从何来？长江奔腾不息，挟沙东驰，临东海而渐缓，水缓沙沉，积沙成洲；聚泥堆岛；与之俱来，水推沙沙撼岛，岛由镇江，千年游至吴淞。先凝东沙西沙，再拢一岛。风口浪尖上长大，江海交锋中诞生。东海明珠，横百里岛，长江之子，纵卅里洲。起于唐成于元，洪武置县，前属扬州苏州，后隶南通松江。

　　千年海岛，立东海之潮头，迎长江于浪尖。潮涨潮落，府历塌陷而五迁，地聚江沙而东伸。天然活岛，东西年长百米；自然跳板,南北纵连沪苏。

岛之何形？凌空俯视,岛如长江巨子,侧身腾坐海门,一手握紧浦东,一臂连通启东。守长江拱上海,扼东海保江洲。气缚东海苍龙,神兜长江巨水。

岛之交通。百里玉带,横贯全岛,绿色长廊,康庄国道。隧道通浦东长兴,大桥连长兴启东。大桥宛如长虹,长江形似彩练;巍巍天桥,荡荡大江,气吞万象。壮哉江桥! 无山而自堆金鳌,缺桥却接踵两桥。

南隧北桥,开崇明之旺埠;天堑变通,启苏北之窗口;南通北达,拓沿海之通道;两架岛桥,成沪苏之要津。江海之交,通灵国宝。

岛之何异？港口熙熙,码头攘攘。南门内街,商贾如云,店家如林,车水马龙。

南门外江堤上,眼前十里钢城,隐隐约约;目下长江东流,江怒时水天一色,江静时百舸争流,涨潮时舟出天际。初暮时分,落霞与江鸥齐飞,水光共江火相映。海岛四周,百里江堤,固若金汤,任凭风吹浪打。堤岸内外芦苇丛丛,滩涂上下蟛虾种种。百十里水和树,十万顷田与村。

东滩极目远眺,波光无际,帆影点点;晨看日出,浩瀚海面,红日喷薄,天耀水红,波催日升,万物苏醒,其景壮哉! 东滩湿地鸟类,国家自然保护,绿意水波交织,风吹鸟鸣啁啾,鸟世界鸟乐园,候鸟天堂。

南北轴线贯首尾,南辟新城风光绚丽,中植森林游闲公众,北驻前卫农家村乐。

　　长兴岛上十里船埠，江南造船中华第一；万吨轮泊五洲四海，千舟竞发通江达海。

　　岛之人文。文化荟萃，人文隆昌。民风淳朴，民俗独特；乡语古朴简准，少有和者；三千山歌，源远流长，爽朗直抒。瀛洲古调派琵琶，国级名录；机智人物杨瑟严，幽默诙谐；民间故事与谚语，启智育人；传统舞蹈之舞狮，九齿钉耙醉八仙，粗犷酣畅；崇明戏剧扁担戏，木偶之风；传统美术灶花，古典别致；传统音乐牡丹亭，澄净之水；文化奇葩人惊，岛之瑰宝天奇。文化之洲，文明之岛。

　　七百岁崇明宫，气势恢宏，今上海第一孔庙；七百年寿安寺，拜佛信教，香火接海南江北。历来重学，宋至清著千部，诗礼传家，文人雅士如星。百年县学，育英无数，书香文华，代有人出。古往今来英物彰显，五国公使，探花帝师，英杰名士，流芳百世。抗倭要地，江防重镇；明县令唐一岑，杀倭寇保城池，热血染墙，嘉靖帝谥"愍忠"，筑墓建祠，永志保疆。一九二一年秋，西沙农民暴动，毛泽东著文向导，首肯壮举；抗日烽火连天，瞿犊念龙游击。逝水东流均为史，烈士西辞皆作碑。

　　水之何灵？清风长物，净水育宝。江水与海浪交欢，江鲟同海鳗竞游。

　　金瓜脆胜似海蜇，山羊鲜别处无觅。自酿白酒甘醇易醉；独蒸米糕清香滑润。老毛蟹盖过阳澄湖，长江刀鱼神仙味，蟹岛美名远扬，江鲜驰名华夏。米珍珠"寒优湘晴"，甜芦稷摄人心肺。抱水地灵，拥水物华。

何为生态岛？自然经济文化，三元立体生态，建构岛域生态；儿童生态，成人生态，两态并举，共绘蓝图绿卷。人与自然相亲，共生共存共荣。

土净水秀，风清地绿。偶举崇明庄园，休闲绿道，生态度假。高家庄生态园，野趣与时尚相合，湖光与山林并蓄，环保与生态兼得；"景中画画中景"，如诗如画。东平森林公园，闻名遐迩，森林与湖泊交融，休闲与运动并举；风光秀美醉人，天然氧吧怡人，自然森林浴人。西沙湿地，生态示范，潮汐和滩涂共生，林地共湿地同存。科教科研，休闲观光，诸元集为一体，要素熔于一炉。人似陶公，景若世外桃源。生态村生态农庄，遍岛开花。绿色食品寻常桌，无染无害怡人心。绿色之洲，和谐之岛。

崇明东滩生态城，建新能源中心，蓄风能太阳能，生物质能，聚地热能，收可再生能源，综合利用，低碳排放。现代标杆，国际化知识化，绿色之都，冉冉升起。

岛上沃土千余，阡陌纵横；村屋星罗棋布，道路四通八达。水利发达，明沟暗渠密布，防洪泄涝无忧。农产丰硕，瓜藕黄芽盛名，蟹苗鳗鲡著称。江湖河沟水世界，鳗鳖虾蟹纵五湖。沧海桑田，土地沃腴，风调雨顺，鱼米之乡。放眼洒满翠绿，举目无尽浓荫。

吹太平洋之风，吸东海水之气，何处不清？揭东海浪自洗，倾长江水浇身，哪里不净？风清无尘，水净不染。在水中无水患，近海边勿浪遏。全域七十万众，百姓富庶，人民安康；低碳农业，生态宜居，长寿之乡，绿色之符；瀛洲仙境，相传神居。真是：绿地净水人和,海涵江铸境界。

　　此景平原少见,此况山区难觅。
　　壮哉岛之奇也,壮哉水之清也。

　　岛之何荣? 海潮江流依旧,何曾岛屿依旧? 鼓角催程,扬帆奋蹄,乙酉仲夏,胡总亲临,指点江山,描制蓝图。廿一世纪,东海瀛洲,长江巨龙,怀海纳百川之气度,挟万里长江之奔力,只争朝夕,建生态岛:崇中森林度假,休闲居住;崇东门户景观,国际教育;崇南人口集聚,田园新城;崇西滨湖度假,国际会议;崇北生态农业,战略储备。生态发展民生,旅游文化民俗。至二〇二〇年,远东繁华岛屿。

　　三岛联袂,依上海傍江苏,乘建大都市崛起,借开发浦东抖擞。国盛岛昌,国强岛兴,伴我中华腾飞。煌煌中华,东海最宽,长江最长,江海唯一交集,崇明三岛,天之骄子,华之宝国之奇,和东海共呼吸,与长江同辉煌。

　　壮哉宝岛! 崇明人民,与中华共和谐,福祉永葆。
　　伟哉瀛洲! 东海明珠,和祖国同发展,天长地久。

　　真是:纵情古今寻俪句,讴歌海岛写骈文。蘸东海万顷水,书我之岛;抒长江万里情,歌我之家;卷天空万里云,画我之洲。

沈娇妍

书　香

时光的流逝，
沉淀了泛黄的书本。
春天的芬芳，
弥漫着书中的香气。
明日的黄花，
略带哀愁的兰舟，
在争渡中掀起重温的旧梦。
今日的梅花，
忍辱负重的枝头，
在待到山花烂漫时丛中微笑。
品一杯香茗，
享午后的斜阳，
香气中氤氲出模糊的《背影》。
翻起这尘封的书页，

最难忘的是那一出《社戏》。
当人们在《彷徨》中《呐喊》，
把《最后一片叶子》留了给自己。
在璀璨《繁星》的《子夜》时分，
享受《荷塘月色》的那份朦胧迷人。
红藕香残、千里孤坟，
谱写的是一曲儿女情长。
羽扇纶巾、惊涛拍岸，
倒映出的则是英雄的气魄。
合上书，闭上双眼，
感受书中那沁人心脾的芳香。
冥想，茗香，书香，
杯中舞动的是绿色的茶叶，
书中跳跃的是黑白分明的文字，
而心中萌生的则是彩色的梦想，
三者共同编织出了人生的律动。

范国泰

金鳌山八景诗

龚家政　今译

一、鳌山远眺　今译（双句入韵）

拾级登鳌背， 一步步攀上状似金鳌的鳌山山顶，

凭墟第一峰。 真如登上了云雾缭绕的最高峰。

云光连渤海， 这里的云气山光连接北方的渤海，

蜃气接吴淞。 这里的蜃楼奇景直达江南吴淞。

平壑烟中泻， 眺望长江水如从岩壑中如烟倾泻，

遥帆树杪逢。 山树的树梢上隐现着樯影帆风。

兴来吹铁笛， 景色如画逸兴湍飞吹起嘹亮笛声，

清响动蛟龙。 清越悠扬惊动了江海中的蛟龙。

二、绿水环亭　今译（全入韵）

欲绘丰成象， 想要把年年丰收的景象用图画描成，

亭书大有颜①。 就以"大有"作为新建亭子的名称。

孤悬春水上， 玉莲池的水中央独立着大有亭，

倒影碧峰间。 池水中有鳌山和亭子的倒影。

不受一尘染， 一环清澈的池水不染一尘，

都将众虑删。 也把众生俗念洗涤尽净。

夜来明月照， 当池水一有月光照临，

疑是水晶环。 疑是亭子环绕水晶。

① 大有。卦名。《易·大有》："元亨。"意思是：大有收获，至为亨通；《谷梁传》："五谷大熟，为大有年。"颜，额，指亭子的横额。

三、长堤新柳　今 译（全入韵）

古寺春光早， 看那古寺里的春光趁早来到，

青青柳覆堤。 杨柳已覆盖着堤岸青翠扶摇。

有情依白阁①， 垂柳在草葺的亭阁上依恋弄娇，

无力上黄鹂。 婀娜多姿连黄鹂也无法栖止鸣叫。

几树环山北， 鳌山北侧几棵柳树堆烟环绕。

千丝拂岸西。 长堤西边正飘荡着百枝千条。

桓公何太浅， 为何当年桓温见柳而意气浅薄，

攀折苦低迷②。 就去折柳泫然而情绪低沉寂寥。

① 白阁，茅草盖的亭阁。唐刘长卿《逢雪宿芙蓉山》："日暮苍山远，天寒白屋贫。"白屋，茅草盖的屋，指寒士住屋。

②"桓公"两句：见《世说新语》："桓公（指东晋名将桓温）北

征，经金城，见前为琅琊时种柳，皆已十围，慨然曰：'木犹如此，人何以堪！'攀枝折柳，泫然流泪。"这两句意为：当年桓公北征途中，见到手植柳树已成参天，为什么就意气浅薄，折柳泫然，情绪低沉。

四、清远荷香　今 译（双句入韵）

小池秋水碧，	小池的秋水，浮起一片碧荷；
灼灼漾新荷。	鲜丽的荷花，点缀荷叶朵朵。
玉女临明镜，	如仙女照镜，明镜即是清波；
红妆蘸绿波。	如红妆衬绿，荷叶竟成绿波。
倚风含笑浅，	凭风而轻摇，恰似莞尔一笑；
无语晚凉多。	无语而香远，此地晚凉场所。
世界此中大，	世界一泓中，是否也是大千；
还须问曼陀①。	玄理何人解，叩问心中佛陀。

　　① 曼陀：即"曼陀罗"，梵语指安置佛、菩萨之处，也指把佛、菩萨画在纸帛上。

五、庭荫丛桂　今 译（双句入韵）

丛祠新郭外，	县城东边寿安寺，
八桂荫中庭。	寺内桂树绿叶成荫。
芳影随风偃，	馨香花朵在风中俯仰，
金英濯露新。	金色花瓣在露水里艳新。
自矜霜独秀，	她独在霜冷中吐秀而自豪，

不让柏长青。 她与松柏经冬一样枝茂叶青。

槛外来仙客， 远方的香客来到寺里拜佛诵经，

香飘月下听。 须在月明的桂树下细听香飘梵音。

六、梅林积雪　今 译（双句入韵）

自负清奇格， 你真自信有着纯洁而清奇的品格，

萧然瘦一林。 致使你冷峻萧寂寥落了一园梅林。

月临寒有艳， 当月华照临清姿便显你的冷艳，

晴弄雪逾深。 晴光照耀积雪愈见你一望幽深。

孤屿来鸣鹤， 这孤渚上飞来了林和靖的鸣鹤，

空堂横素琴。 这空堂上横陈着刘禹锡的素琴，

料应袁处士①，料想独处清幽的袁安面对梅林雪盖，

激赏白云岑。 宛如白云伫立的群峦也会激情赏吟。

① 袁处士：指袁安，东汉汝阳人。他住在洛阳，家贫，一次大雪深丈余，穷人多出外乞食，他独闭门僵卧。洛阳令巡查，见袁安门为雪所封，无有行路。扫雪而入，问他，他说："大雪人皆饿，不宜干人。"洛阳令听了很钦佩，举他为孝廉。

七、后乐观鱼①　今 译（双句入韵）

半塘春水涨， 后乐堂边一弯池塘，涨起春水；

泼泼见游鱼。 活泼游鱼倏忽往来，上下互动。

唼藻梭千缕， 有的穿梭悠悠水草，食藻鼓腮；

跳波戏一渠。　有的戏水一跃兴波，波开远送。

落花微雨后，　丝丝微雨水面空濛，落花点点；

疏柳晚风余。　轻轻晚风吹拂疏柳，飘荡从容。

此意蒙庄解，　此时游鱼忧乐如何，庄周能解；

濠梁恐不如②。　询问堤桥二三游人，孰知深衷。

① 后乐：后乐堂。范仲淹《岳阳楼记》："先天下之忧而忧，后天下之乐而乐。"范仲淹后裔化用其义，名其厅堂。崇明范仲淹祠堂原在县城西街，1773 年，范国泰迁建于金鳌山，又名后乐堂。

② "此意"两句：见《庄子》："庄子与惠子游于濠梁之上。庄子曰：'鲦鱼出游从容，是鱼之乐也。'惠子曰：'子非鱼，安知鱼之乐？'庄子曰：'子非我，安知我不知鱼之乐？'惠子曰：'我非子，固不知子矣；子固非鱼也，子之不知鱼之乐全矣。'庄子曰：'请循其本。子曰，汝安知鱼乐云者，既已知吾知之而问我。我知之濠上也。'"

八、寿刹钟声　今　译（全入韵）

寺钟来海上，　似从海上传来寿安寺雄重的钟声，

鲧击动江城①。　定然是鲧鳖的重击致使声动江城。

橄塸惊人梦②，　钟声飞驰乡间惊破了世人的梦影，

飞林杂鸟鸣。　钟声飞入树林伴随着鸟儿的叫声。

远风何蕴藉，　月白风清而掩盖着远方的雷霆云腾，

坐月觉匌匒。　望月听钟顿觉匌然的风雷已然来临。

无限尘缘缚， 凡界无数的俗念捆缚着世人的身心，

消磨是此声。 要消磨尘根俗虑唯有这寺刹的钟声。

乾隆乙未长至后二日，五峰范国泰

① 鲧：大禹之父，鲧化为大鳖。《史记·夏本纪》："舜登用，摄行天子政，巡守，行视鲧之治水无效，乃殛鲧于羽山以死，天下皆以舜之诛为是。"张守节《正义》："殛音纪力反，鲧之羽山，化为黄熊入于羽渊，熊音乃来反，下三点为三足也。东晳《发蒙记》云：'鳖三足曰熊。'"

② 檄埜：檄，羽檄，指紧急速递的军事文书，这里名词作动词用，与下文"飞"对偶。埜，即"野"的异体字。

唐 品 高

心 里 藏 诗 记

著名军事著作家郭化若中将作于 1962 年的《七律·崇明岛》一诗，我收藏了 50 多个春秋。要说清楚《七律·崇明岛》诗的来龙去脉，有一个心里藏诗的故事。

1962 年，我在中国人民解放军某部战备训练的行军路上，通信员小潘递给我一封家信。我看到他手中有一本新到的《解放军文艺》杂志，就向他借阅了几分钟，看到了郭化若将军的《七律·崇明岛》一诗。我是崇明人，看到写家乡之事即起收藏之念。当时没有纸，我就把它抄写在手掌上，行军路上反复背诵，字词结构刻意记取。此后我经常背诵，加深记忆的深度，至今已有 50 余年，依然滚瓜烂熟。该诗曾对我在部队艰苦磨炼，立志保卫祖国，保卫家乡起过很大的鼓舞作用，确是心里藏诗 50 年，酸甜苦辣只等闲。

郭老是我国著名的军事著作家，其作品《十一家注孙子》《孙子兵法浅释》等我都拜读过。1962 年，他是国防部办公厅主任，写作《七律·崇明岛》一诗时的国际国内背景是：苏共"二十二大"后，赫鲁晓夫公开反华，中苏两党就"战争与和平"等问题进行了公开论战。苏方单方面撕毁协定，撤回专家，并趁我国自然灾害之际进行了逼债，全国上下勒紧裤腰带，节衣缩食，自力更生，奋力还债；美国在朝鲜战争遭到失败后，亡我之心不死，军事武装台湾，蒋介石则蠢蠢欲动，妄图反攻大陆。中共中央、国务院、中央军委发布了全国紧急战备动员令，进入战备状态，形势非常紧张。郭化若等国防部领导前来视察崇明军事布防，上海警备区副司令熊应堂陪同前来，崇明武装部的政委是陈小颖，这些确切性如何，有待于继续核证。郭老《七律·崇明岛》就是在这一背景下问世的。

该诗依我看来，至今能记忆完整的为数不多。理由是：其一，《解放军文艺》主要阅读对象是军人，非军人相对要少；其二，该诗发表距今已有 50 余年，阅读者必在 80 岁以上，而 80 岁以上能阅读理解并且有刻意记忆收藏的退复军人不会很多；其三，非崇明人未必有家乡情感去收藏该诗，故该诗鲜为人知是可能的。

我想如果将该诗广为传播，对挖掘我们崇明海岛的潜在文化，促进崇明岛在外界的知名度，让世界了解崇明，让崇明走向世界，会有一定的物质文化价值。于是，我将该诗隆重推荐给 2002 年第一期《崇明诗书画》杂志，今收入《崇明颂》诗词集。

一代儒将郭化若诗作《七律·崇明岛》发表寻根记

郭化若诗作《七律·崇明岛》，是根据我 40 年后的记忆推荐的。但由于年代久远，记忆不免有些模糊，其字里行间会不会有差错，无法证实，我下决心非找到发表该诗的《解放军文艺》不可，于是走上了漫漫寻根路。

我先后写信给国防部和中国人民解放军总政治部老干部局，想通过它们找到郭老本人或其家人，以核实该诗的正确性，结果都以"查无此人"的批条，将信退了回来。后来，我就通过互联网了解郭老的情况，才知道郭老于 1995 年 11 月 26 日 4 时 14 分在北京逝世。查证的线索断了，但我意外地从互联网上了解了郭老的生平事迹和其他信息。

郭老是福建省福州人，1925 年秋考入黄埔军校学习，同年冬加入中国共产党，1926 年参加"北伐战争"，1927 年 9 月参加中国工农红军，并且赴苏联莫斯科炮兵学校学习。回国后历任中央红军第二纵队司令部参谋长、纵队长，第四军红一团参谋长、前敌委员会秘书长、中央军委第二局局长等职。先后参加了一、二、三、四次反"围剿"等战役，组建了红军第一个工兵队和无线电队，1934 年参加长征。抗日战争时期，先后任中央军委一局局长、中央军委编译处处长、抗日军政大学三分校校长、军事处处长等职。他积极开展军事理论研究，编辑"抗日战争丛书"，担任《八路军军政杂志》等编辑工作，著有《军事辩证法浅说》，用于战争实践，成为毛泽东同志的军事高参。解放战争时期，历任鲁南军区副司令员、华东野战军第六纵队副司令员、第四纵队政治委员等职。解放上海的战役中，创造了既歼灭上海守敌，又保全上海这座大城市的战争奇迹。上海解放后，他是第一任淞沪警备司令部司令员兼政委，坚决执行严厉打击敌人，积极保护人民、严守纪律的政策，主动支持和配合地方工作，迅速稳定上海社会秩序，保证了军事管制的顺利进行和各项建设事业的胜利开展。他还历任上海防空司令部司令员兼政委，华东军区公安部队司令员、军事科学院副院长等职。完成了毛泽东赋予的《孙子兵法今译》《十一家注孙子》等编译任务，领导《解放军战史》的编写工作，为军事科学研究事业做出了贡献。他对崇明岛的军事环境非常了解。他一生的军事著作与诗词由郭化若文集纪念编委会和郭化若诗集纪念编委会出版。文集《一代儒将》影响深远。

但是，互联网还未能圆我查证郭老作《七律·崇明岛》的梦，我就设法与《解放军文艺》编辑部、资料部联系。但崇明图书馆没有《解放军文艺》可供借阅，不可能找到《解放军文艺》编辑部、资料部的地址，我就到崇明县人武部去，通过军界去了解。正巧，在2005 年第一期《解放军文艺》上刊登了一则为纪念《解放军文艺》出版 50 周年，出版《解放军文艺汇编》的消息，我喜出望外，这下准有查证的希望了。我就一封求助信飞往北京，《解放军文艺》编辑部回信告知我说，我们查阅了《文艺》总目录，郭化若同志于1961 年《解放军文艺》第八期发表过"诗二首"，但时间过久，原手稿无法找到。我又致信《解放军文艺》资料部，求助复印郭老"诗二首"。不久，鸿雁传书，我的寻根梦终于实现了。

唐 圣 勤

瀛洲八景诗选读

区域文化是当地人民在社会历史发展过程中所创造的精神财富，"八景"则是我国区域文化的重要内容之一。它反映了当地具有代表意义的名胜风景和生活图景，拥有悠久的历史和深刻的内涵，表现出明显的地域风情和教育特质。古代地方志中有无"八景"（有的地方仅四景、六景，有的地方增至十景、十二景或更多景，但统称为"八景"文化），那是衡量一方水土文化底蕴和一地黎民百姓审美水平高低的一个显著标志。例：湖南有"岳麓八景""沅陵八景""浏阳八景"，广东有"羊城八景"，云南有"昆明八景""大理八景"，陕西有"黄陵八景"等等。随着中国经济的迅速发展和旅游事业的蓬勃兴起，不仅古"八景"受到人们的充分关注，推选新"八景"活动也得到了地方政府的高度重视。而今，"八景"已成为一种文化概念，更多地表现为对家乡、对祖国、对中华民族的眷恋和热爱。

中国第三大岛——崇明，自唐代以来风光旖旎，人文景观令人赞叹。宋时文天祥誉崇明为"海上瀛洲"，明太祖朱元璋题崇明为"东海瀛洲"。崇明沙洲成陆虽晚，但在元代就有了"东洲八景"，跟中国最早于北宋时期出现的湖南长沙"潇湘八景"相比，时隔仅一百余年。崇明后来又有了"西洲八景"，人们将东西名胜合并为十二景，即洋山耸翠、渤海澄澜、寿刹烟林、南溟蜃气、谯楼暮鼓、慈济晨钟、海天浴日、水格分涛、七浦归帆、层城表海、金鳌镜影、玉宇机声。到了清乾隆年间，又增渔艇迎潮、鹾场积雪、吉贝连云、沧江大阅四景。

崇明知县赵廷健精选古今胜景，浓缩为"瀛洲八景"，在他主修的乾隆年间《崇明志》上绘有"八景"图，并配有"八景"诗，这是中国八景文化中的一方珍宝。"瀛洲八景诗"从不同侧面描绘了富有特色的崇明古代风貌。这不仅是情景交融的古瀛诗歌佳作，而且也是反映崇明历史的宝贵资料；不仅是蕴含着丰富的语言、文学、地理、民俗等知识的文学作品，而且也是研究崇明经济发展和旅游开发的参考读物。反复吟读"瀛洲八景"组诗，你可读到昔日海岛的美丽和壮观，读到世代前辈的艰辛和淳朴，读到诗人豁达的情怀和正义的感慨。

"瀛洲八景诗"是我们第三大岛宝贵的文化遗产，传承了崇明深厚的文化积淀，应予大力开掘与研究。《崇明诗书画》发表过徐东海先生的《"瀛洲八景"知多少》一文，详细考证了崇明"八景"的发展历程，对我们深入理解"瀛洲八景诗"有极大帮助。

附：八景诗及注释

一、层城表海①　韩彦曾

紫气浮遥岛②,层城江海交。

人家依水曲③,野鸟聚沙凹④。

二嘴形如抱⑤,三山势欲包⑥。

岩疆春正好⑦,桃李遍烟郊。

① 层城:内城与外城。表:竖木立石为标志,此处意为"耸立"。

② 紫气:祥瑞之气。遥:远,引申为长。

③ 依:依傍。水曲:水流曲折处。萧纲《晚春》诗:"水曲文鱼聚,林暝鸦鸟飞。"

④ 沙凹:沙,沙滩。凹,周围高、中间洼下的地方。此处指芦苇荡、水草丛。

⑤ 二嘴:原指南汇的高家嘴、通州的廖角嘴(今掘港附近)。此处泛指长江口两岸。

⑥ 三山:崇明岛东有佘山(又名蛇山),西有福山,西北有狼山。此处泛指周围众山。

⑦ 岩疆:岩,崖岸。疆,边境。

【寓意】

这首五律,绘就了一幅海上仙岛的神奇画卷:崇明地处独特的位置,这里有天人合一的秀美景色。

首联从紫气东来写起,隐约看到一个类似传说中"蓬莱""方丈"仙岛的"瀛洲"，她横卧于长江与东海交汇的波涛之中，岛上耸立着高高的城楼台榭。这是远观，虚无缥缈。颔联对偶，既写出崇明具有江南水乡的共同点：民居依傍水湾，可谓"小桥流水人家"；又点明崇明别具一格：众多的野生飞鸟在此自由翔集，真是一个人鸟和谐相处的自然生态区。颈联对偶，崇明岛的形势有两大特点：既有长江口两岸的温柔拥抱，又有众多山峦的热情护围，难怪人们视其为灿烂的龙口明珠。尾联写景，建在江畔的县城春光明媚，远处城郊桃李芬芳、炊烟袅袅，生气蓬勃之象令人陶醉。

【史实参阅】

崇明是我国面积最大的一个典型河口沙岛。自古以来，崇明沙洲在江海中涨塌无常，以致县治五迁六建，这自然就在人们的心目中形成了一种若近若远、若大若小、若有若无的感觉，古称"瀛洲仙境"事出有因。长江似巨龙，龙口的南唇古为南汇高家嘴，北唇古为通州廖角嘴，夹在其中的崇明岛俨然是一颗龙口宝珠。崇明西北有狼山，西有福山，东有佘山，四周又有诸多小沙和岛屿，呈众星拱月之状。岛上水利工程历来受到重视，古时就有官河和民沟，现有东西向的横运河和南北向的潋河，中间还有小横河和沟渠，可谓水道纵横如网，水中鱼虾鲜美。居民傍水而居，屋后竹树成荫，四厅宅沟、三井两场心的民居颇具特色。县城临江而筑，城内巷深酒香，昔日名镇"桥、庙、堡、浜"路人皆知。郊外农村桃红柳绿、良田万顷，广阔的滩涂湿地上百鸟翻飞、牛草鲜嫩。

二、沧江大阅① 赵廷健

一声霜角海天宽②,海上齐排上将坛③。
军似水犀来浩浩④,人如石虎坐桓桓⑤。
风吞黑雾牵旗急⑥,浪簇银山掠阵寒⑦。
识得圣朝神武意⑧,鼋鼍窟里洗兵看⑨。

① 大阅:检阅军队。《汉书·刑法志》:"秋治兵以弥,冬大阅以狩。"

② 霜角:边寨地区戍卒吹的号角。

③ 排:安置,张设。上将坛:拜将誓师用的台。

④ 浩浩:盛大的样子。《尚书·尧典》:"汤汤洪水方割,荡荡怀山襄陵,浩浩滔天。"

⑤ 桓桓:威武的样子。杜甫《北征》诗:"桓桓陈将军,仗钺奋忠烈。"

⑥ 吞:咽。

⑦ 簇:簇拥。掠:拂过,一擦而过。苏轼《后赤壁赋》:"适有孤鹤横江东来,掠予舟而西也。"阵:行阵,队伍。

⑧ 圣朝:封建社会称当代王朝为圣朝。神武:非常勇武。

⑨ 鼋鼍窟:鼋,大鳖。鼍,念 tuó,鳄鱼的一种,又名扬子鳄。窟,水塘。张籍《白鼍吟》:"天欲雨,有东风,南溪白鼍鸣窟中。"洗兵:洗净兵器备用。李白《战城南》诗:"洗兵条支海上波,放兵天山雪中草。"

【寓意】

这是一首记述海上水军阅兵式的七律。

首联首句先闻其声：一阵号角响彻宽阔的海面和天空；次句如临其境：海上整齐地摆开了拜将誓师的高台。颔联引入受检阅的水军，兵船浩浩荡荡地驰过，像一头头快速游弋的水牛；战士们威武地坐在船上，像一尊尊岿然不动的石虎。颈联把"风"和"浪"拟作人，劲风吞没了夜雾，拉动着军旗哗啦啦地飘；骇浪簇拥起白色的波峰，凛冽的寒光擦过行进的船队。尾联写人，官兵牢记国家勇武强军的意图，在风急浪高的海上进行实战演习，这好比欲到水塘里捉鳖擒鳄而磨刀擦枪。结尾两句充分体现了水军战士昂扬的斗志和藐视敌人的大无畏精神。

【史实参阅】

崇明地处海滨要冲，扼江汉险阻，是兵家必争之地。自古以来，谈论江防策略的人，都认为一定要先守住金陵；守金陵必先守住瓜州、镇江；守瓜州、镇江必先守住狼山、福山；而守狼山、福山，必须先要守住崇明。自元明以来，崇明被称为大江门户、十郡屏障。自从海防告警，明代防备倭寇入侵，在此设立水师重镇。明洪武二十年(1387)，设崇明沙守御，率兵1 120名；永乐十四年(1416)，增海军，设水寨千户，领舟习水战；宣德六年(1431)，镇海卫又调集卫军千名，添置风船、快船数十艘，加强水寨防御；至万历时，战船有苍船七只、沙船三十只、桨船五只、唬船十六只、划船五只，组成了配套齐全的水上舰队。清康

熙十一年(1672),水军分内、外洋两路,内洋巡防的兵丁250
名,使用沙船便于出没于浅滩之上;外洋会哨兵丁1 350名,添
置了尖底的赶缯船,便于到深海里破浪而驰,另有小哨船若干随
行。到了乾隆、道光年间,崇明水军仍可出动战船一百余艘,抗击
海盗和英军。明清时崇明水域广阔,朝廷划定崇明范围以流水为
界,东面的佘山,东南面的槭山、四礁山、花鸟山、陈钱山以及小洋
山、大洋山等岛屿,全归崇明管辖。因此,水军出海巡查任务相当
繁重。

三、渔艇迎潮　仲鹤庆

石首梅头滋味香①,渔舠三月下东洋②。
尾衔一字龙蛇阵③,影乱千群鹜雁行④。
灯火夜迷光禄墓⑤,帆樯朝掠婕好庄⑥。
风波经惯浑闲事⑦,好把沧桑问夕阳⑧。

① 石首梅头:石首,一种鲜美的鱼,俗称"黄花郎",晒干后
一蒸特别香,如用酒糟腌过,炖熟了味道更好。梅头,也是一种
鱼,今仍称"梅头鱼",或称"梅支",形似黄鱼,但较小,肉质
鲜嫩。

② 渔舠:捕鱼的小船。东洋:东面的海洋,包括东海和黄
海,旧称苏州洋。

③ 龙蛇阵:像龙和蛇连接的行列。

④ 鹜:形如家鸭的野生鸭,又名"凫""绿头鸭",雄鸭头上毛

绿发亮。雁：大雁，又叫"鸿雁"，飞时排成"一"字或"人"字行。《荀子·富国》："然后飞鸟凫雁若烟海。"

⑤ 光禄墓：唐一岑墓。唐一岑为明嘉靖时的崇明知县，因英勇抗倭而献身，明皇帝敕其"光禄寺丞"。该墓现迁于崇明县城东南二里处，上海市市级文物保护单位。

⑥ 婕妤庄：刘婕妤的庄园。宋绍圣三年（1096），刘婕妤官中有宠，元符二年（1099），宋哲宗立刘婕妤为皇后。刘婕妤在崇明开辟过自己的庄园，后来刘婕妤的庄园（包括"循王"张俊、丞相韩侂胄在崇明的庄园）全部改建为盐场。

⑦ 浑间事：浑，自然、天然。浑间事，就是平常事。

⑧ 好：易于、便于。杜甫《闻官军收河南河北》诗："白日放歌须纵酒，青春作伴好还乡。"把：掌握住。沧桑："沧海变桑田"的紧缩，喻世事变迁之大，也说成"海田"。葛洪《神仙传·壬远》："麻姑自说云：'接侍以来，已见东海三为桑田。'"

【寓意】

这是一首七言律诗。描写渔民趁汛出海捕鱼，饱经岁月沧桑，在风浪中练就了无所畏惧的坚强意志。

首联叙事，先述事由：阳春三月正是捕捉石首鱼、梅头鱼的最佳汛期，那鱼香诱惑着渔民赶紧行动，大大小小的渔船直奔东海而去。颔联写景：海上，船与船首尾衔接，像一字形的龙蛇，队伍煞是雄壮；空中，无数翱翔的野鸭、鸿雁为远航的船队送行，倒影纷乱地映在海面。颈联截取两个片断：渔船朝经刘家昔日庄园,暮过唐公安卧的地方,二句对偶,又属互文,说明渔民无论昼夜都在不停地奔波。尾联记人,渔民们久经风浪的颠簸,把惊涛骇浪视作小事一桩,他们以此为经验,很容易把握世事的变幻,推测自己今后的生活。这里,诗人由衷地钦佩渔人宽阔的胸怀和超脱的精神。

【史实参阅】

崇明四面环水,具有天然渔场的优势。1300 年之前,最早来此居住的就是渔民和樵夫。过去崇明渔业以江海捕捞为主,淡水养殖极少。渔民使用的主要生产工具是"崇明沙船",二桅的网船在长江里捉鱼,风帆大渔船出海捕鱼。捕得的鱼类有鮕(鱼)、甲(鱼)、鲳(片)、黄(鱼)等 20 多个著名品种。每年最热闹的季节就是三四月份,大批渔船到黄海捕捉石首鱼,俗称"拔黄花郎"。码头上等待购鱼的群众人山人海,人们一般都要整篮、整筐地买回鲜鱼晾晒成"黄花郎干",再放到米糟里腌渍,日后煮食,滋味愈加醇香。靠山吃山,靠水吃水,渔民以鱼为天。他们熟悉大海潮汐,掌握游鱼汛期,年年捕鱼不止。"出海欲何求? 上岸一壶酒",他们日夜辛劳但并不贪婪,搏击风浪之后,能平安回家、呷上一口老白酒,这比什么都强。

宋代文天祥乘船途经捕捉石首鱼的水域,见景生情,即兴作诗道:"一叶飘摇扬子江,白云尽处是苏洋。""渺渺乘风出海门,一行淡水带潮浑。长江尽处还如此,何日岷山看发源。"

四、七浦归帆① 韩彦曾

天际归帆急，沧江落日斜②。

千层翻碧浪，万顷映红霞。

娄山连春树③，虞水接海涯④。

饱看蒲十幅⑤，游子好还家⑥。

① 七浦：浦，港口。七浦，港口名。

② 沧江：沧，水呈青绿色。沧江，指长江。南朝梁、任昉《赠郭桐庐》诗：“沧江路穷此，湍险方自兹。”斜：古读 xiá，与“霞”同韵，崇明方言仍保留此古音。

③ 娄山：“娄”通“塿”，土丘。《左传·襄公二十四年》：“部娄无松柏。”

④ 虞水：虞渊，传说中日落的地方。虞水，意为西来之长江水。

⑤ 蒲：用蒲叶编成的船帆。

⑥ 游子：离家远游的人。

【寓意】

这是一首五言律诗，八句成四联，中间两联对偶，描画了一幅美妙的“归航图”：夕阳西下，千船疾驰，赶紧返回可爱的家乡。

首联从“天际”写起，点明船行之远，“落日斜”是说返航时间之紧，要在天黑之前赶回家乡。一个“急”字是诗眼，表面上写船，实际上写人，突出了乘客与船民归心如箭。颔联写景，翻腾的波涛拍打着船头,金色的晚霞映红了江面,多美的水景啊!颈联先写两岸春色,高高低低的山峦上树木葱茏,野花艳丽,或许会令你流连忘返;后句笔锋一转,只见得滔滔江水向东流,船上的人意识到自己离家尚远,还得抓紧赶路。尾联承上又高潮涌起,乘客们已无心观赏途中美景,最要紧的是赶回家中把似锦如画的诸多佳木香草看个透、闻个够,出外远游的人最喜欢的还是回到生我、养我、等我的故乡!结句充分体现了游子热爱家乡宝岛的炽热情怀。

【史实参阅】

崇明"中海而居,非舟楫莫能至"(元代蔡景行《重建州治碑记》),凡出入本岛、联络外界,全凭水上交通。崇明曾有不少的津渡,主要分布在南沿和北沿,每日有成群的船只从这里扬帆起航,也有众多的乘客由远方归来。清康熙年间,海上平靖,崇明设有施翘河等 14 个港口,听任百姓自由往来。木帆船是崇明最早的水上运输工具,有很长的历史,清乾隆年间《崇明县志》载:"沙船出自崇明沙而得名。"崇明沙船的特点是平底方头重心低,不大会搁浅,适宜在浅滩、暗沙多而又风急浪高的水域航行。早在元至元十三年(1276),崇明人朱清与好友开辟了崇明至直沽(今天津)的海运航线,用沙船载货带客。在中国造船史上,首见能逆风航行的海帆船就是沙船,故现今上海市市标的图案中心就是扬帆出海的崇明沙船。崇明上溯长江、远涉重洋、南接上海、北通启海,古代主要靠沙船代步。崇明人乘着沙船向外发展,又乘着沙船回乡团聚。

五、醝场积雪① 赵廷健

挽取桑乾沸作尘②,映天铺地白粼粼。

积如六月峨嵋雪③,扫到千回海角人④。

盐荚旧推齐仲父⑤,地舆补入楚春申⑥。

盘餐调味寻常事,记取熬波剧苦辛⑦。

① 醝(cuó),与"痤"同音,盐。《礼记·曲礼下》:"盐曰咸醝。"崇明称没有菜吃,只能用筷子醮点盐味,叫作"盐醝筷"。

② 挽:拉。桑乾:乾,"干"的繁体字。桑乾泛指柴火。沸:滚开的水,此指烧煮含盐的海水。

③ 峨嵋:山名,也作峨眉,在四川峨嵋县西南,山势雄伟。

④ 海角:即海隅,指海边、沿海地区。

⑤ 盐荚:荚,即荚钱,汉初钱名,形似榆荚。仲父:即管夷吾,字仲,春秋时齐国著名政治家。《史记》载:管仲辅佐齐桓公"设轻重鱼盐之利",意为铸造货币以促进鱼盐业生产与贸易,控制流通物价。

⑥ 地舆:大地。舆本为车,地载万物,故以车作比。春申:即黄歇,封为春申君,战国时楚国的左徒、令尹,封地于吴。上海的黄浦江取之于黄歇之名,故又称春申江,上海简称古为"申"。

⑦ 剧:多。《后汉书·南匈奴传》:"而耿夔征发烦剧,新降者皆愤恨谋畔。"

【寓意】

这是一首描写盐业生产的七律。盐场劳工在炎炎赤日之下,挥汗煮盐,六月酷暑的海边竟会堆起一座"雪山"。

首联勾勒煮盐民劳作的场面,盐民拉来一车车的柴火,烧沸的海水逐渐化作细小的晶体颗粒,这就是盐!一个个盐灶到处都是,整个沙滩上铺满了白粼粼的海盐,辉映着蓝天。颔联极为奇巧,六月盛夏怎么会在此堆积起高高的雪山,原来是海边盐民经历千辛万苦扫拢起来的白盐。颈联曲径通幽,并没有多作评价,而是由今及古,从时间和空间两方面来追溯盐业生产的历史和地域,最早精于盐业生产和流通的人要首推春秋时齐国的管仲,这块新涨出来的沙滩盐场已划入昔日春申君管辖的范围。尾联展开议论,食盐作为日常菜肴的调味品已是司空见惯的事,但请大家千万要记住:这盐是盐工们千辛万苦从海水中煎熬出来的啊。此联先抑后扬,寄托着作者对劳动人民的深切同情。

【史实参阅】

千年之前,外洋咸潮涌至崇明沙洲,好多地方无法耕种,人们只能在此煮盐为业。五代时西沙建崇明镇,初有盐灶。宋太平兴国五年(980),宋太宗将判死刑缓期执行的囚犯发配到崇明充当盐丁,使其以盐为生,而利润收归国库,崇明盐业开始兴旺。1222年,三沙上已废的刘氏庄园改为天赐盐场,范围逐步扩大,元至元年间,盐田的荡滩已有 924 顷 20 亩之多,仅征得的盐税就是正银近千两,而当时征收田赋的垦田倒只有 757 顷 36 亩。此时,浙西、青浦、江湾的一些灶户来崇煮盐,以后陆续在此定居。明清时期,朝廷加强对盐业产销的管理和限制,严禁私贩卖盐出境。至清代后期,由于江水、雨水的长期洗刷,农耕兴盛,崇明的土壤日趋淡化,盐田逐渐减少,光绪二十八年(1902),官灶仅存 37 副,每灶四五人,灶盐仅能供本地三分之一的人口食用,不足部分进口淮盐。

六、吉贝连云① 施 涵

西风猎猎拂晴沙②,拥树棉铃锦作花③。

皲拆可怜收拾得④,不知倾笼入谁家⑤。

① 吉贝:棉花。吉贝是马来语译音。明代徐光启作《吉贝疏》,讲的就是棉花问题。

② 西风:西来之风。崇明四季都有,秋冬更多,此风一起,天一定会转晴。晴沙:阳光照耀下的沙滩。杜甫《曲江陪郑南史饮》诗:"雀啄江头黄花柳,鵁鶄鸂鶒晴沙上。"

③ 锦作花:锦,有花纹的织品。锦作花,意为锦上添花。

④ 皲拆:皲,皮肤裂开。拆,用手把物体分离。皲拆,意为采棉时手皮被棉铃上的尖角刺破了。可怜:值得怜悯、哀怜。白居易《卖炭翁》诗:"可怜身上衣正单,心忧炭贱愿天寒。"

⑤ 倾笼:倾,全部倒出。倾笼,即倾于笼,从筐子里全部倾倒出来。

【寓意】

这首七绝,思想性、艺术性极强。描写棉花大丰收,而农民依然劳而少得。

首句写景,深秋季节里,西风呼啦啦地吹拂着阳光普照的沙地。次句承前,燥风催开棉桃,白絮挂满了棉树,丰收之景把黄绿错综的沙地装点得更加漂亮。三句写人,男女老少尽管裂开了手指淌着血,还在弯腰屈背采棉不止。多么值得怜悯啊!四句反诘,佃农将采摘到的棉花从筐中全部倒出来,这劳动果实最终归谁家所有?最后两句饱含深情,体现了诗人对劳动人民深深地哀怜和对当时剥削制度的强烈不满。

【史实参阅】

崇明旧时西部受江水灌溉,土质淡,宜种稻菽,而东部地区和新涨滩涂多为盐碱地,宜种玉米、山芋、芋艿,尤宜种棉花,这里产出的棉花纤维特长。清末时全县种棉面积占耕地总数的十分之六七。本地区棉花有中棉、美棉两种,中棉有白花、紫花、青茎鸡三种,美棉品种颇多。建国前后引进德字棉、岱字棉等。清代时清明后播种,立秋后收获。后因棉种改良,播种时间推迟到谷雨与立夏之间。种后要匀苗、除草、松土、整枝,棉花培管任务十分繁重。夏天开花结铃,秋天成熟吐絮。摘棉花时,男女老少系起围腰兜,到棉田紧张地采棉,每到傍晚收工时,有的扛棉袋、有的挑棉筐,一路上络绎不绝。过去佃农租种地主土地,交纳地租,官府征收田赋(农业税)。在崇明,明代实行地税和丁税分开的"两税法"，清乾隆五年(1740)起改为"一条鞭法"，即把地、丁两税合而为一，以田亩计税，并将收实物改为收货币。所以农村棉花即使丰收了，由于棉价下跌，农民收入依然低下，交税后所剩无几。后来田赋逐年加重，附加名目又增多，佃农不堪承受。

七、玉宇机声　赵廷健

澄澄玉宇净无尘[①]，轧轧机声入夜频[②]。

朴素文章同布帛，太平风俗有经纶[③]。

星分织女当窗见[④]，家满龙梭挂壁驯[⑤]。

试向金阊城里看[⑥]，许多航海贸丝人[⑦]。

① 澄澄：非常宁静。玉宇：天空。陆游《江月歌》诗："露洗玉宇清无烟，月轮徐行万里天。"

② 轧轧(yāyā)：象声词。温庭筠《江南曲》："轧轧摇桨声，移舟入菱叶。"崇明将织布机声比拟为"吱鸦喀搭"，近似"轧轧"音。

③ 经纶：理出丝绪为经，编丝成绳为纶。经纶，比喻筹划管理的能力。杜甫《述古三首》诗之三："经纶中兴业，何代无长才。"

④ 星分：星星明亮。

⑤ 龙梭挂壁：龙梭，织梭的美称。挂壁，典出《二十四史·晋书·陶侃传》："侃少时渔于雷峰，网得一织梭，以挂于壁，有顷雷雨，自化为龙而去。"

⑥ 金阊：苏州之谓。苏州有金门、阊门两处城门。

⑦ 贸丝：做纺织品生意。

【寓意】

此诗亦为七律。夜阑人静,机声不停,织女织布正忙,男耕女织的田园生活可见一斑。

首联以静衬动,清静的天宇中一尘不染,只听得村中的织机声响彻夜空。一个"频"字表明织机之多、机声之紧,此处只闻其声未见其人。颔联由玉宇机声联想到此地的风土人情:读书人写出的质朴的文章如同织女织出的古色古香的布匹一样多,这里太平祥和的风气跟织女有条不紊的调理分不开。此对偶句不仅透视出了本地区男女老少勤于耕织、读书的优良习俗,又突出了妇女的精明强干及其对社会的贡献。颈联聚焦到妇女身上,摄下了织女飞梭的大特写。星光闪烁,织女柔美的身姿出现在农舍窗口;织女手中的梭子调教得就像自由飞舞的蛟龙。古诗常以"穿梭"形容来往的快和频,那么"穿梭"将如何比拟呢? 本诗中的"龙梭挂壁"这一典故,着实活化、神化了"穿梭"这个词语。尾联从具体的情景中跳出,视线远移,投射到有名的苏州城,那里是个布帛、绣品的交易大市场,有多少出入于五湖四海的纺织品经营者,正等待着织女新从织机下完成的优质土布啊! 此联把崇明土布写成了当时大受欢迎的热销产品,赞誉之意溢于言表。

【史实参阅】

崇明生产土布已有 400 多年历史。据记载,明嘉靖年间,赴崇明任知县的唐一岑携家眷同来,唐夫人将其娴熟的纺织技术传教于本地妇女。从此，崇明逐渐形成了"书声与织机声彻夜相应"的优良风俗。旧时这里的少女要读一门必修课，就是"一朵棉花做到头"，从采棉开始，至纺纱、织布、制衣，要求件件皆能，因为这是当时男子择偶的一个重要条件。崇明土布中，大布阔一尺八九寸，长八九丈为一匹，有柳条布、格子布、芦菲花布、蚂蚁布、斜纹布等品种；小布阔一尺，长四丈为一匹，有萱经布、线布。因其织工精细、厚实耐磨而驰名全国。崇明历史上第一个外销产品和传统特产之最就是"崇明土布"。20 世纪一二十年代，全县有布机 10 万台，年产量 250 多万匹，年收入高达 100 多万银圆。

八、金鳌镜影　施　涵

碧海青铜磨未休①，烟波万里望中收②。
吞云浴日何由见③，胜绝金鳌背上游④。

① 碧海：清碧的海洋，崇明习惯将江也称作海，旧时也叫"内洋"。青铜：古代用铜磨成的镜子，叫青铜镜。

② 烟波：雾气弥漫的水面。陆游《谢池春》词："烟波无际，望秦关何处？"

③ 浴日：太阳刚从水面升起的景象。《淮南子·天文训》："日出于旸谷，浴于咸池。"何由：从什么地方。

④ 胜绝：胜，优美的景观。绝，独一无二。金鳌：金黄色的大海龟，拟指金鳌山。陈允平《云岩师书镫夕命赋》："六鳌初驾，缥缈蓬阆，移来洲岛。"

【寓意】

这是一首七言绝句。用比拟手法,写登临金鳌山好比骑在大海龟上,令人心旷神怡,可观赏到明镜似的水面上倒映着壮美的景观。

首句将江海之水人格化,千顷碧波在江海表面无止休地磨啊磨,磨成了一面大铜镜。金鳌山的倒影在此清晰可见,景在游人眼中,而游人自在景观之中。次句极目远望,登上金鳌山的人大饱眼福,浩浩的江海烟波尽收眼底。三句用反诘,问朝霞散去、朝阳出浴的壮丽场面从何处才能一览无遗。四句作答,只要登上金鳌山,就能像乘在大海龟上尽情游览,观赏到气势磅礴、无与伦比的"浴日"之大观。多么生动而实在的诗句啊! 常人只知泰山日出,而未能来此金鳌一游。殊不知泰山上观日出,仅是远望云海日出而已;而近观旭日东升只有在东海之滨才是最佳位置,我们何必舍近而求远呢?

【史实参阅】

崇明岛自明代起,沙洲滩涂一直往东涨,面积逐渐扩大。她突出在中国东部海岸线上。目前,岛屿最东端处于东经121°54′,再往东就是一望无际的东海。崇明本无山,相传宋代堆起一座土丘,形似金鳌,故名金鳌山。清康熙七年(1668)在江边寿安寺北侧重建金鳌山,山有九峰,下开玉莲池,池中有岛,岛上建大有亭。乾隆年间又重修,景点更趋完美,始有"金鳌八景"之称,"古刹钟声"即为其中一景。光绪十九年(1893),山上又造"镇海塔",塔高

16米。每逢重阳，游人结队而来，登高会友，齐观四方美景。乾隆时，崇明知县范国泰亲自作"金鳌山八景诗"，并请高手刻碑，现保存在寿安寺大殿西壁。其中开首为"鳌峰远眺"，诗曰："拾级登鳌背，凭虚第一峰。云光连渤海，蜃气接吴淞。平壑烟中泻，遥帆树杪逢。兴来吹铁笛，清响动蛟龙。"

立足千里

编后记

　　《崇明颂》自征稿以来，经过各方面三年多的努力，《崇明颂·散文集》和《崇明颂·诗词集》终于与读者见面了。

　　三年前，智深大师乐后圣到崇明，告诉我们只有文化才能扩大崇明的影响，只有文化才能永久留存。因此，崇明县经济促进会在县文化广播影视管理局和县文学艺术联合会的全力支持下，共同举办了"中国第三大岛——首届崇明岛文艺作品创作大赛"。在县电视台、《崇明报》的大力支持下，征稿取得了较大成果，收到文学作品184篇，书画作品98幅，其部分优秀作品在《崇明报》开辟专栏刊登，引起较大反响。国防大学政治部副主任李殿仁中将专门为这一活动题词"崇明颂"，中共中央直属机关书画协会副主席孟庆利书写书名"散文集、诗词集"。一些读者来信来电希望能出版读物。

　　鉴于出版读物，要求更高，内容更广，因而在促进会理事会员中开展第二次征稿，同样取得成效，收到近百篇文学作品，并得到了崇明县诗书画学会大力支持。经过精心挑选，《崇明颂·散文集》和《崇明颂·诗词集》与读者见面。

在整个活动和《崇明颂》的编辑过程中，始终得到了中共崇明县委、县政府、县文广局、县教育局、县文联、瀛通老年大学、县诗书画学会、县文化馆、图书馆等单位支持，谨此表示衷心感谢！并对为本书出版作出贡献的乐后圣、李殿仁、孟庆利、叶辛、陆松平、黄海盛、黄胜、岑毅、魏佳妮、黄乃华、黄永存、顾岑等表示衷心感谢！

同时，我们还得到了促进会全体常务理事和全体会员的支持，特别得到了副理事长王士明经费的支持，谨此表示衷心感谢！

由于我们水平有限，编辑过程中一定存在不足之处，请读者谅解，并提出宝贵意见，以便我们在以后的续集中改进。

编　者

图书在版编目 (CIP) 数据

崇明颂／崇明县经济促进会主编. —上海：文汇
出版社，2015.12
 ISBN 978 - 7 - 5496 - 0882 - 9

 Ⅰ. ①崇… Ⅱ. ①崇… Ⅲ. ①中国文学-当代文学-
作品综合集 Ⅳ. ①I217.1

中国版本图书馆 CIP 数据核字 (2015) 第 269111 号

崇明颂(诗词集)

本册主编／崇明县经济促进会

责任编辑／吴　华
装帧设计／沈　睿
封面题字／李殿仁　孟庆利
封底国画／陈玉兰
绘　　画／沈　岳

出版发行／文汇出版社
　　　　　上海市威海路 755 号
　　　　　（邮政编码 200041）
经　　销／全国新华书店
排　　版／南京展望文化发展有限公司
印刷装订／江苏省启东市人民印刷有限公司
版　　次／2015 年 12 月第 1 版
印　　次／2015 年 12 月第 1 次印刷
开　　本／890×1240　1/32
字　　数／110 千字
印　　张／5.5

ISBN 978 - 7 - 5496 - 0882 - 9
定　　价：60.00 元（全二册）

亚圣宗孙孟庆利题

散文集

崇明颂

主编　崇明县经济促进会

李毅仁题

文汇出版社

崇明颂散文集在版编目

总　创　意：乐后圣

策　　　划：沈　岳　陈继明

主　　　编：崇明县经济促进会

支　　　持：崇明县文化广播影视管理局

特别支持：王士明

编　委　会：（以姓氏笔画排列）

　　　　　　王士明　沈汉章　沈　岳　沈冠军

　　　　　　陆顺章　陈继明　殷惠生　郭树清

　　　　　　黄汉江

执行主编：郭树清　沈　岳

序

——崇明文脉的寻觅

叶辛

　　秋日，友人郭树清、岑毅送来《崇明颂·散文集》和《崇明颂·诗词集》两本带着墨香的清样，请我作序。此书在崇明县委、县政府重视和县文化广播影视管理局的支持下，由崇明县经济促进会主编，文汇出版社出版。细读书的清样，似乎经历了一次长久、难忘的崇明文化之旅。行走字里行间，沿途望风景、观历史、看风俗、品人文，我不禁被扑面而来裹着海风潮韵的崇明文脉气息所吸引、撞击和诱惑，深深地沉浸和陶醉其中。

　　从贵州调回上海工作的二十五六年间，我曾十多次应邀踏上崇明热土，对这里的自然和人文景观留下了难忘印象。特别是近年来阅读了崇明籍上海作家郭树清辛勤笔耕的《崇明情缘》《崇明风韵》《崇明风情》等散文集，以及出席由崇明县县委宣传部、崇明县经济促进会、崇明县教育局、文广局等联合组织召开的《崇明风韵》座谈研讨会，我更感受到崇明人文景观和自然风光无穷的魅力。

记得 2014 年 l0 月 15 日，我有幸参加了在北京召开的中央文艺座谈会，聆听了习近平总书记的重要讲话。他强调，"文化是民族生存和发展的重要力量。人类社会每一次跃进，人类文明每一次升华，无不伴随着文化的历史性进步"。"艺术可以放飞想象的翅膀，但一定要脚踩坚实的大地"。"文艺创作不仅要有当代生活的底蕴，而且要有文化传统的血脉。中华优秀传统文化是中华民族的精神命脉"。从习总书记在中央文艺座谈会上论述的文艺作品创作观观照，《崇明颂》的两本集子，在挖掘、传承和弘扬中华文化的组成部分——崇明文脉上作了难能可贵的努力，且彰显厚重的社会价值和意义。

《崇明颂·散文集》《崇明颂·诗词集》入选的 50 多篇散文、200 多首诗词，从不同视角、不同侧面寻觅崇明文脉的多姿多彩，破译或解读崇明文脉背后的特有文化基因，给读者分享崇明文化的获得感。综观全书，它清晰地呈现四个特点：

一是写景，讴歌崇明大好风光，传递崇明文脉魅力。散文《东海明珠观落日》，以优美细腻的笔调，把长江落日所见的变化莫测的神奇及愉悦写得美轮美奂。《北湖，崇明岛的一颗蓝色宝石》，叙述和描写了目前上海最大的人工湖和首个人工"咸水湖"的美丽景色和作者面对这一未来上海"水岛后花园"的期待。《瀛洲处处是画卷》，描写了改革开放 30 多年来，崇明绿色生态岛上东滩湿地、渔家游和前卫等度假村、东平国家森林公园、明珠湖、陈家镇等各具特色的美妙景观。从这些诗情画意笼罩的自然美景中，传递出崇明文脉所具有的天然魅力。《诗词集》也大多关注崇明各类景点、景色、景观，以及游览观景的体验感受，而且往往从四季自然生态的风景切入，触景生情，赞美了宝岛之美。

二是状物，折射崇明文脉情结。散文《神力石海箭》，叙述了在过去生产力低下的年代，崇明石匠打造的石海箭对防止岸滩冲刷、保护滩涂稳定，保持崇明环岛河势定力的功效，它已成为崇明石匠文化之一。《银杏情思》，写了目前崇明全岛列入保护的 15 株银杏中树龄最长的一棵——400 余年的家乡银杏树，历经风雨沧桑依然保持着枝杆挺拔、英姿勃发的身姿，从中可见崇明生态文化的影子。另外，《家乡的大灶》《从崇明灶花到移动壁画》《羊肉酒粄》《舌尖上的难忘》等，从各类生活用具、物品、特产、食物等写实，可见崇明文脉的情结。《诗词集》中的《六十年来住房谱》，通过家庭文化载体——住房谱，反映崇明村民从"呱呱坠地挤茅庐"，到"双亲两墅享儿福"的今昔生活巨变。还有不少诗词通过土布、雕花床板、灶花、大米、老白酒、崇明蟹、白山羊、黄金瓜等"物"有感而发的抒情，以小见大，让读者直接感受到浓浓的崇明传统文化的滋味。

三是叙事，凸显崇明文脉风俗。不少散文在叙事中，较集中地反映崇明文脉中传统风俗的现象。《白居易在瀛洲改诗》，把唐代大诗人白居易在岛上改诗解字谜的传说，写得情节迭出、妙趣横生、富有韵味，增添了崇明传统文化风俗的内涵。《崇明"出会"风俗趣谈》通过庙宇宗教活动关系密切的初会（出会）的民间祭祀故事的生动叙述，不仅探寻其社会历史文化背景，而且揭示其对民间娱乐性活动和集市商贸交易繁荣的推力作用。《崇明，淳朴的乡风民俗》《崇明红白喜事沿革》，直接凸显崇明风俗。《诗词集》不少内容一方面反映崇明乡间传统风俗，如，《故乡习俗》（十首）、《三岛民俗》《正月半回崇明祭祖》，从多个视点聚焦崇明风俗。另一方面《上海长江隧桥吟》等诗词延伸传统文脉，以今天的视角，赞美了改革开放春风催生的上海长江隧桥等宏伟建筑的风貌。

四是塑人，揭示崇明文脉神韵。一些散文和诗词，通过叙述、描写、点赞广义的崇明人、故乡人、长寿人、知青、老干部、三峡移民、草根文化人士等，着力表观崇明人民勤劳、纯朴、勇敢、宽厚、向上的精气神。如，散文《勤劳勇敢的"崇沙帮人"》，表现了崇明人勤劳勇敢、艰苦创业、奋发向上的品质；《我不是过客，是归人》《风雪人生路，难忘故乡情》等，表现了崇明故乡人丰富的情感世界和性格特点；诗词《知青艺术馆》《题知青文化艺术中心》，不仅捕捉到知青群体的特征；而且在一定程度上表现了知青文化的精神内涵。散文《高风亮节——记离休干部陈继明二三事》，讴歌了崇明老干部典型的廉洁奉公情操。《一个"淡"字，铸就长寿》，诠释了崇明人长寿的奥秘。

尤其值得一提的是,沈岳的散文《崇明之韵》通过土之韵、水之韵、人之韵、园之韵、食之韵、俗之韵、梦之韵等层面,多棱角地体现了崇明文脉的鲜明特点,从某种意义上说,它成为崇明自然生态和人文脉络的缩影。《天人合一的经典之作——崇明岛成因探》则把历史传记、史料、科研成果和文学描述糅为一体,不仅揭开了崇明岛天人合一的历史文化基因,而且将崇明文脉起点、积淀和走向尽收笔下。郭树清《堡镇老街》等9篇散文,也从景、物、人、事四个侧面,映现了崇明传统文化的亮色。而郭化若的《崇明岛》,把崇明地理文化环境的独特性刻画得淋漓尽致,令人惊叹。

从宏观视角看,崇明在漫长历史的进程中,开启、演绎、积淀、形成和发展了宝贵的崇明地域文脉,包括历史文化、生态文化、农耕文化、景观文化、旅游文化、民俗文化、乡土文化、知青文化、人文文化、长寿文化等。崇明有史以来,正是因为有其海岛文化价值引领、覆盖和渗透,世世代代的崇明人才一直魂有定所、行有依归。"文章合为时而著,歌诗合为事而作。"《崇明颂》的每一篇散文,每一首诗词,不仅文以载道,传递真善美的正能量,给世人了解、熟悉和感悟崇明的风光和文脉提供了特有的视角,且在客观上保护、传承和弘扬了经济社会发展中可能断层、流失的崇明文化元素和现象。在眼下《崇明颂》的这两本集子中,几乎都可以找到崇明文脉的踪影。

我想，无论是崇明人、城市人，还是外乡人，只要你的眼光触及《崇明颂·散文集》《崇明颂·诗词集》，就会深深地被文中所跳跃的崇明文脉元素所感染，就会身临其境与崇明海岛同呼吸，就会与书中所表达、讴歌的独特的景、物、事、人发生深深的共鸣。这正是本书的文学性所在。

原"崇明颂"伴随着海岛文化对外影响力的拓展，唱响中华大地，成为今天中国走向世界的一张靓丽名片。

是为序。

2015 年秋于上海

（本文作者为中国作协副主席）

目
录 Contents

崇明之韵

沈 岳

人人都有自己的故乡,谁都说自己的家乡好。

我的故乡是中国的第三大岛,世界第一冲积沙岛,也是当今中国岛屿中唯一的长寿之岛,中国生态文化之岛,中国地质公园——崇明岛。崇明岛的兴岛史,就是中国一部典型农耕文明史缩影。

纵观中国的农耕文化,其倡导的就是天人合一,顺应自然。敬畏天地、敬畏自然、敬畏父母是我们岛内人所尊崇的行为准则,因而老天施与崇明人之人类的最高待遇——长寿。

在全球已进入后工业化时代,崇明能基本完整地保留一个原始的、生态的、绿色的、无污染的处女净地,实乃是我们之幸事、上海之幸事、中国之幸事!

崇明(又称瀛洲)始建于唐朝,距今已有 1 300 多年历史,素有"长江龙珠""东海瀛洲"之称。岛上至今还保留着唐、宋、元、明、清等历代遗风和文化产物以及淳朴的民风民俗。

土 之 韵

滚滚长江东逝水，浪淘沙土出崇明。崇明是从一颗颗沙粒聚沙成洲开始，在沧桑巨变中形成。古人记载："崇明之地以水为命，长江发源青海，历岷山而蜀、楚、豫，经吴入海。径流九千余里，挟泥沙而下，逶迤于两崖之间。海水逆之则流缓而沙淀，故自江陵以下，洲渚极多。况江海之交，尤众流骈集，泥流奔委之处，则其有崇明也。"故有世界第一冲击沙岛之称。

自有土以来，取名崇明："崇"为高，"明"为海阔天空，意为高出水面而又平坦广阔的明净土地。唐称之镇，宋称之场，元称之州，明、清称之县至今。明朝开国皇帝朱元璋将"东海瀛洲"四字赐予崇明。

据说，最早发现崇明岛之人是唐朝诗人白居易，以诗为证："白浪茫茫与海连，平沙浩浩四无边，暮去朝来淘不住，遂令东海变桑田。"因而崇明有白居易在瀛洲改诗和杨贵妃未死逃到瀛洲做"羊肉酒粄"等民间传说故事。

土地是人类最基本的生存条件，崇明1300多年的历史就是一部沙洲的涨塌史、垦拓史，也是崇明岛人祖先为了生存，在岛上不断围垦拓荒，与大自然抗争的奋斗史。在崇明岛的进程中谱写了与天奋斗、与地奋斗、与水奋斗的可歌可泣历史，塑造出众多百姓心目中的英雄。

崇明岛人的祖先，在与大自然的奋斗中，为生活、为生存不断向江海要地,在建造自己家园的同时,创造了崇明的地域文化。县城是崇明的象征,而在千年垦拓中建立起来的星罗棋布的乡镇,就是崇明岛的生活气息。在崇明岛形成中出现的不断漂移和涨塌,乡、镇、州的不断迁移特定条件下,十几户人家就可开创一个小镇,小镇内有商店、茶馆,天天有早市,人群来往,可以在早市里交换各自所需的物品。崇明的小镇有数百个,每个小镇呈现于我们记忆中就是一幅幅《清明上河图》的缩影。崇明有四个大镇:桥、庙、堡、浜(即桥镇、庙镇、堡镇、浜镇),每一个镇的形成都有一个鲜为人知的故事,每一个小镇的建立取名,都有一个美丽传说。

有史记载,建国前的崇明,时刻面临西塌东涨的灾难,百姓不断搬迁,苦不堪言,形成了西穷东富的局面。建国后,西塌得到遏止,老百姓不再为搬迁而操劳,能安居乐业。从 1956 到 1984 年,崇明岛人在中国共产党领导下,组织了 39 次万人级大规模围垦,向沧海要田,得地 400 多平方公里。如今的绿华镇、团结沙以及新海、跃进、红星、长征、东风、长江、前进、前哨等八个国营农场,都是向大自然索取的成果,解决了崇明人多田少的实际问题。

水 之 韵

水是生命的起源。水能给人类带来生存,也能给人类带来灾难。

崇明是东临东海,南、西、北三面环江的冲积大岛,水是崇明得天独厚的资源,崇明人以水为命,以坝为业。崇明河流甚多,如渔网般布局,条条河沟通长江东海。崇明的河流,有着深厚的文化底蕴和级别差异，共分五种：一是称"洪"，是长江自然支流经农民因势利导成河道者，例：三沙洪；二是称"港、滧"，入江入海之处，潮汐通道船舶碇泊，例：牛棚港、四滧河；三是称"湾"，是港的延伸有弯曲的水流，例：牛车湾；四是称"河"，也称"官河"，是官方组织民众开挖的河道，例：横运河；五是称"沟或泯沟"，是民间百姓在宅院四周、田间自凿的水道，通于沟。河道名称的区分便于老百姓治田引长江淡水，拒东海咸水。自有岛以来，崇明人世世代代从来没停止过一种劳作，一种奋斗，就是挑泥做岸，兴修水利。

水利枢纽的纵横，导致崇明的桥特别多。在桥的名字中，有以岛内所处的地域命名，有以建造人姓名而名，有以传说故事或吉祥之意取名的。虽说众多桥梁在近代历史的变革中，已存无几，但名字的留存是崇明文化的一部分。如今，有些岛外的崇明赤子，继承先辈的乡贤精神，为家乡的发展修桥筑路。例：位于崇明陈彷公路中兴镇的汉江路、汉江南路、东汉江路、江安路、晓翰北路等十多条（座）路与桥就是以出资做善事的人名或以诗人的笔名命名。中华民族优良传统文化正在崇明人中传承和发扬。

崇明岛上的水域分布合理，与崇明人的奋斗密不可分。为抗拒潮涨潮落带来的生活影响，历代崇明人从未停止兴修水利的使命，在崇明建起了一座座多功能大型水闸，如西沙水闸等，全面消除了水灾，确保崇明的农业用水。水和水闸在勤劳勇敢的崇明人调配下，为崇明的生态环境和农业发展做出了巨大贡献。今天的崇明，已经成为国家文化生态岛，她是国际大都市中的绿色宝地，是现代化发展中的一座绿色环保的居住丰碑,也是向世界人民展示实现中国梦的生态品牌岛。

崇明人十分重视水质质量。在没有自来水的漫长岁月里,"井"是崇明人的生活必备。自20世纪60年代起,岛上居民基本不饮用河水,家家户户都以井水为生活用水。为防止水质污染,有条件人家水井挖在自家灶间。如今,崇明家家户户都用上了自来水,"井"已退出了历史舞台,现存少量的水井已经成为向年轻一代叙说父辈以前传说的实物。在崇明青草沙建起的大型水厂,水质达国际标准三级,为确保上海市民的生活用水质量正发挥着巨大作用。

崇明的水地域决定了崇明人出行方式,船是崇明人出岛的唯一交通工具,决定了崇明人造船的智慧和能力。中国四大船型之首——沙船,是崇明专利。在明清时期,崇明的造船业相当发达,明朝郑和下西洋用船,就是崇明的沙船。中国第一位出任远洋轮总船长的就是崇明人陈干青,培养了大批航海家和远洋船长,并筹建成立了中国商船驾驶员联合会,陈干青任第一任会长,结束了西方远洋一统天下的局面,为中国的航海史写下光辉一页。因而在民间留下了"无崇不成航"的俗语。

随着时间的推移,今天崇明人的出行交通工具不再只是船,长江隧桥的贯通,极大地方便了崇明人的出行。但崇明还在发挥崇明地域的特长,崇明长兴岛已成为中国的海洋装备制造业之岛,也是中国乃至世界一流的造船业基地,中国的航空母舰也将在这里诞生,中国的强海之梦在这里腾飞!

人之韵

崇明在历史的演变中,沉淀了许多已断层的人文文化,同时也开创了许多鲜为人知的创举。

中国民间有句谚语:“江西人识宝、崇明人猜天。”因崇明独特的地理位置和海洋性气候,自然灾害不断,崇明人在与自然灾害的斗争中,造就了一般都能看天的本领。在靠天吃饭的农耕时代,农民凭自己的经验预测天气变化(现代人说的气象预报),一般八九不离十,很准确。例如“冬季雪满天、来年是个丰收年”“腊月暖,六月旱;腊月寒,六月无伏旱”等。祖先留下的天气谚语,代代相传,至今还在为崇明人的生活起居、出行、农耕服务,它是祖国的宝贵财富。如今,崇明人猜天已进入气象预报领域,同科学预测相结合。

崇明“瀛洲派琵琶”是中国琵琶四大流派之一,据称,其为清康熙年间北方艺人贾公逵迁入崇明后所创立。它以北方的刚劲雄浑、气势轩昂和南方的柔和缠绵、婉转舒如相结合,经过不断提高和发展,形成现在独特的崇明古琵琶流派。如今,各类琵琶学习班应运而生,后继有人。

崇明“扁担戏”是当今世界三大木偶戏之一,它是布袋木偶戏活化石,也是中国仅存的单人布袋木偶戏,崇明人称“木头人戏”。一副扁担一台戏,一人演戏百人看,它在缺乏文化生活的年代里,为当地“修地球”的人们带来欢乐的文化精神食粮,起到了调节生活的作用。

崇明“牡丹亭”是中国独特的民间乐团,它是以江南丝竹和锣鼓相结合的演奏艺术形式,也称"旱船之乐"。其表现形式以船型排列,受唐朝宫廷乐和南京秦淮河灯船启蒙而创立,由民间乐器大锣、小锣、镗锣、大钹、小钹、铙钹、板鼓、碰铃、京胡、二胡、琵琶、三弦、竹笛、箫、笙、管等16种组成,边走边奏,在崇明人喜庆丰收和重大节日中演奏。

崇明"灶头画"是崇明泥匠人的一门绘画艺术,是崇明道道地地的本土文化,表现于家家户户的灶头上,俗称"灶花"。"灶花"在那个缺少文化生活气息的年代里,起到了追求文化艺术的原始作用。在当今人们进入现代化生活的环境下,灶头和灶头画已退出人们的生活舞台。随着科技的发展,"灶头画"已演变成当今的崇明的"瀛洲壁画",又称"移动壁画",画材以建材石膏板为材料,画笔的工具没变,仍是棕榈笔和棉花笔。"瀛洲壁画"的艺术家们成立了瀛洲壁画艺术研究院,在崇明已形成一定规模,为这一文化艺术的传承作出积极贡献。

崇明民间山歌,是中国山歌中的又一个特色,是以南腔北调融为一体的民歌,经过崇明本土风俗习惯的熏陶,形成了具有"崇明话"特色的山歌,有独唱、合唱、对唱等,而且唱时融入舞蹈,边唱边舞,独具一格。

崇明民间舞蹈,是具有浓厚生活气息的文化,有其与众不同的独特性,具有娱乐性、习俗性、武术性、宗教祭祀性相结合的特点,从舞蹈中能感受到浓烈的生活气息和人的精、气、神的综合性。常见的舞蹈有跑马灯、蹈八卦等。崇明舞蹈让人在农耕之余,身心健康得到有益调整。

　　崇明的语言，以地域区分划分为"吴方言"。但崇明人的祖先来自全国各地，八大方言汇集一地，各种方言相互交织，是长江水养育了这里的人们，经过岁月磨炼，形成了现在丰富多彩、生动形象的共同的语言——崇明话。崇明地方方言词汇多、内涵十分丰富，在世界各地也十分罕见，是吴方言中一大奇葩。由中国文献出版社出版的《崇明话大全》，是中国方言名著经典。由上海辞书出版社出版的《崇明方言大词典》，列入中国汉语工具书。相继还有《崇明方言笔记》等书籍问世，在中国的语言书籍中，一个岛屿的语言获此殊荣也是一朵奇葩。

　　全国各地的各种手艺在崇明大部分都有，竹篮、竹椅、錾花板、雕塑等系列竹木制品，经过崇明的本地文化融入，以及崇明人聪明才智，创造性地发明许多具有崇明特点艺术品。例如用芦苇和稻草为材料，制作与编织的生活用品，既实惠美观，又环保卫生，独具崇明特色风格。

　　崇明土布，在全国范围内具有一定的影响力，始于元末明初。在明清至 20 世纪 60 年代，崇明一直是种棉大县，由农家妇女纺织出的布匹年产五万多匹，远销全国各地。出海帆船的篷帆都是用崇明土布制作。崇明织布厂在全国也是名列前茅，当时在各地设有会馆（就是今天协会的前身）。今天在崇明三民民族村建有土布博物馆，在那里可以一睹当年风采。

　　崇明的民间住宅，也是一大特色，有三国茅草屋风格，有青瓦白墙江南风格，也有《水浒传》中祝家庄风格。最有特色的是：宅周围四面为宅沟，中间岛域，三面为房子，为三合院，正屋后面是竹园,正面沟上有吊桥,是进出口。如今保留不多,很难看到。这种民宅在明朝抵御倭寇的入侵时起到了很好的防御作用。在那个年代,出现了以唐一岑为代表的抵抗倭寇的许多民族英雄和传奇故事。

崇明是天灵地杰、人才辈出的地方,流传着许多人文文化故事。至今许多名人故居保存完好,有许多被列为市、县文物保护建筑,有龚秋霞故居、杜少如故居(堡镇镇政府)、李凤苞故居、曹炳麟故居、徐不更故居、陈干青故居、倪宝声故居、沈铸久故居、施祖荣故居、王清穆宅等。除名人故居外,还留下了众多古代经典建筑和文化遗址:有金鳌山、学宫(孔庙)、寿安寺、寒山寺、广福寺、云林寺、澹园、天妃宫、唐一岑墓、姚家宅、南门海塘西段遗址、赵公堤遗址、黄家花园、登瀛书院旧址、大公所、义泰南货店、崇明中学等等。还有许多古树名木、贞节牌坊。

崇明虽然不是老解放区,但崇明人参加革命活动却很早,1922年就有人参加了共产党。在长期的革命斗争中,涌现了崇明抗日民众自卫总队等许多可歌可泣的人物和传奇故事。保存完好的爱国主义教育基地有:中共崇明县委机关旧址、崇明县工农兵代表会议旧址、侵华日军竖河镇大烧杀遗址、解放崇明岛登陆纪念地等。

崇明人的聪明才智在祖国各地,乃至世界,得到充分发挥,得到社会的认可。

园 之 韵

崇明人在漫长的历史进程中,始终怀着敬畏自然之心,淡定地生活,保护着崇明的地理资源。至今崇明仍留有大量远古时代的活化石——中华鲟等珍稀生态物种,芦苇湿地植被……被国家命名为地质公园。公园按照自然生态分布,布局为"五区一馆三线":五区分别是世界主题公园区,西沙地质科学景区,东滩湿地生态区,东滩候鸟保护区,东滩河口中华鲟生态区;一馆是世界河口博物馆;设东、中、西三条旅游游览线。现有自然景观:东滩湿地公园、东滩候鸟保护区、西沙湿地公园、北湖、明珠湖公园等。在那里,你可以领略到回归自然之乐趣,享受到美、纯、清、静的人和自然和谐统一的交响乐律。

崇明除了自然生态景区外,还有众多人文经典园林:东平国家森林公园、瀛洲公园、堡镇公园、南门观光大堤、南门广场、根宝足球基地、前卫生态村、瀛东村、高家庄园、江南三民文化村、绿江生态村。除此,还有养蟹基地、橘园、葡萄园、桃园、枇杷园、草莓基地等。

崇明的乡镇是人们生活的乐园。她的早年是由各地不同姓氏的人来崇明开垦组建而成。小镇的茶馆是人们的交流平台,也是人们调整心态的文化娱乐场所。茶馆兼有多种功能:新闻、说书、讲故事、调解、聊天等。农闲之余、农忙之隙,到茶馆说书听故事,人的心态得到很大调整。所以,崇明的民间故事特别多,现收集到的1 300多个故事,有人物传说、神话、史事、地方传说、植物动物传说、鬼怪、笑话、机智人传奇等,著名的有《杨瑟岩传奇》《乌女婿》等。同时各时期都涌现了一大批讲故事能手。

崇明水仙花在中国享有盛名,是名贵之花,也是中国两大水仙花物种之一(福建漳州水仙和崇明水仙),已有千年历史。它在崇明的落户,有着美丽而又动人的传说,在封建社会时代,它是青年男女追求自由、真诚、纯洁爱情的象征。崇明岛上随处可见,如今种植成规模,畅销世界各地。

崇明的防风林沿岛一圈,是一道靓丽的风景线。对净化宝岛空气,防止台风的破坏起到不可估量的作用。沿岛观光,会给你带来意想不到的惊喜。为推行低碳生活方式,倡导低碳生活理念,崇明一年一度的国际自行车赛就从这沿岛防护林启动。近十多年来,规模越来越大,参赛国越赛越多,知名度越来越高,已经成为国际著名赛事及低碳生活代名词。

崇明的生态农业园,是崇明自然生态公园的延续和发展,以后将是崇明的主体,她将为世界树立起现代化的绿色的自然的农业生态家园的榜样,不再是超科学的违背自然规律的农业。一个立体的植物与动物、自然与环境和谐共存的,生产与旅游并存的美丽农业公园将展现在世界东方。

食 之 韵

民以食为天。在世界后工业社会发展中,农业及农副产品的生产在某些方面超科技的发展所带来的恶果,引发人类在反思,食品的安全要从源头抓起。崇明人对天地敬畏的心态,始终保持着崇明的农业及农副产品在上海市民心目中是安全放心的食品的美好形象,深受欢迎。

崇明是农业大县,其绿色农业占据主导地位。因阳光充足,空气湿润而纯洁,农作物自然生长良好,生长出的蔬果都是道道地地的绿色食品。富饶洁净的土地给崇明人带来的农产品都具有"糯、鲜、纯、真、酥"的特色。崇明的四大农产品产业基地已被国家确定：崇明蟹、白山羊、崇明米、崇明蔬菜。

崇明是螃蟹的摇篮,是盛产天然蟹苗的地方,长江中下游地区的螃蟹,都出生在崇明长江口。崇明的螃蟹品种繁多,要数中华绒螯蟹最好,肉嫩味鲜,是中国的美食地理标志。不但中国人都喜欢吃蟹,外国人也喜欢吃蟹。随着人们对蟹的认识,蟹越来越被人们认可,养殖螃蟹基地布满崇明乡镇。崇明螃蟹远销祖国各地、东南亚及欧美地区。

崇明的白山羊闻名全国,也是中国的美食地理标志。白山羊全身是宝,在养殖和繁殖上是遵循纯自然规律,产量低而供不应求。崇明有句俗语："多吃一只白山羊,少穿一件老棉袄。"白山羊成为冬令补品之一。

崇明的大米也是全国闻名。因崇明的地理、水质、气候、空气、温度的综合因素和谐统一,生产出的大米"香、糯、油"。崇明大米的米制品,如米酒、米糕、酒酿、米圆子等,深受人们欢迎。

崇明米酒是世界四大酒之一（白酒、葡萄酒、黄酒）。崇明米酒是酿造酒,是营养保健食品,男女老少都爱喝酒,而且家家户户都会酿酒技术。在众多百岁老人中,大多有每天饮酒的习惯,是长寿食品的饮食文化。

崇明米糕,也是崇明特有的食品,每年过春节,家家户户都蒸糕,一直可吃到青黄不接之后（来年四五月）。米糕有丰富的营养价值,可储存时间长而不会变质,也是崇明长寿中的饮食文化。

崇明还有对身体有益的绿色食品。有些农作物只适合在崇明生长,如香芋、黄金瓜、山药、翠冠梨、橘子、白扁豆、芋艿、花菜等。崇明人在种植上十分注重传统的二十四节气。例:种甜芦穄必须在白露前。白露后一分钟种植,其味道与白露前一分钟种植的完全不一样,且芦穄穗子是白色,不会变黑,而前一分钟种下的芦穄穗子是黑的。敬重节气不能小视。

俗 之 韵

敬重父母、孝敬父母是崇明人的优良传统,从生命的诞生那天起,良好的风俗习惯就开始伴随你的一生。中国的二十四孝心,在崇明人的身上都能领悟到。尊老爱幼是中华民族的品德,在崇明更能深层体现。例:女人怀孕有怀孕习俗。一旦女人怀孕,许多禁忌随之而来,日常起居受保护,不许做重活,不许同房,不许参加人家的婚丧红白之事,不许接触神事等,这些都客观地保护了胎儿的发育。接着是生育习俗等,更有着许多规矩。细心分析,是人们祈求妇幼健康平安的规矩。

在崇明人的日常生活中,还有众多"节俗"伴随人一生的生活。大家通过这些庆"节俗"的活动,一方面总结人与大自然的斗争中所取得的成功经验,另一方面能融洽亲友之间、邻里之间的感情,互帮互爱,以"节俗"祭祀保平安。一年里从头到尾有:春节、元宵节、灶公节、二月初二的"撑腰糕"、二月十二的贺百花生日、三月初三的妇女踏春节、清明节、四月初四的稻熟日、四月初八的浴佛节、立夏节、端午节、六月六、六月廿四雷祖生日、乞巧节、七月十一的瓜斋节、七月十五的盂兰盆会、七月三十的地藏菩萨生日、中秋节、八月十八的潮生日、重阳节、冬至祭祀祖先、腊八节、廿四夜、除夕夜等。

此外，还有结婚风俗、祝寿风俗、丧葬风俗等，与内地都有不同之处。

梦 之 韵

崇明的未来之梦，是伟大中国梦中的一朵绚丽之花。

天高任鸟飞，海阔凭鱼跃。

崇明的明天，将赢在生态环境；

崇明的明天，将赢在传统文化；

崇明的明天，将赢在科技创新；

崇明的明天，将赢在思想解放；

崇明的明天，将赢在敬重自然；

崇明的明天，就赢在勤劳、勇敢、智慧的崇明儿女自己的手上！

崇明的明天，整个格局是花园式区域，呈现在人们生活中，是物种齐全、鸟语花香、绿树成荫、宁静繁华、天蓝水清、天人合一的人类理想居住区域。人的思想、道德、文化、技能等综合素质得到一体发展。在这座花园里，人们各尽所能为家乡的更深层发展辛勤耕耘。

崇明的明天，科技将覆盖整个区域的方方面面，统一安排，整体发展,以满足人们的生活需求为根本出发点,让科技为人类文明服务。

崇明的明天,四季更分明,生态的物种,全世界 90% 的物种在崇明落户、深根、开花、结果,崇明人不出家乡,便能品尝到世界各地的蔬果食品。同时,崇明也是世界物种博物馆和研究中心。

崇明的明天,农业将是科技化、机械化、无公害的自然绿色农业,是低碳型、循环型、有机型为一体的农业。同时,也是中国农业科技发展研究中心。

崇明的明天,崇明的文化进入新领域,崇明话的内涵、外延的丰富和广泛,带动各地方言发展,是地方方言研究中心。崇明的本土文化,瀛洲壁画艺术走出国门,成为世界壁画艺术新品种。崇明的舞蹈和乡村音乐的进一步发展,将成为世界乡村音乐舞蹈节开创者,成为世界乡村音乐舞蹈的一块领地。崇明的教育,将成为各地学子深造乐园,集世界先进性教育于一体,培养国家管理人员的中心。

崇明的明天,将是东方最佳的、最大的康复中心。一流的环境和设施让病人尽早康复,回到社会,服务社会。

崇明的明天,是世界湿地博物馆,成为世界研究地球变化的研究中心,创导人类保护共同家园——地球资源和环境。

这就是我的家园,我的故乡!

天人合一的经典之作

——崇明岛成因探

瀛洲人

　　中国的第三大岛、世界最大的河口冲积岛——崇明岛，是我可爱的家乡。她不仅有自然美丽的生态环境、风情万种的人文历史，更有沧海桑田的神秘魅力。

　　据史料记载，崇明岛的前身东沙、西沙自唐初(618—626)出露于长江口外的东海水面以来，至今约有 1 400 年的历史。而面积超过舟山岛(524 平方公里)名列中国第三大岛的历史，可以说还不足百年。至于被公认为是世界最大的河口冲积岛，恐怕也不会超过百年。但她的成因和地位，却恰恰成了当代崇明的一个独特品牌和荣耀。究竟是怎样的力量成就了崇明岛从无到有、从小到大的巨大变化？随着生态岛建设的深入和上海长江隧桥、崇启大桥的贯通，这个问题已越来越被世人所关注。

　　为了满足宣传、科普等需要，特别是为了满足人们了解崇明岛的需要,近几年来,结合崇明岛国家地质公园等课题,我对崇明岛的成因作了一些研究和探索。主要是把有关的传说、史料和科研成果结合起来,进行合乎逻辑的分析、综合和提炼,形成了一个基本思路,得出一个初步结论。那就是欲对一个地方的文化或某种现象进行解释,传说、史实乃至科学考证都是必要的。但是要解释清楚崇明岛的成因,还必须找出其自身发展的规律和特点。概括起来就是,既要强调外因,又要注重内因,更要探究其相互作用;既要讲从小到大,又要讲从无到有,更要讲其内在联系;既要分析自然原因,又要考虑人为原因,更要突出其天人合一。

为此,我们可以先从民间流传的"神鼋驮沙筑净土"的美丽传说说起:相传在唐僧西天取经的过程中,曾遇通天河中修炼千年的方头白鼋作祟,造成经书缺损之难。佛祖如来为使老鼋将功赎罪,让南海观世音菩萨把它遣到长江之口、东海之滨,令其再度修行千年,驮沙筑洲,造就人间净土、世上瀛洲,方成正果。自此,始有崇明沙岛浮出水面,然而由于白鼋秉性好动,致使沙洲游荡不定。"海客谈瀛洲,烟涛微茫信难求",这是李白对这个飘忽不定的瀛洲仙境的咏叹。为此唐代道成和尚兴建奉圣寺,宋代模、傅两和尚又建富安寺(后由元代仁宗皇帝赐匾改为永福寿安寺,寓意"如来无量寿、净土万年安"),还相继修筑金鳌山、镇海塔于鳌(鼋)头之上,以祈崇明洲域稳定。清道光皇帝又御赐石龟,供奉老鼋早日成仙。如此天长日久,崇明岛才渐趋安稳。

然而,无论老鼋驮沙筑洲的传说也好,还是紫蜃吐气成岛等传说也罢,都只是古人的一种美好想象,它给崇明岛的成因披上了一层神秘面纱。其实，崇明岛的真实成因本是地球演变的结果，天人合一的杰作。这个结论，源于珍贵的史料，源于最有权威的科研成果。需要说明的是，这里的"天"是自然的泛指，包括天文、地理方面的各种自然因素，这里的"人"是指人类活动的影响，而"天人合一"则是对地理环境综合性、区域性的高度概括。之所以把她称为"杰作"或"经典之作"，则是因为她现已成为世界之最而誉满天下之故。

唐代诗人白居易所作的《浪淘沙》"白浪茫茫与海连，平沙浩浩四无边。暮去朝来淘不住，遂令东海变桑田"的诗句，可以使我们理解为何是河口潮汐造就了崇明岛的沧桑变化。然而要更为全面地了解崇明岛的成因，必须去追溯那更为宏观、更为久远、更为复杂的环境因素对其所造成的制约和影响。大量科研成果表明，形成崇明岛是个庞大的系统工程，为了简单明了起见，可大致概括为两个时期，即"从无到有"和"从小到大"。"从无到有"反映的是崇明岛的前世，它包括三个过程：高山变浅海、水下聚泥沙、海中生成岛。而"从小到大"反映的是崇明岛的今生，它包含两个阶段：浅海阶段、河口阶段。

先说崇明岛"从无到有"的三个过程：一是新构造运动使华夏地势发生大逆转，由原来的东高西低变为西高东低。早在3 000—4 000万年前的新生代中期，崇明岛地区还是一片巍峨的高山，当时整个华夏的地势为东高西低，河流的流向是自东向西。之后，由于印度板块和欧亚板块的碰撞加剧，随着青藏高原的持续隆升，本区域的持续沉降，逐渐形成了西高东低的地貌格局。

崇明所在的区域即由高山变成浅海,从而奠定了形成崇明岛的地质基础和空间位置。二是 260 万年前,东海形成,长江由西向东切穿巫山,贯通金沙江后,逐步演变成在本区域奔流入海。长江带来的大量泥沙,开始营造积沙成岛的水下工程,这是一个漫长而又复杂的自然演变过程。三是唐朝武德年间,崇明岛的前身终于在形成了一定规模的水下沙坝基础上,艰难地破水而出,完成了从无到有的地质过程,并开启了以岛屿名义现身于世的新的历史发展时期。根据这个时期的地层分析表明,本区域在垂直尺度上至少经历过六次沧海桑田的变化,并在由侏罗纪、白垩纪火山岩形成的基岩上,沉积了 300—400 米厚的海陆相泥沙地层。

再说崇明岛"从小到大"的两个阶段:一是自崇明岛的雏形东沙、西沙以沙洲面貌露出浅海水面以后,该区域相继有不少沙洲出没,呈现为涨塌不定、漂忽多变、分合无常、时隐时现的状况,水上与水下的两大工程同时在进行着博弈和构建。二是经过数百年的大浪淘沙,以及长江口的不断东伸,崇明岛周边环境和水沙运动状况发生了巨大的变化,崇明岛由原来置身于浅海,逐步演变为含在长江的口中。从此海岛蜕变成了河口岛,并改变了长江独流入海的水文状况,造成了具有明显个性特征的潮汐现象和水沙运动。新的三面临江、一面靠海的环境,以及气候、生物和人类活动的共同作用,在明末清初,才基本结束了沙洲此涨彼塌、星罗棋布的乱局,聚合成为一个比较稳定的河口大岛。这个时期的史料表明,崇明岛在水平尺度上曾反复地经历着时小时大、忽东忽西、或南或北的变迁。最近的半个多世纪以来,崇明岛进入了快速增长的阶段,并稳居世界河口冲积岛之首。若要究其原因,那么首先是取决于自然之伟力,天地之抉择,这是基础。然而崇明人民的垦拓之壮举,真诚之挽留,对岛域的巩固、扩大,也具有不可磨灭的功勋。史料记载,自唐万岁通天元年(696)起,登沙谋生的渔民、樵夫就开始了与风、雨、潮的抗争,不断地围圩、保堤、建设家园。此乃代代相传,奋斗不息,其间经历了无数的艰难险阻,留下来许多可歌可泣的故事。那历史上修筑的道道堤坝,不仅是崇明岛抗击风潮的安全卫士和座座丰碑,而且也是崇明人民加速促进崇明岛成为世界之最的贡献和见证。如今整个崇明岛已被巨龙似的堤坝锁定,达到了固若金汤、永庆安澜的境界。

总而言之,崇明岛堪称天人合一的经典之作,值得礼赞,值得称颂!

最后,还必须强调的是,千百年来,崇明岛在江海的怀抱里,不仅获得了多种独特的自然天赋和发展潜能,还造就了曼妙的身姿和可爱的形象。她形如昂首的春蚕,忙于吐丝织锦,又像遨游江海的仙子,敢于永立潮头。更有意义的是,这种西北—东南走向的地势,还蕴含着一个天大的玄机:在地理学中,崇明岛是一个十分经典的地转偏向力的代表作,可以作为地球自转的一个重要证据。这就是地球的奥妙、崇明的神奇。

南宋的文学家文天祥曾为崇明的宝庆观题写过"海上瀛洲",明太祖朱元璋更是钦赐崇明为"东海瀛洲"。如今,崇明岛又有了一个被赋予深刻内涵和时代特征的新称号——生态岛。由此可见,古往今来,崇明岛一直都有美好的赞誉和高度的评价,足以证明她的魅力之大。

　　崇明岛有千万年的根基，又有千百年的历史，历经从无到有、从小到大，搏击风雨、大浪淘沙的沧桑巨变，实为来之不易。这是天之意、地之理、人之情。我由衷地赞美她、歌颂她、爱护她、珍惜她。愿她始终是一块在水一方的风水宝地、一个人与自然和谐相处的美好家园！

东海明珠观落日

沙　松

　　长江历来有中华民族"母亲河"之称，它源自青藏高原的条条溪流，汇聚了无数河流之水，滔滔东来穿越华夏大地，奔腾数千公里之遥扑向大海。不但孕育了位于"母亲河"出海口的崇明岛，也将这颗璀璨的明珠镶嵌在了东海之滨。

　　随着崇明岛日益呈现出生态岛的风貌，她引起了国人的注意，更引得四方来客蜂拥而至。他们涉江跨桥到了宝岛，或在东滩湿地观候鸟，仰万鸟翱翔、俯鱼翔浅底；或踱步木质长廊，在芦苇深处徜徉嬉闹，寻江南小岛之神韵；或踏西沙湿地，钓"螃蜞"，捉"蛸蜞"，陶醉在那份难以言喻的愉悦和轻松之中……

　　然而在我看来，岛上最迷人的、最令人神往的，莫过于观长河落日的辉煌和灿烂，莫过于那一轮落日沉下的变幻莫测的神奇，以及陶醉其中的愉悦了。

　　当你于傍晚时分，驻足小岛的绵远江堤之上，远远眺望那缓缓落下的红日,你会陡然间觉得自己和大自然是那样的贴近、那样的亲密、那样的和谐。整个宇宙似乎都罗列于你的胸前,漫天的红霞几乎在瞬间将你拥抱在她的怀中。这时的江水、黄昏、彩霞、落日,浑然天成地融为一体,仿佛你不是站在岸边,而是在江流中搏斗向前,一下子成为驾驭奔腾江水的主宰之神,威武神勇而无所不敌。

在一片迷迷蒙蒙的暮霭之中,那轮圆圆的落日,如同一颗硕大的红色玛瑙悬挂在西天,把整个江面笼罩在一团淡淡的光芒中。五颜六色的霓虹,折射出更多的是红宝石般的光亮,在眼前层层迭现之时,是那么绚烂迷人,那么令人神往,又是那么让人难以忘怀。

细细望去,那变幻莫测的万丈霞辉,好似在你的面前垂挂下一层薄如蝉翼的透明画绢,柔和地、轻轻地、舒曼地随着江风飘荡着,呈现出一种虚幻缥缈的神韵,让你陶醉其中不能自已。

此时,成千上万只江鸥围着江面上下翻飞,与江面上来回穿梭的渡船相伴相随,在斑斓的天幕上,描绘出层出不穷的美妙图案,让你有种置身于神话境界般的缥缈虚幻。

滚滚流淌着的江涛,从天际来到天际去,似乎数千公里的奔腾,依然没有疲倦似的滚滚而来、奔腾向前。尽管没有了白昼的那番亢奋、那般汹涌,然而,当她轻轻地、轻轻地在陡然间宽阔起来的江床上,呈现出一片汪洋之势滑过你的面前时,如同处子静卧般在水天浩渺的江面上,舒展开由细细的金波组成的宛若随风摇摆的裙褶,一褶一褶的延伸到远处的天边。

茵茵绿岸像是为她铺设下的舒适被褥，呵护她静静地栖息、小憩，整个江面呈现出一片庄严的静谧。粼粼闪光的波纹披着宝石般的色彩，在奇妙而复杂的色彩渲染和装扮下缓慢地流淌着、流淌着……

举目望去，远方的落日旁涌现出的那一片巨大的、美丽的、人间少有的玫瑰色的云彩，与缓缓流淌着的江水交相辉映，似写意、似浓抹、似恣意狂放、似恬静安然，又好似极力渲染般，呈现出一种与世间融为一体的和谐。那迷人的景致，又仿佛是与现实紧密相连的意境深邃的画面，浮现在西边的天上，如同残阳如血的夕阳，留给我们的最后一个微笑，又像是谢幕时的问候和告别。

此时此刻，无论是谁，无论你是用一种什么样的目光，无论是你从任何一个角度去欣赏，目睹着此情此景，也许都会不由自主地举起双手，伸向这幅富有魔力的画面，希望将这个令人难忘的画面，永远地、永远地拥入怀中……

随着西方地平线上空的落日渐渐隐去，又冉冉升起一片巨大的被光和影切割成无数碎片的橘红色彩云，为灰蓝空旷的天空投下太阳的最后一抹红光，随着渐渐淡化而去的落日余晖，幻变成淡紫色的纱帐，留下了落日于空旷的背景下，构成的那幅辉煌渐去的剪影。

这个时候，落日全部隐去了身影，那残留着夕阳映照的红霞掩映下的橘红色彩云，竟然于瞬息万变中，将那些浮现出来的云朵缓慢地撕裂，形成一级一级延伸的阶梯，在你的面前铺展开来，宛若一座通往黄昏天国的美丽拱桥，呼唤你去期待又一个明媚白日的到来。

　　紧接着,那一切都被渐渐涌上来的夜色掩映而去,在你的面前消失了、消失了,留下的只是依然残留在脑际和心底的观落日的激情和回忆……

　　尽管你会感到很遗憾、很怀恋,但她却永远不能原封不动地再现于你的眼前了。毕竟宇宙轮回、斗转星移、日复一日,尽管又一个白日和黄昏,将继续沿革下去与你的生活相伴,但是,曾经逝去的那幅变幻莫测的画卷,已经注定要永远地留在你的记忆中了。

　　这时的江水如纯净的墨色镜面,吸入了无限的夜色。那纯的夜色,静的夜色,柔和而质重得让你不得不凝目注视的夜色,几乎就在你的眼睛稍稍开始适应这幽蓝夜色的同时,把原本落日下的余晖的星星点点的光亮,遮掩得无影无踪了。而天幕上无数闪烁的群星,则争先恐后、不甘寂寞地露出星星点点的光芒。犹如在茫茫天际上,缀满光闪闪的银钉般,在天际宇宙的大幕上,熠熠生辉,竞相闪烁。

　　眺望星斗满天、银河泻远的苍穹宇宙,聆听着江水拍岸激起的轻轻涛声,你心里的感觉也将浮动起来。投眼望去,目光在墨色的水面上滑动,脚下浮现出一种升腾感。让人不由自主地思索:你从哪里来,又到哪里去?

　　远方的朋友们,当你真正的全过程的观察了长江落日,当你从那震惊和陶醉中猛醒过来时,难道你不觉得这才是崇明岛最迷人的惊鸿一瞥,这才是来自崇明岛最幸福、最难忘、最值得回味的景致吗?

　　而我们这些常年生活在崇明岛的人,更是庆幸我们比岛外之人,拥有了这份得天独厚、无法比拟的近水楼台的幸福,拥有了能每日观赏这一幕幕长河落日美景的便利。

　　感谢上苍赋予了我们崇明岛人的这份近水楼台先得月的天赐福分,感谢我们拥有了崇明岛以外的人所没有的幸运。因为,大自然奉献给祖国母亲河一颗闪亮的明珠,一颗镶嵌在东海之滨的璀璨明珠,也哺育了祖祖辈辈生活在这颗明珠里的崇明人。

海岛的乡村四季

樊宗贤

春 之 醉

一切都还只是刚刚开始,海岛的土地就被雪亮的犁铧掀开了全新的一页,期待了很久的种子,渴望着她的梦境——在阳光和春风的抚慰下兑现。而海岛人民的希冀、追求和蒙蒙眬眬的幻想,也如那种子一般,在宛如水墨画一样美丽的崇明岛上开始起飞……

春风吹醒了乡村大地,熏醉了芬芳泥土。蒙蒙眬眬的乡间早春悄悄地溜进了海岛:燕子在春风摇动的青枝中快乐飞舞,云雀在春风轻盈的伴奏下初试歌喉,春风的悄语唤醒了百花园中的第一枝红杏,迎春花更是肆意绽放,骄傲的喜鹊在叽叽喳喳地告诉我们它是第一只报春鸟。香还引来了一群群探险的蜜蜂,春风的纤手轻轻巧巧地拂去了村姑们的一身臃肿,露出满面春风的笑脸和窈窕多姿的身段。

海岛的春风一夜间绿了乡间的田野,也绿了少男少女们的春梦。随风潜入夜,润物细无声。春风吹落了漫天的冬尘,吹下了丝丝的春雨,洗刷了农人心头的失落和担忧……

斟满浓郁醇香的崇明老白酒,端上热气腾腾的崇明山羊肉,摆上白净透亮的崇明糯米糕,这个好客的乡间人总是那么虔诚,那么淳朴,没有虚伪,没有奢华,一把泥土一份情,醉了海岛农家人……

夏 之 韵

这是个流汗的季节。伴随着声声蝉鸣,海棠谢了,石榴红了,荷叶在不经意间悄悄地冒了出来。乡间那清澈的小河里,有小小的鱼儿欢快地击打着水花,显得分外美丽。悠长的河岸两侧,柳树低垂,无数条柳枝探入水中,如同村姑娘娇嫩的手臂轻柔地拂过水面,荡漾起层层涟漪。河面上那一圈圈的水波,好似少女的心思,重重叠叠。

踱步在夏天的田野上,放眼望去,远处青绿成片的稻田令人心旷神怡,在干燥的泥巴田埂上,玉米的清香四散开来,还有那招摇的崇明甜芦稷,既像在和你点头,又像在和你招手。火红的夕阳缓缓移下,晚霞映红了海岛的半边天,霞光反射到河水中,河水霎时变成了红色,就像一朵朵红莲在水中绽放。远处夕阳的余晖轻轻地沐浴着农人们略带劳累的心灵,微风伴着淡淡的花香阵阵袭来,那份惬意不禁让人沉醉于其中。鸟儿归巢,牛羊入圈,劳作了一天的人们陆续收工,乡村的炊烟缕缕升起,或轻扬直上,或随风飘摇，或游散四方。顷刻间，浓郁的农家饭香次第升起。

橙黄的拌金瓜，清脆的醋黄瓜，香嫩的白扁豆，抑或来一碗清爽的咸毛豆和煮玉米，加上一小瓶冰镇啤酒，那农家乐的韵味，着实让人留恋……

"绿树荫浓夏日长，楼台倒影入池塘。水晶帘动微风起，满架蔷薇一院香。"坐在夏天的绿荫下，风从游人的身边拂过，让人们把寂寞装进自己的背包里，回想着那些深埋在心底的记忆，想起了那些曾经留下的遗憾，不必抱怨，不必叹息，看月上枝头，望星儿闪亮，葱郁的树荫下，流萤闪亮可爱，飘忽自如，人生当如夏花一样绚烂，生活还是一样的美丽。这个夏天，我们一起心随夏动。

秋 之 爽

一夜新凉，满目清寒，桦树变黄了，枫叶也红了。阳光照耀下的海岛乡村，如凡·高笔下的原野一样灿烂，如西方印象派大师不经意的点染，又如山水画笔尖恬淡悠远的一幅图画。

秋天是旅游的绝佳季节，秋风豪爽舒展，悠闲洒脱；秋雨跌宕飘逸，放达疏狂；秋月清朗皎洁，高雅明净；秋花灵性脱俗，绰约多姿。

秋天给海岛的乡村大地换上了新装，大地展示着最深沉的金黄，这种颜色使大地显得浑厚而深沉。田间作物在风霜雨露的滋润下，经过最后一道工艺的酝酿，如深藏在地窖中的陈年女儿红，只等揭开盖子，便香气四溢。秋风里弥漫着五谷杂粮熟透的醇香，弥漫着茴香的味道和气息，还有金菊芳香的气味，啜饮着这天地之气，你一定能抹去生命的繁杂，变得纯洁透明……这一切不得不使人感激上苍的恩赐，感激秋的慷慨——它赋予海岛的乡村大地更旺的生机，赐予人们丰厚的收获，给大自然带来了丰硕的果实。

"一年好景君须记，最是橙黄橘绿时。"温馨恬静的阳光，和煦轻柔的风儿，朵朵白云在自由飘动……秋草田里，蟋蟀、金琵琶的叫声此起彼伏，响成一片，编织着秋日的童话。秋水深沉，浓如墨绿，听蛙声与秋虫长鸣，看桐叶与红枫争艳，当你的脚下不经意间踩到无数凋零的落叶时，是否意识到也许你踩过去的不只是叶儿，更是一段宝贵的光阴？

冬 之 雪

海岛的冬季永远是一道解不开的谜。雪姑娘可以一夜之间把海岛大地变成茫茫雪原，所有的建筑物都披上了一层厚厚的白雪，连乡间农家院子里的小树也被这皑皑白雪压弯了腰。恍惚间，整个海岛犹如进入童话般的世界，显得无比纯洁、高贵与富丽。

更让人猜不透的是，海岛的雪似乎还怕羞。白天，哪怕雪下得再大，可就是堆积不起来。而到了晚上，等人们都熟睡了，它就会肆无忌惮地堆积在一起。等你一宿醒来，白茫茫的雪花令人耀眼。

这样的时刻，若你静静地凝望那远处的青松在大雪压迫下傲然挺立的雄姿；凝望远方的森林被雪花玉白的裙裾覆盖的苍茫；

凝望小村袅袅升起的炊烟,炊烟里裹着童年的温馨被雪花带到窗前……你便会什么都不想去做,只静静地倚在窗前,欣赏快乐的雪花飘满心田,凝思那一行深深浅浅弯弯曲曲的脚窝伸向远方!

这样的时刻,若你谛听雪花"沙沙"的脚步奔忙在万籁俱寂的晚上,让蒙蒙眬眬飘飘忽忽的意境悄悄地弥漫开来;谛听乡间田野里嫩绿的麦苗,在这温馨的脚步声中安然入眠的甜鼾;谛听小麻雀依偎在一起,偶尔发出的梦呓呢喃……你断不会让沉重挂在往事的枝头,年轻的心只能为明天憧憬。

当那轻盈婀娜的雪花飞进百叶窗,那洁白晶莹纯真无瑕的灵气盈盈地溢满了整个书房,那清清淡淡殷殷切切的诗行便源源涌出笔尖……你便会想起滑雪、想起溜冰、想起冬泳、想起捏一个漂亮的小雪人。

雪花漫歌飘逸时,你是我的惊喜;黄昏冬月倾斜时,我是你的随影。每片雪花都是一个小小的纪念,每个日子都能绽放出红艳艳的欢喜。融入冰雪去享受海岛的冬天,则是一种心灵与意志的陶冶,也是一种力与美的追求。如果今生你注定和海岛崇明有缘,在这里一定会有一轮柔晖照亮你的心灵。看到那白云如花,我会想起雪,看到人间充满真诚,我会怀念冬天!

走进秋季

林 静

走 进 秋 季

嫩绿的企盼，融入咸涩的汗滴。插入滋生思想的沃土，成熟为香甜的稻穗。

情感膨胀如季节，长出丰盈的金黄。一句古训嵌进稻穗，在一日三餐中体味艰辛的责任。

走进秋季，脚步如散板，迷乱听觉，性格轰响在都市的喧闹之中，豪爽地加入挥霍，却挤瘦了宽敞的柏油马路，五彩缤纷的快乐溢满皱纹，充实着自尊。

漏下的积攒，酝酿抒情，被庄户人拿来下酒，或者洒在祭坛，祈祷风调雨顺，再收一个丰盛。

秋 的 旷 野

秋的旷野,大片沉默无语的风景。

城市的迷路者,踏进秋的旷野,就感觉到与丰盛并肩站立。面对奉献过后的坦荡、沉默的旷野,任思绪纵横驰骋,怀想幸福。

踏入秋的旷野,就踏进了一种色彩亮丽的心境,犹如秋阳自在逍遥,体味洒脱。

情趣蓬勃旺盛,躯体挺拔于快板的旋律之中。很虔诚地走到东篱下,与陶老先生促膝在秋的旷野,谈古论今。

踏入秋的旷野,就释解了自己履历前的页码。透过尘垢,明晰了"人之初,性本善"的哲理。神态便如秋的旷野一般恬然、安详。

甘于寂寞,轻看红红绿绿的荣耀,不嫉妒收获者的享乐。

功名如风易逝,或者悄悄走来,不去躲避,也无须错乱思维。

秋 天 之 手

秋天之手,掀去一页一页橘黄的记忆,迷离的情节。

如菊,在苦寂的烦琐中,动情地开放,思维洁白,丰盛的感觉,触不到故事。

秋天之手,推开一扇思恋夜,患流行感冒,城市咳嗽,噪声压迫神经,辗转难寐,一种情趣,悠悠地飘去南山,坐在陶渊明的桃花源里,唱歌,或者写诗。

秋天之手,安抚淡泊,那是一种愁绪,枝惦念叶的赴约,胎孕新嫩。

过去的辉煌，只留给根须。

与 荷 交 谈

与荷交谈，融入《爱莲说》的思绪，慢慢地就很高尚。

淡淡地，与荷交谈，宋朝周君的信念，穿透尘封的隧道。一句名言，蔑视廉价地推销品德，莲子在情感中扎根，旺盛地长成一种姿势，中通外直。

淡淡地，与荷交谈，一种沉重的责任。在平平淡淡的日子里，坚硬起性格，本分拒绝收买，如残荷守一丝清馨，融一片《荷塘月色》，无愧于先祖的记忆，不染荣耀。

以恬淡的心情，与荷交谈——

荷沉默不语……

我沉默不语……

花季情思(三章)

张　燕

崇明的春天,是花的海洋,在这迷人的季节,使我对艺之恋的闸门之水、之情一下涌上笔尖……

花　恋

你闯进了我的视线,如同开启了花潮的闸门,天生丽质,绝美姿容,鲜意绰约,楚楚动人,在我的季节里,涌入了诱人的花香……

说不尽的馨香、娇逸,说不尽的俊秀、才情。

霎时,我领悟到花丛中内涵的芬芳。

纤巧的花萼,含着丝丝的爱恋;柔嫩的花瓣,倾吐久蓄的思盼;粉红色的花蕊,就是心中燃烧的太阳。

在这片香气氤氲的氛围里,你与我对视的目光是多么深情,我听到你微微颤动的心律,看到你羞涩而香泽的脸庞。

心中的花，一个熟悉的身影，时时灿烂着我的韶华和生命。花园中有一枝无比俏丽的你，你胜过一座百媚千娇的花园！

花　忆

岁月带走了缠绵的感伤，留下的是一缕缕芳香的回忆。

你曾盛开在我的心田，让我的世界温馨亮丽，柔情四溢……

欲放的蓓蕾饱含盈盈蜜意，初绽的花苞展露似火情怀，月移花影随晚风暗送爱的倾诉，月色朦胧摇曳花枝的婀娜玲珑。

如今，蝴蝶的翅膀扇去了往日的色彩，旅程上一个个故事如花瓣遗落。

但我依然如故，不倦地在花丛中寻找，寻找那一串悠悠的歌声，那一首美丽的诗行，寻找枝叶间一抹清纯的月光，绿荫下暖人肺腑的一缕艳阳。

这是一种痴情，还是对美的渴慕？蕴藏在心底里的美丽积贮依然是生命中永久不变的清晰；袅娜的身影，是我一生一世的难忘。

我愿意，以赤诚而纯洁的心，向着花儿，唱一支怒放的心曲，弥漫永远的记忆……

花　梦

我感觉到你就在我的身边，你纤细的花瓣正轻轻地抚着我的面颊。醉人的清香丝丝缕缕地飘来，散去；散去，又飘来；袅袅地，缱绻不绝……

恍惚心灵与外境之间,幻化出蒙眬的晨雾和霞晖,花香侵入我的每一个毛孔,不知不觉间溶入那一片温柔与挚爱之中。

梦中,你把那无忧无虑的欢迎带给我,依依细语是这样蜜意浓情。在属于我们的宽阔里,一起感受青春花季的天真浪漫,共同拥有万紫千红的空间。真想越过重重的包围,踏开一路花香弥漫,轻轻地走向你,走向你的芳容,闻闻这盛开的欣喜,吻一吻这非凡的美丽。

我陶醉在这迷人的梦境,让花的色、花的香、花的美永驻我依旧的情怀……

又见清清小河水

袁永达

老宅就在小河边。小河两边，民居住宅近处一排排，远处一幢幢。那流淌的河水滋润着岸边农田。种瓜得瓜，种豆得豆，每年五谷丰登，旱涝保收。两岸人家取小河水煮饭，用小河水洗碗。要是盛夏酷暑，满头大汗，随手捧一把水洗脸，还能在手掌中吸水解渴。

每当太阳升起，阳光从绿油油、密匝匝的芦苇缝隙里透进去，清澈中，岸柳青苇倒映水中，镜面似的清晰。水波里还能看见鱼、虾、蟹、螺游戏蠕动的自在。假如眼明手快，还能捉到活蹦乱跳的小虾，似玉一般的晶莹透明，拿到嘴边，对准虾肚子轻轻一嘬，鲜活而又鲜嫩的虾肉入嘴即化，解馋解渴就都有了。

家乡崇明沟河交叉，纵横密布，水资源十分丰富。也许对富足的拥有习惯了、自然了，便会产生不再去珍惜的俗念。养鸡、养鸭，养猪、养羊什么的，会在小河边插条围圈，搭建棚舍，使畜禽粪便流淌溢进小河,场地上的垃圾、饭桌上的残羹剩饭也就近倒在小河边,农药瓶、化肥袋随手扔进小河里,粪桶、马桶也在小河里洗冲……农村人喜欢"望四方""轧大帮",你圈我也圈,你搭我也搭,你倒我也倒,你扔我也扔。渐渐地河道变窄、河水变浊、鱼虾遁迹;渐渐地,水草丛生、芦苇疯长、淤泥泛味;渐渐地,河沟断头、河水断流、河泥发臭;渐渐地,两岸庄稼不再葱绿、两岸人家不再享有那份恬静和安宁。

新世纪、新时代,"生态"一词频频出现。曾经分享过大自然恩赐的岛上民众醒悟到了大自然的惩罚。"善待环境,就是善待人类自己"的理念被植入并日渐固化,也真真切切地悟彻了建设生态岛、保护水资源,就是保护人类自己,就是珍惜大自然对一方水土的恩赐。

于是,垃圾开始装袋入箱,使政府发给每家每户的垃圾筒派上了用场,每天还会把垃圾袋自觉地交给上门收集的保洁员;配合政府号召的"万河整治""沟河疏浚"工程,动手投劳拆除沟河边的围圈棚舍;看到村边田头的农药瓶、化肥袋会捡起来送到收集点上去;镇上、村里派专人在河边捞污清障,在路边除草清扫……

于是,小河又开始岸清水宽,南北贯通缓缓流淌了。于是,又闻潺潺流水声,又见清清小河水。

瀛洲处处是画卷

瀛洲人

如果你乘坐飞机向下俯瞰，她像一条巨大的春蚕卧伏于长江口这片硕大的绿色桑叶上，然后恒久地吐着银丝，为人类奉献一切！如果你登上东方明珠塔远眺，她又像一颗飞龙口中璀璨夺目的明珠，将永远辉耀着世界的东方！如果你驾驭着轿车，奔驰于环岛公路上，她又像一条舰艇扼守在长江三角洲的要塞，保卫着一方净土的安宁！

崇明宝岛，经历了三十多年改革开放的洗礼，在党政军民的团结战斗下，变成了绿色的生态岛、上海的后花园，又经历了争创全国绿化模范县的日夜雕琢活动，已成为全国的佼佼者。宝岛到处春色满园、鸟语花香，瀛洲遍地桃红柳绿、莺歌燕舞，真是"春城无处不飞花"。那数不尽的一道道亮丽的风景线，在拨动着人们的心弦！

那一道道风景线已线装成一本巨大的精美画册。当你看到画册扉页上的总貌，令人拍案叫绝。沿海的公路两旁松柏耸入云霄、葱茏繁茂，田间与阡陌碧绿葱翠、万紫千红，数不尽的楼房、别墅绿树环抱，清香飘溢。她——就是世上最优美的绿宝石工艺品。绿——是她的精粹与灵魂！

当你翻开第一页，映入你眼帘的是一块巨石上刻有"东滩湿地"四个大字时，你便进入东滩候鸟保护区。你可迈上九曲木桥，进入芦荡深处，此时可见时而沙鸥翔集，时而锦鳞游泳，"远处水天一色"，白帆点点，鹭鸟翻飞，那里"渔歌互答""心旷神怡""宠辱偕忘"，其喜洋洋，如此一游，真是人生一大快事！

当翻到第二页，便是瀛东"渔家游"度假村，那时曾是潮来一片白茫茫，潮去一片芦苇荡。但在 20 年前，在党支书陆文忠的带领下，三次向海龙王进军，他们劈风斩雨、披星戴月地围得 4 200 亩土地，现在已经建成美丽的绿色生态村，更是全国优秀的旅游示范景点。那里有战天斗地的村史展览馆，有鲜美闻名的瀛东渔家宴，有渔具陈列馆；更有人人向往的江南水乡的田园风光，那里有纺纱、织布、牵磨、舂米、水车、踏车，还有斗鸡、斗羊、捞鱼、摸蟹等活动。如果夏日进入桃园，那红艳艳、水淋淋的水蜜桃更让你馋涎欲滴呢！当你漫步于林间小道，流连于柳林桃坞，你一定感到这是一次美的享受！

当你走近候鸟度假村，不消说那楼台阁榭，不消说那奇花异草，不消说那曲池垂钓，单单说那背面的苍松翠柏之林就有无限的趣味。那里有数以千计的各色鹭鸟，它们或在枝头理羽，或在林间追逐嬉戏，或在晴空翱翔翻飞，处处洋溢着"两只黄鹂鸣翠柳，一行白鹭上青天"的诗情画意……

当你走进南江风韵度假村，且不提柳亭曲桥的风姿；且不提轻舟荡漾，鱼鹰捉鱼的情趣；且不提挥扇扑蝶、粘网黏蝉的野性，仅仅欣赏四周围墙上的崇明文化瑰宝之一的"灶花画廊"，便将你带进 1 300 多年的民间文化的又一宝库：这里有"松鹤长春""凤凰朝歌""连年有鱼""鲤鱼跳龙门""菊香蟹黄""八仙过海""喜鹊登梅"等 200 多幅优秀灶花。不仅让你大开眼界，而且让你领略祖国千年灿烂文化的优美，从而更觉祖国的伟大！

当你到了东平国家森林公园时，你会蓦然感到自已似已进入古代原始大森林里。那隐天蔽日的气势，可让人震撼不已。那里曲径幽香，野花馥郁，千卉飘馨，万花吐芳。再渐入胜景，更是别有洞天，那园中的碰碰车，湖中的小汽艇，道路上的小马车，草地上的蹦蹦床，更有攀岩、滑草等游戏，吸引了无数游客。这里的人们尽情欢乐，享受大饱眼福、尽情嬉戏的幸福。在此一游，赛过天宫漫游……

当你翻到"高家庄"度假村一页时，一对孪生"姐妹树"令你惊叹不已，它们手拉着手，挺起腰杆，笑逐颜开地欢迎着成群旅客。当您逶迤地进入八胜景，便会不住地拍手叫好：那划块的各色花圃的芬芳，沁人心脾；那一对对蒙古族的年轻情侣，早把你引向神秘而又传奇的蒙古包，不禁让人浮想联翩……那里有"神雕侠侣"的故事；那里有"草原英雄小姐妹"的优秀事迹；那里有成吉思汗的成长传奇……

当你走进前卫生态村时，更是胸襟开阔，眼前一亮，与其说走进旅游胜地,还不如说进入了人间天堂。那片围垦多年的湿地,早已变成千顷良田,北滩的蒹葭芦荡是原生态的后盾,那高高的观景楼能将四方的景尽收眼底,北洪港汊的潮涨的涛声,每天都倾诉着美丽动人的围垦神话与传奇。综合开发的生态村,已全国闻名。

那里有综合开发利用的沼气发生池,有千头猪场,有百亩花木苗圃,有应有尽有的生态蔬菜场,有供旅游观赏的假山湖泊、亭楼厢阁,有曲池风荷的"小荷才露尖尖角,早有蜻蜓立上头"的风韵,有供游玩的"木化石馆"……如果在此一游,此生亦不枉然!此处胜地,真可谓地灵的宝地,人杰的乐土。

当你翻到"明珠湖"一页时,更觉"清风明月,水波不兴""水清土洁,地域和谐"。也许你一眼望去,那环湖的美景、旖旎的湖光水色,令你置身于仙境圣地。如果是伉俪、情侣、亲朋好友一起漫游此地,那简直是罗曼蒂克的一幕幕地演绎。双双乘坐电动长车环湖遨游;或对对驾驶小汽艇在水上翻飞追逐;或三五知己好友在草地上轻歌曼舞……纵情享受人间无尽的欢愉!

当你走进西沙国家地质公园实验基地时,更是豁然开朗。一进门的图片展览让你茅塞顿开。在公园里,不仅有原生态的各种植物,像藻类、蕨类的低等植物,更有芦苇、仙茅、三角草等各种植物,而且有蟛蜞、蟛蜩和蛤蜊等贝类动物。

尤其是"海岛形成的地质层的观赏与认识",它简直可以成为一本地质学科的教科书。如果有幸一游,便能意外收获有关地质学的科学知识。

　　崇明宝岛上还有许多知名欣赏的地方：富于苏州园林风味的瀛洲公园；点缀着现代建筑的南门车站公园；金鳌山公园仙境般神秘的风采，更有数以百计园林式的住宅小区。诸如此类，足以说明瀛洲宝岛是当代优秀的生态岛，又是美丽极品的上海后花园。

　　最后翻到的一页是"一桥飞架南北，天堑变通途"沪崇隧桥通道的登陆点陈家镇生态林。那一片片芭蕉树，多么风姿绰约，她们摇曳着小扇在欢迎；那一棵棵杨柳树婆娑起舞，她们在欢迎；那一片片白玉兰红玉兰林张开笑脸在欢迎……，这里蔚然壮观，更具雄姿，又是一大景点。画卷全册，史无前例。真是瀛洲到处是图画！

　　她，既是"接天莲叶无空碧，映日荷花别样红"的大家闺秀，又是"流连戏蝶时时舞，自在娇莺恰恰啼"的小家碧玉，更是争当全国绿化模范县的"巾帼不让须眉"的花木兰！

　　美哉，崇明生态岛！处处入画！

　　壮哉，上海后花园！遍地飞花！

永恒的故乡

张 燕

这么多年来,一直行走在嘈杂的商业街道上,很少独辟出一块清静,让心去亲吻天空下的云彩以及云彩下那颤抖的露珠……

于是,心便陡地生出一种犯罪感。偶在傍晚的下班途中,看到天际处呈现橘红色的晚霞,禁不住袭来一阵悲哀,真想对着那燃烧的霞辉无遮无拦地大哭一场。哭自己这些年来的匆忙,哭自身远离土坡,终年累月生活在被水泥石灰箍起来的巢穴里,把一个真我流放得差点找不着了踪迹。

那个可爱的真我,时常会仰望夜空的星星,忆起儿时在母亲的棉花地里吸嗅着棉桃散发的清香,浑身涌起对棉桃的感恩。

于是,当冬闲时节到来时,那漫天的白蝴蝶纷纷扬扬,盼雪花在母亲的棉花捻子里抽出了对生活的企望,那个真我犹如虔诚的教徒,把朴素的情感盛溢在心的眼仁里,一头扑出禾秸熏蒸的土屋,跪倒在大雪纷飞的天地间,与天地间的精灵们融合为一……

那是一个大化的真我；一个感动在上天大地之间的真我；一个纯粹的、没有物质感的真我；一个如初生婴儿般纯净无污染的真我；一个不会忽视世间任何一个小生命，甚至将从发丝间掠过的一丝风都视作无穷意义的真我……从不敢忽视万物的那个神性的真我哟……

那个真我常常会把局限性极强的人与无限性辽阔的宇宙连接起来，与永恒的深奥物源贯通起来，让自己深刻领悟头顶的星空所闪烁在人类灵魂里的光辉是多么的具有道德律，并发现对一粒沙、一珠露的敬畏，让人类自己大我的狂妄得以收敛，恢复灵性，感悟小觑世间万物的滑稽劣相。那个真我会站在生命的千仞峰巅，呼唤苍茫宇宙间幽微深处的圣洁，凝视坚硬的石头，会体味出时光凝聚起来的伟力；望着流水，捧一掬上来，想到水的渊源，是任何物力所无法抵达的智慧之源；仰望月亮，思夜的精灵，那银色的光瀑怎样穿越夜的瞳仁而弥漫在天地间的？那么一种高洁的姿态，透逸出宽怀的慈悲气息，蓄含了大爱的优美，生命因此而呈现出绚烂的花朵。

在寄情于自然之中，真我用性情观望世间一切，并赋予每一生灵以神圣之感，同时迸发出对速朽的生命的怜悯和悲怀，在千呼万唤中一心想挽留住本真的善性，摈弃了为活而活着的罪孽，感悟活着就是赎罪的一个过程的真谛。真我的幡然醒悟，立刻就挽住了现实中我的脚步。我扭回神来，原来丢失的是我灵魂的永恒的故乡。

现实的我曾几多时迷失过。迷茫在世俗的泥淖里，以致于成为一具无灵之躯了。

现代人越来越注重肉体的快乐,用缤纷的物质彰显肉身的价值,除了欲望的沟壑填充外,已经没有了灵的空间,没有了灵魂与肉身的有机结合所迸发的结晶;现在的人是重物质的魔怪,把灵魂引领的生命视为子虚乌有,因此有时好像成了两具行尸走肉。更可悲的是,当一种感觉涌来,人意识不到自身的空虚,嗅不到路旁摇曳的野菊花的芬芳,以及野菊花释放出的性灵,看不到一只小飞虫薄翼下扇动生命的意义,更不会感恩给我们万物生源的光瀑……如今的人其内核已是一个聋哑的人,是一具没有灵魂深处的光芒照耀的肉身,只有沸腾的欲火在燃烧,这是多么可悲的现象啊!

现实的我蓦然回首。寻找灵性的真我,我庆幸、狂喜,在夜阑俱寂的星空下,我为自己能找回灵魂的故乡而慰藉、释怀。

我要栖息在这永恒的故乡树下,从此高枕无忧。

这万灵不能缺失的故乡啊!我的崇明!

神力石海箭

陈中兴

石海箭是什么？崇明能回答的人不多了。当今的崇明环岛海塘公路畅行无阻，混凝土结构的海塘护坡能抵御百年一遇的高位潮水，防浪砌块如礁石一般，昂立于风急、潮涌、浪高的险境之中，保护着崇明岛在任何风暴潮组合侵袭下安然无恙。相比于现代水工建筑，石海箭似新四军、八路军勇士以小米加步枪跟美式装备的敌军在拼杀。在生产力很低下的年代，要把崇明岛牢牢地扎根于长江口，只见涨，不能塌，依靠的就是石海箭的神力。石海箭所轧之处，江流绕行，泥沙渐淤，滩涂徐进，蒲草、关草、丝草茂盛，随后的芦苇大军趁势而上，一片生机，万顷盎然。

漂 泊 的 沙 洲

长江奔腾数千公里，积雪水，纳百川，一路腾着细浪，走着泥丸，欢歌东进。据实际测定，长江下游平均每秒的径流量达

29 500立方米,有记载的年最大输沙量为6.78亿吨,最少年份的输沙量也有3.41亿吨,以平均年输沙量4.66亿吨计算,每立方米的长江水中可夹带泥沙0.3—0.5千克。估计约有50%的泥沙在长江口沉积下来,使崇明每年以150米左右的速度向东延伸的同时,还出现了九段沙这样的拦门沙洲。

历史上,长江流经狼山—吕四一带,海面一片开阔,水流逐慢,加上海水盐分的作用,江水中的泥沙纷纷脱稳、絮凝、聚集下沉。约1 400年前就有东沙、西沙露出水面的记载;到了明朝,长江口出现了30多个沙洲;到清朝时,长江口的沙洲多达60个。这些沙洲时隐时现,一些与长江南北两岸相连,被人们开垦成良田,使长江岸线顺势东移;一些在不断的涨塌中形成了星罗棋布的、大小不一的、一个个典型的河口沙岛。从露出水面到形成较大的岛屿经历了千年的涨塌变化,在涨落潮的冲击下,在较大岛的南北两边,总是一边经受侵蚀塌落,一边逐渐淤积,月积年累,崇明岛渐行渐东形成了长条形冲击岛模样。俗话说:"火烧能抢到一半,海塌一夜冲得精光。"在自然力面前不能有作为的时代,长江边世代生息的人们,日出而作,日落而息,尽管靠天吃饭,但崇明岛上往往五谷丰登、猪羊满圈、鸡鸭成群,似一派富庶的江南美景。然而,突然改变的长江潮流,可瞬间裹挟泥土、掏空堤岸、陷落良田,房屋被江水吞噬,一切家产毁于海塌。清末时长江口60余个沙岛,如今只剩下崇明岛、长兴岛和横沙岛。20世纪60年代,南门港正南约3公里处有个南丰沙,住着几十户人家,到1966年因塌落,全部人员在政府的安排下撤离南丰沙,安置到当时的城东、城桥、港西等乡镇。到 1968 年南丰沙荡然无存,充分表明长江口沙洲的土壤黏结力很弱,涨落潮水可以在不太长的时间内把一个数平方公里的沙洲悉数溶入水中。

造神器,定洲安岛

智慧的崇明人不会屈服于自然力的破坏。土地是农民的命根子,想办法造神器,显神力。涨出的滩涂不能再塌掉,围垦好的土地一寸也不能丢。崇明人要用自己的双手造出神器,把崇明岛稳牢、固定住。神器就叫石海箭。石海箭学名"丁坝",丁则横竖也,用石块砌成坝状物与堤岸接近垂直的水工建筑,具有导流、护岸、防冲和稳定河床的作用。长江口水中的悬沙 90% 以上粒径小于 0.032 mm,当它们絮凝沉积成底沙时,粉细沙的粒径一般在 0.01 mm—0.08 mm 之间,在水力条件下有很高流动性。在崇明四周的滩涂上能清晰地观察到,哪怕是涓涓细流也能很快冲刷成河流雏形,即使弯弯曲曲,也不可阻挡坚忍不拔地流归长江大海。

自 20 世纪 30 年代开始,崇明人便陆续开始建造石海箭。特别是建国后,在党和政府的全力组织下,自力更生、艰苦奋斗,调动工程技术人员的创造力和挖掘能工巧匠的手艺,共建造了 230 多条的石海箭。到目前为止,尚有 190 多条石海箭还在发挥防止岸滩冲刷、保护滩涂稳定的功效,基本稳定了崇明环岛的河势,使崇明边滩塌失趋势得到了有效的控制。

超生产力的神奇建造

丁坝建设有悠久的历史,时至今日有一整套水工建筑理论和完善的工程实践。一般包括河床河势的测绘、水力流体的计算、工程规划设计、软体排布局与材料选用、机械施工和混凝土浇筑等,这些跟东海大桥、小洋山深水码头等建设工程相比,那是小菜一碟。可在20世纪六七十年代,石海箭建造那是土法上马、就地取材、肩拉背扛,有时还赤膊上阵,去赢得与恶劣自然环境抗争的胜利。

有限的财力,没有机械、没有设备、没有电力、没有尼龙绳、没有纤维织物,但崇明人有坚定的意志和不屈的精神。在建造石海箭位置附近的滩涂上,辟出一块比篮球场还要长的相对平整的滩涂,定当月大潮汛末期的一天,使用轻钢条树枝和钢芦作软体排材料,附近的农民数百人集结待命,像当年战争支前一样,或肩挑,或背扛,赤脚越沙滩,争先恐后把树枝和钢芦运到指定场地,富有经验的好手们用麻绳把树枝和钢芦有序交叉编织成形、捆扎成排。这一过程一刻也不能停,一定要赶在涨潮前把数吨的材料编扎成石海箭软体排。当涨潮的时候,潮水很快涌上滩涂,浮起蔚为壮观的软体排时,两只木船扬起风帆,把软体排拖拽到指定水域,水性好的勇敢者还跳入水中边游泳边助力推排,不时能见到兴奋的刀鱼跃到排上乐极生悲,成为人们的意外收获。海塘公务所的指挥员手拿着只有在《地雷战》电影中才能看到的白铁皮土话筒,果断下令帆船在目定水域抛锚,船上和水中四方通过绳索在滚滚长江水中把软体排精确定位。又是一声哨响，四艘满载石料的帆船迅速靠上软体排，首先用缆绳把软体排牢牢挂在船上且四船始终保持平衡。准备停当，指挥员又是一声令下，农民们把船上的石料快速地均匀地卸到软体排上，号子声、石击水声夹杂着粗犷的歌声响彻海空。船在卸石料过程重量不断减轻而上浮，排在压载后下沉，两者通过八条缆绳巧妙配合、相得益彰。这种巧借用力，使船、排和人在波浪阵阵的江水中时时保持平衡，好像有一台超级计算机通过无数的传感器，把各种测量参数汇集运算后，发出道道指令，指挥着各式各样的运转动作，井井有条、丝丝入扣。现场片石飞扬、浪花四溅、号子阵阵、水天合一。卸完石料，关键的时刻到了，检阅劳动成果的时候到了。只见指挥员手中的红旗一挥、哨鞭响起，四只船上掌控软体排缆绳的水手船工，整齐划一松开缆绳，上百吨重的庞大软体排瞬时轰然下沉，尽管此时潮水湍急、江浪拍岸，软体排按照人们的意志服服帖帖地沉到水下指定位置。紧接着，一艘艘运载石料的帆船接二连三继续把石料卸到软体排上，直至石块露出水面，软体排不再移位为止，石海箭建造的坚实基础打下了。

搏击风浪的卸石工

一条石海箭要用上数以千吨的石料，石块轻者一二百斤，重者五六百斤。崇明没有山，所有石料全部用帆船从江苏、浙江等地运来。一艘又一艘的帆船乘着潮水靠上软体排的堆石，搭上跳板，两人一组，用一根一米来长的毛竹杠棒，套上麻绳，把一块块沉重的石块,经过晃悠悠的狭长的跳板,运到软体排的石碓旁。卸石料的农民不但要有健硕的体魄,更要有坚毅的心理素质。两人走在风大浪急的跳板上,必须步调一致,遇到风险宁折不弯,否则一人有闪失,两人后果不堪设想。那个年代的小伙子,搭件土布衫,一人手握杠棒、另一人提着绳索,肤色古铜、脸色黝黑、步伐铿锵,25吨的一船石料,二组四人半天就能卸完,用现代的标准定能评个先进个人、劳动模范,身后喊着"最美石哥"的网民一大群。

能工巧匠显身手

面对堆积如山的石块和片石,石匠们手执毛竹叠片柄的铁锤作唯一工具,按照设计的形状和尺寸,硬是从水下和泥坑中干砌成一条鲤鱼背,两侧有一定坡度,坝头、坝身和坝根齐全的石海箭,特别是石海箭的坝头,流线型弧度造型,直插入滚滚江水中,日日、月月、年年经受着长江潮水的洗礼。石匠们候着潮水规律干活,慧眼识石,匠心独具,不用一粒黄沙、一克水泥,把船上卸下来的每一块石料适时安放到合适的部位,制作成浑然一体的石海箭,没有一块石料多余,没有一处空腔,好像跨国公司的CEO,能把每位员工安排到适宜的岗位,让每人能把潜能发挥到极致。完工的石海箭不但是护岛水工建筑,也是一道亮丽的风景,局部是平整的,整体却有坡度和弧度,能经受每秒3米以上长江水流的冲刷,能抗击台风暴雨的袭击。有人想从干砌的石海箭上取走一块石头那是很难的事,不费点劲是万万做不到的。几十年的石海箭为什么还能安然躺在滩涂,日夜守卫着崇明岛的岸线,就是这些可爱可敬的石匠们在与自然力的抗争中炼成的手艺，那是崇明人的骄傲。

石海箭往往不是单体作战。对于某一段有坍塌危险的岸线，少则三五条，多则七八条，组合抵御长江潮水的侵袭。石海箭砌成以后，马上局部地改变了河流流动形态，坝体尾部漩涡的产生、分离和衰减使水流呈强三维紊动特性。在石海箭箭身两侧逐渐开始淤积，改塌为涨，生物多样性不久就显现，水产更加丰富，时时看到游人在石海箭上漫步，还能看到有人在箭头处张网攀鱼，每每都有江鲜捕获。

当年的石匠们年事已高，他们也不需要培养接班人，现代化的机械施工早已替代了落后的高强度手工劳动。但那干砌石坝手艺乃是民族瑰宝，定会载入崇明历史史册。当他们领着孙辈们观光江堤时，总会自豪地喃喃细语：那是我造的。

我不是过客，是归人

张金良

朋友刚生了孩子，取名子崇。问他什么意思，他说第一，自己是外地人，但孩子算是土生土长的崇明人了，名字中带一个"崇"，以此表达对这片土地的感激与热爱；第二，"崇"的字义好，希望孩子做一个崇高的人。我赞叹道，了不起，名字真有文化。他不无得意又有些遗憾地说，要是双胞胎就更好了，把"崇明"两个字都用上。说完不禁哈哈大笑，眼里满是自豪和幸福。

看着他用蹩脚的崇明话和本地人聊天，不禁感慨。一方水土养一方人，这方水土不仅滋养了本地人，也养育了无数来崇的异乡人。他的根扎下了，枝枝蔓蔓不知在这里要繁衍多少年，而又有多少来自异乡的根也扎在了这片土地上了呢？

一千多年前，崇明岛积沙成洲，逐渐凝聚而成现在的土地。千百年来，这里的人如同沙洲一般，不断聚集，不断繁衍，无论是自然风貌还是地域文化，都体现出"散——聚——凝"的特征。

古时的先民以打鱼为生，在江海之间风浪之中谋生计。也许他们只是把这里当作一个落脚点，一个漂泊的驿站，可是发现这里不仅土地肥沃，鱼类众多，更难得的是这里静谧安定，远离人世的纷扰，于是他们留了下来，把根扎在还在凝聚的沙洲里。自此以后，无数的外乡人陆续来到这里，为这片土地流汗、流血，以不同的方式回馈这片土地，表达自己深沉的爱。

回望历史，想起曾任崇明县令的明代唐一岑。当倭寇犯崇，他身先士卒，与敌巷战，不幸殉职。城中军民闻讯义愤填膺，高呼"不杀倭寇，何以报唐公！"与敌血战，杀退倭寇，收复县城。唐一岑乃一介文士，竟有如此勇气和豪气，着实让人钦服。让人感慨他如何从遥远的西南辗转来到东海之滨的崇明，如何克服饮食、语言等困难执政崇明？虽然一纸皇命他无法违抗，但他为国为民的情怀，奋勇抗敌的浩然之气长存于此。

站在原中国佛教协会会长赵朴初手书的"唐一岑墓"石碑前，观风吹草动，听簌簌声响，似英魂倾诉，是在向遥远的故乡表达思念？还是对自己曾经执政的这片土地祈福？他不是崇明的客人，他的魂灵仍然坚守在这里，他是崇明的亲人、家人。

走进根宝足球基地，就会看到一块巨石，上面用红色油漆醒目地写着"缔造中国的曼联"——这句当年响彻上海足坛的话，是一个誓言，也是一个梦想。

十多年过去了，那批孩子都已长大，大部分仍在绿茵场上飞奔，继续着自己的足球梦想。如今，一批又一批的孩子不断进出，这里将在他们的生命中留下不可磨灭的印记。虽说，这里只是他们生命的驿站，但这里是他们梦想起飞的地方，即使走到天涯海角，这里也是他们的另一个"根"，永不忘记。

当徐根宝来到崇明喊出"十年磨一剑"的口号时，很多人怀疑，他能否在这里坚持下去？虽已年近七旬，但他仍在此坚守，他的足球梦想仍在炽热地燃烧。今年3月18日，徐根宝做客《第一财经》频道"财富人生"栏目，谈足球，谈事业。记者采访到徐根宝的得意弟子，原国家队主教练、现贵州人和队主教练高洪波，他说徐根宝"是在做足球事业，而不是足球产业"。做产业的人为利，而做事业的人更多的是为了实现一种理想，实现人生价值。老人的梦想既是个人的，又是国家的。让我们为他默默祝福吧，崇明给他提供了实现梦想的土壤，他也为崇明树立了坚守的榜样。

初来崇明时，以为这里只是自己生命的驿站，总有一天会离开。然而十多年过去了，我依然生活在这片土地，而且根扎得越来越深。还有很多像我这样的外乡人，都成了崇明人，我们的家族将在这里延续。因为我们在这里已经适应，如同一种植物找到了一块适合自己生长的土壤。

崇明静卧在江海之间，有着独特的自然环境，独有的生活民俗，生活其间，少了压力，少了喧闹，环境是静的，心灵是净的。

长江岸边，江风拂过，江水亲吻着岸堤，如情侣般呢喃低语；岸边的芦苇簌簌作响，似在讲述着一个美丽的故事。偶尔，一只飞鸟从芦苇中跃出，划过水面，虽已了无踪影，但那声鸟鸣似乎仍在水面上回荡。

小镇街头，汽车不多，人行缓慢，一切都是那么悠闲惬意。店铺里的顾客似乎不是在购物,而更多的是在欣赏,流连其间,享受着安逸。店铺的老板或看着电视玩着电脑,或织着毛衣抽着香烟,他们似乎只是把生意当作充实生活的一部分,而生活的主要部分仍然是享受生活。镇上有一寺庙,寺里僧人不多,或闭目养神,或低声诵经。现在的寺庙,大多被世俗所侵,成为旅游景点,整日喧嚣不断,难以感觉到佛家的清净与神圣。而这里,却是难得的一方净土。在这里,人心的浮躁可以得到安抚,浑浊的灵魂可以得到洗濯。庙不在大,有佛则灵。有时候,静就是一种境界,就会让人肃然起敬,对于喧嚣的红尘俗世,觅得一方清静是多么难得而需要珍惜啊。

不由想起岛上的另一名刹寿安寺,想起寿安寺的惟觉法师。十多年前他从江苏来崇,弘扬佛法。他的生命和佛缘如同寺中生长了五百余年的银杏树一样,扎得那样深,长得那么盛。我想崇明在他心中是一片净土,也是一片静土,于是他坚守于此,潜心修行。他是凡人又不是凡人,是客人又不是客人,希望他在崇明这片宁静之地信仰之地心灵之地上不断提升自己的佛学修养,弘法利生,为崇明众生带来吉祥、好运。

崇明的静,不是静在表面,而是静在骨子里。彼岸都市的喧嚣声甚至要越江到这里,然而人们一听而过,面对繁华的诱惑淡然处之。桥通了,去市区方便了,但是崇明人还是和以前一样,匆匆地去,急急地回。外面的世界再广阔也不如家的一隅;外面的世界再热闹,也不如在家惬意。希望每个人都有一份故土情怀,真正热爱这片土地,热爱才能坚守,才能建设好我们的家园。

　　不由得想起台湾诗人郑愁予的诗《错误》，他说"我达达的马蹄是美丽的错误，我不是归人，是个过客"。我想说，我不是过客，是归人，因为我爱这片土地，这里是我的家。

　　我不是过客，是归人。

水绕千年　　缘结崇明

张金良

　　水，是生命之源、美丽之源、智慧之源。崇明岛因水而生，以水而兴，凭水而盛。崇明岛，是一曲水之歌，是一幅水之画，是一首水之诗！

水 之 孕

　　1 300 多年前，滚滚东流的长江与东海相汇聚，一块小小的沙洲孕育而成。斗转星移，沧海桑田，这块小小的沙洲吸天地之精华，受日月之光辉，经风雨之洗礼，不断沉淀、长大……从一粒沙土，成一方水土，在东海之滨，一个宝岛孕育生成。这块神奇的土地就是曾被明太祖朱元璋称为"东海瀛洲"的宝岛——崇明岛。

　　感谢大自然，为地球又添一片生机之地；感谢长江水，为华夏又增一方希望之土。

　　俯卧于长江口的崇明岛形似春蚕，千百年来不断孕育，不断长大。从一片默默无闻的沙洲，到今天成为扬名海内外、令人瞩目的热土。

水，给了崇明生命；水，更给了崇明希望。

水 之 韵

崇明如一颗璀璨的明珠镶嵌在东海之滨、江海之间。长江水千百年来奔流不息，由此入海。崇明属于江南还是江北？没人说得清。江南天堂胜景，世外桃源，鱼米乡，佳丽地，三秋桂子，十里荷香，而这些用来赞美崇明也不为过，因为它拥有着江南独特的风韵和气质。有人说崇明也似江北之地，有着江北的人事风情。因为江南人与物温婉细腻，但崇明却有另一番气质，除了阴柔还有阳刚，除了细腻还有粗犷。

但我觉得崇明更应属于江南，或者更愿意它属于江南。江南是水做的，崇明也是水做的。水，是崇明的血脉，没有这些晶莹灵动、千姿百态的水，也就没有了崇明。水滋养了崇明的人，崇明的物，孕育了崇明独有的自然风光和人文气韵。

水，造就了崇明的自然之韵。

水，在崇明俯仰皆是，看得见的是水景，听得见的是水声，闻得到的是水气，触得到的是水质。"春江潮水连海平，海上明月共潮声"，那是东海的水；"日出江花红胜火，春来江水绿如蓝"，那是长江的水；"八月湖水平，涵虚混太清"，那是明珠湖的水；"衣带一衣水，兰舟小亦佳"，那是小河的水。流水淙淙，飞鸟高鸣，落花飘零，没有哪个地方有崇明这般丰富的水，这般丰富的水之韵味，这简直是上天的青睐，自然的恩赐！

水，造就了崇明的人文之韵。

崇明岛人杰地灵，千百年来名人辈出，是水孕育了人的聪颖；是水，形成了独有的文化特征。发源于崇明岛的瀛洲派琵琶曲吸收南北派之长，形成了独有的特色，为我国著名的四大琵琶流派之一。崇明方言虽属温软的吴语，但别有一番刚硬的味道。崇明人也如方言一般，刚柔并济，除了江南人的细腻谨慎，也有着江北人的豪爽洒脱。古有英勇的抗倭"沙兵"、英雄唐一岑，今有热血男儿黄东华。在崇明人身上，温和谦让与刚猛强悍竟能很好地契合。《老子》曾云："天下莫柔于水，而攻坚强者莫之能胜，以其无以胜之。"原来，他们身上具有水的柔美与山的刚强气质的两重性，正因为这种气质，造就了崇明人自强不息、追求创新卓越的垦拓精神！

水，乃崇明之灵、之魂、之魄。

水 之 运

水孕育了崇明，但水也曾给这块土地上的人们带来种种苦恼。崇明人怨过水，因为水的阻隔，使崇明发展的步伐尤显蹒跚与沉重。岛内岛外的产品不能交流互通，更要紧的是人的思想，思想上的落伍是更深的痛！水！水！水！你到底给予了崇明什么？在水一方，有个大都市如同天堂；望穿秋水，是崇明人多年的渴望！值得欣慰的是，崇明人不再等待，不再迷茫，他们要让水带来的不是噩运、霉运，而是财运、福运，大大的好运！水，带来的是阻隔，但更是希望！崇明人要做好水的大文章！

　　漫步海岛，到处可见对水的治理，对水的使用，对水的热爱！前卫村、瀛东村无疑是这方面的典型，他们以"崇明精神"围垦造田，战胜了水，走上了富裕之路。同时，他们还投入大量资金，改善水环境，加强水治理，从没有因为感觉水取之不尽，用之不竭而任水自流！如今，他们的生态旅游越来越受到都市人的青睐。这一切都离不开水，是水，让崇明插上了腾飞的翅膀！

　　水见证了崇明的过去和现在。如今，桥通了，崇明人不再埋怨水，而是想办法利用水，战胜水，开创美好的未来。21 世纪属于中国，更属于崇明！崇明人已经做好了准备，他们要用东海水浩荡澎湃的热情，长江水勇往直前的魄力，明珠湖安稳沉静的性情，书写崇明新的篇章，创造新的辉煌！

话说金油车桥

龚家政

　　"金油车桥银堡镇，铜新开河铁浜镇。"这是旧时崇明人用口头语形容大户巨富最多的四大集镇，而油车桥镇排在第一。

　　油车桥镇今位于竖新镇南部、油桥村北界、明强村的黄濠河北侧，北距白祠堂两公里，南离长江南支堤岸一公里。油车桥镇主要街道是面向黄濠河的东西向单面街，东至原明强小学（即老城隍庙，也即"中共崇明县委机关旧址"纪念地），西至董家弄，全长400多米；还有黄濠河上油车桥南桥堍南北向铁店弄，长约50米。

　　油车桥有南、北油车桥之分，两镇相距600多米。北边运粮河上的油车桥为北油车桥。这里记述的是南油车桥，即油车桥镇。

　　油车桥镇始建于清乾隆年间，道光、咸丰年间已经繁荣。当时有一位叫宋效林的商人在黄濠河南侧向东开设"宋三余"油车，把黄豆制成豆油,销售各地。为了便于人们来往,在黄濠河上架设石桥一座(该桥于 20 世纪 90 年代拆除),名为油车桥,"油车桥镇"由此得名。油车桥镇别名"宋施镇",因镇上经商的商人主要是"宋""施"两姓。

　　20 世纪二三十年代油车桥镇街市自东至西主要布局:明强小学,该校创办于 1910 年,1968 年改为戴帽子中小学,1984 年并入三烈中学。向西有中医诊所、药店、园作店、烟杂店、南货店等,接着是闻名全县的"水流茶馆"。"水流茶馆"的基础是一座石板桥,当年坐茶馆的人脚下有潺潺的水流声和船桨的击水声。"水流茶馆"西侧就是油车桥,桥南是南北向的铁店弄。铁店弄实际是合观街,其中有树德堂药店、南货店、打铁铺等。"水流茶馆"西边是三进两院朝南坐落的宋三余宅,隔一小弄是徐庭良仁德堂药店。向西是宋春生、宋春暄三进两院的正茂大宅,其大厅外面的门面市房开设的南货店,富丽堂皇,雄冠全镇;河南是正茂木行,正茂有大傲船"金大福"。自正茂西边小弄向西至三余小弄,分别有赵香元、宋士德的永生茂酒杂店,朱元顺洋布店、施恒茂布庄、染布店等;河南是朝东宋三余银匠店、烟竹店等。三余小弄西边是施恒茂南货店、京货店,河南是施恒茂布庄、宋华堂船老大四厢住宅,宋华堂有大傲船名"三合兴"。施恒茂京货店西是三进两院的老正丰大宅,建筑古色古香,其大厅有 200 多平方米,是崇明岛上最大的厅堂之一。大厅外面是朱承周南货店、施再清酒店,对面河南是大亨木行,老正丰有大傲船名"金福增"。老正丰西边是三进两院的新正丰大宅,外面是臧恒昌食品店、宋振琦布庄。新正丰西边是三进两院的施聚隆大宅，其门面房开设布庄、南货店、粮行。施聚隆西侧隔一小弄是三进两院施协丰大宅，开设布庄、南货店，有大傲船一艘，是一幅道道地地的《清明上河图》的缩影。

油车桥镇街市特点：一是黄濠河北侧大多是三进两院大宅（共有七个三进两院大宅），门面市房一式木结构阁楼；二是市房距黄濠河河沿有十多米开阔，便于堆栈土布，由黄濠河里船装载后运往外地；三是油车桥各大商家，共有装卸 200 吨以上五桅大傲船 10 多艘，这是有别于其他集镇无实业支撑的经营杂百货酒店等商家的。他们把布庄收购的土布，每 40 个小布或 60 个大布打成一件，刻好商标（如施恒茂"庆春晨""永大玉"名牌商标，享誉东三省），用大傲船运往东北三省，回船满载大豆和豆油到上海销售，大傲船来回一次，盈利竟达万两银子。如此循环往复，真是大发其财。这就是富冠崇明各大集镇的"金油车桥"的来历。

1914 年 7 月，崇明县政府在油车桥镇设警察分所，保护布庄安全营业，1916 年改为公安局派出所，1919 年派出所改为公安局驻公所，1929 年，油车桥镇设镇董事会。1926 年，中共浙江区委特派员陆铁祥、俞才甫在油车桥镇发展党员，年底建立油车桥支部；1929 年，中共崇明县委在油车桥镇附近开展活动；1934 年，中共崇明县委机关驻地明强小学。

油车桥镇衰落与日寇侵略中国密切相关。油车桥镇于光绪年间至 1931 年为鼎盛时期。1931 年"九一八"事变爆发，日本侵占东三省，崇明的土布运往东北和东北的大豆、豆油运往上海骤然减少。其间土布只是依靠少量运销南方维持，以及大傲船到江南代客运输杂货,以获微利。油车桥镇各大业主期盼国际形势转变,日本退出东北。谁知 1937 年"八一三"上海抗战爆发,日寇全面侵华,同时东海以潘开道为首的海盗在海上抢劫船只猖獗,油车桥镇不但大傲船朝北土布货运彻底中断,而且运销南方也受阻。纱、布庄大多改行买卖洋布做做小生意。不久,大多布庄关门、大傲船拍卖。从此,油车桥镇逐渐冷落为崇明岛上一般乡间集镇。

20 世纪 50 年代至 60 年代,油车桥镇门店有百货店、南货店、饭店、茶馆店、理发店、银行、药店、缝纫店、收购店等,早集市近 400 人次。70 年代,随着北面竖新镇(白祠堂)的兴起,银行、药店北迁,早集市人次逐渐减少。80 年代,早集市只有 100 多人次。90 年代末早集市停止,街面市房和后边的三进两院大宅大多拆除。2004 年至今,仅有"正茂"门面房开设杂货店,主要经营日用百货、烟杂,代销农药、化肥等。

风之岛

顾后荣

前些日子,收到崇明县文化广播影视管理局主办的期刊《风瀛洲》。第一感觉是,此"风"甚妙!

在崇明岛,刮风是司空见惯的现象,因为它所处的江海交界的地理位置所致。记得当初踏上崇明岛的头一遭,便是狂风夹着暴雨,直让人有身在孤舟、飘摇无助之感。后来发现,更多时候,风在岛上流连徜徉,带来江海的气息,带来芦苇的芬芳,带来柑橘的清香,带来鸟雀的呼鸣。呼吸着海岛特有的清新空气,你不得不感谢海岛之风的勤快。

在崇明生活十多年了,逐渐喜欢上这座岛,喜欢这座岛上的生活,喜欢这座岛上的文化。崇明学宫就很让我惊诧,因为在那几棵仙风道骨的银杏树掩映下,一种悠远的历史感油然而生。跨过学宫门槛,走过花草幽径,穿过门廊,见到的是一尊孔子雕塑。雕塑无语,传统文化的积淀和崇尚文化的风气,却是昭然若揭了。

更何况,往里边走,你会看到那么一些海岛风物,虽然漫着古旧的气息,却足以让你展开想象,那些前仆后继到海岛拓荒的人,曾经历过怎样的风雨,战胜过多少惊涛骇浪,与自然共进退,从而拓荒出这块冲积岛的盎然生机。而在这样一个漫长的过程中,接纳、继承、嬗变、凝固,文化便在潜滋暗长了。

我喜欢到金鳌山公园小憩。"看清风闲云野鹤,听明月流水瑶琴。"好境界! 在这里,传说十分动听迷人,可那位沈"探花"却让人感到天真实诚可爱。在这里,镇海塔不算高,但是在这平坦的海岛上,也可谓一枝独秀了。在这里,唐一岑的墓并不显眼,却让人深深感到有这样的人,意味着海岛的一种不屈的气节。这气节一直延伸到那些投身抗日的英烈,这种精神永恒传承。如果你在孔庙学宫体会得更多的是一种"物"的话,在金鳌山,你感受到的就是海岛人的风骨。坐在公园里,听南面紧邻的寿安寺传出钟磬之声,思古幽情融入佛教参悟,大千世界又岂是一种风俗所能容纳?

说到岛上之人,我又颇有感慨。这几年偶有吟咏,使我遇到一些以前并不知晓的人物,这让我对海岛的风俗文化平添几分敬意。先是加入了"崇明诗书画学会",看到那么多诗家画家,吟诗作对,舞文弄墨,不由敬佩崇明岛浓郁的文化气息。后来,读岛上作家顾晓东写的一系列研究崇明方言的文章,方知崇明话的古韵悠长。再后来,带领学生去参观港西的"阳刚民间音乐馆",对企业家钟情民间文化算是感同身受了。再后来,我还了解到崇明岛上的非物质文化遗产"扁担戏"……诸如此类,让人不得不对崇明岛的文化积淀之深厚感叹不已,更对热心于崇明岛文化的这些文人雅士赞赏不已。文化传统的延续，不都有赖于这样一些对自己的故土充满热忱的人吗？

不仅如此，近年来，崇明的文化在兼容并蓄的篇章上又添新的一页。今年，三月份，我应邀参加了江南三民文化村的"二月二，龙抬头"文化旅游节闭幕仪式，进一步感受到民间文化的魅力。在三民文化村，传统的衣食住行各类用品琳琅满目，尤其是龙文化收藏，和一条雕花床板扎成的雕塑，让人叹为观止。其实，一直以来，崇明岛的文化不就是外来文化融合交汇、生根发芽的结果吗？在这样的新时代，来自福建的范敬贵先生，为崇明的文化发展献上了精彩一页。

如今，我翻看着《风瀛洲》这本刊物，一些名字让我印象深刻：徐刚、樊发稼，还有一个年轻的名字郭帅。一些人走出了海岛，又有一些人来到了海岛，正如海岛上的风，来来回回，江风海韵，便汇成八面来风的海岛意蕴，让人品味不已……

崇 明 · 江 水 · 桥

施锦东

20 世纪 70 年代

天蒙蒙亮,"七苟"就已把昨夜打包好的芦叶,挑到肩上,到镇上车站等头班车,赶上头班车,正好也能赶上从堡镇开往吴淞的头班船。"七苟"格外用心,鸡未叫,天上星星尚棋布,就已排在头一位,和人聊天。

父母生养的多,"七苟"因排行老七,父母因爱"奶末头"儿子,于是就叫他七苟,久而久之,七苟出名,人们倒也忘却了他的学名。再说七苟也不识几个字,没上几年学,早就辍学在家,帮爷娘料理家务,因而学名更是让人淡忘。十多岁刚发育,就已在生产队里挣工分。收收猪草,烧烧开水。

芦叶,崇明到处都有。端午前后,采下的芦叶,水中一煮,清香满屋。然后包上糯米与猪肉等,香糯爽口。粽子,节日的礼物,更是工余的点心。知青插队时，因贫困无礼可送，回家过节，常常带些崇明的芦叶，送东家、送西家。崇明芦叶日久也成上海都市人的必需品。知青回城后，芦叶少人带入城市，而都市人对芦叶的嗜好依然，无意之中，芦叶的买卖成为乡下人的新活计。

七苟是我们生产队第一个肩挑手扛芦叶入城营生的人，年纪轻轻，赚了些小钱，羡慕死乡下人。傻傻的七苟，在队里可爱起来了。

头脑活络的小媳妇、小伙子们，争相求教七苟。七苟倒也爽气，给大家画了一张路线图。

早晨 4:30 起床，5:10 早班车，6:00 早班船，8:00 左右到吴淞，挑货半小时到集贸市场，就会有人收购。只要价钱适宜，就可赚钱了。

初夏，队里出现了采苇叶潮。沟边、河边、滩涂，只要有芦苇的地方，都能看到红男绿女在忙碌，然后卖给"七苟们"。

陈家镇地处龙头龙珠的顶端，交通实在不便。赶班车不是一件轻松事。不光要有几分蛮力，还要有几分霸气。稍稍软弱，就有可能被班车司机或售票员赶下车去。臭骂声夹杂着白眼，把你淹死。有时司机会故意让你落下一担货，开车走了，让你哭笑不得。赶班头的小贩们非得有蛮力与蛮气，才能压住司机与售票员。当然赚钱了，聪明的小贩会送包烟或买包糖孝敬司机或售票员，但大多小贩是没钱的主。七苟就有一身蛮力与蛮气，人也老实，他的货总是第一个卖完，在小贩中小有名气。

滔滔江水，孕育了崇明丰富的物产，也养育了朴实的农人；可江水又阻隔了城市与乡村，封闭了人们的生活。人们渴望有便捷的交通,跨出封闭的角落。

船,岛人十分熟悉,这是连接城市与乡村的主要途径。有了船,现实与梦想就缩短了距离。

桥,空中的梦想。陈家镇直通浦东,那是小时候的梦话。

七苟从未想过江上能有桥,直通上海市区。船也不敢想,那是痴人说梦。稻草绳托下巴,不负责任。七苟有一梦,自己拥有一辆车,载着满车的芦叶,运回满车的钱。

21 世 纪

七苟正在安排人手收购花椰菜,预备分送上海几个菜场。乡下人不懂学名,因为菜芯似花,都叫花菜。

花菜采摘不宜时间长。蔫头蔫脑的花菜,城市人不爱吃。城市人挑剔,爱吃"活杀"蔬菜。七苟的工作就是将最新鲜的蔬菜尽快送进城里。

七苟眼睛盯着电子秤,耳朵夹上一支烟,左手夹着一支冒烟的烟,右手正指挥着会计记账。肥硕粗壮的手指上,两个硕大的戒指熠熠闪光,短而粗的颈项上围着小拇指粗的项链。多年的小贩熬成了老板。岁月在七狗的头发上染了白霜。手下的几个小工正忙着切除花菜多余的叶子,装筐上车。会计指挥着装车,并清点着数目。会计是个女的,有几分姿色,既替七苟算账,又替七苟开车,不是七苟的老婆,但人们都说是七苟的老婆。

三吨的花菜,刚好装满一车。下午六点出发,驶过隧桥,七点多到达第一个菜场,八点多到达第二、第三菜场,卸货完毕,折返回崇，近 10 点到家。每斤赚上 5 角，三吨毛利有 3 000 元，去除隧桥费、油费、人工费等，保底也能赚 1 500 元。七苟心中盘算，微微露出笑容。

"不收啦，不收啦，车子装不下了。"七苟毫不犹豫地回绝送菜上门的菜农们。"帮帮忙，我送过来也不易，再说都已割好了。价钱你说，不过我也知道你也不会亏待我的。"

七苟虽然发了，但对巴结自己的老主顾也能网开一面。"那就降一毛钱一斤，收你吧。我贪了你的便宜货，你也省了一件心事，大家都没有吃亏。"后又说"收了你的花菜，也许卖不完"。菜农很识相，忙掏出"牡丹"烟来，敬了七苟一支。

封闭，隔绝了城市与乡村，却给了"七苟们"营生的活计——贩货；通畅，打通了城乡隔阂，给"七苟们"发展壮大的机遇——做老板。

茫茫江水，跨不过的坎，一桥飞架南北，天堑变通途。

小贩七苟，现已成老板七苟。

崇明,淳朴的乡风民俗

龚彤丰

一间望得见天空的天井,天井的墙壁上只一个不足一平方米的砖砌花墙格,花墙格中间只能容一只大碗拿得出、端得进的十字孔。这砖砌花墙格、这十字孔,传递着我们这边龚家和那边杨家的乡风民俗。只要哪家今天品尝崇明土产时鲜,就把一碗山芋,或一盅芋艿,或一盆花生,或一碟毛豆荚,从这砖砌花墙格十字孔中由姓龚的传递给姓杨的,或由姓杨的传递给姓龚的。无需推让,也无多客套,常听到的这边我的母亲或那边的邻居瞎妈(其丈夫有眼疾,我们叫他瞎伯,她就叫瞎妈)说:"时鲜货,时鲜货,今天你们吃了,我们明天也到田里去采……"如今,这天井、这砖砌花墙格十字孔早已拆除,姓杨的一家早已搬迁离我家 50 米处的地方,但两家用碗碟递送土特产的淳朴的农家风俗传承至今。

"成千好婆",因她的丈夫名叫郁成千,全街上的孩子都这样称呼她——崇明人对已婚妇女尊称,是把她丈夫的名字加上称谓。成千好婆，她没有住房，长年住在隔街的一间老屋里。腊月天，她常携着我们一两个孩子到她家吃山芋玉米粞粥："小宝宝，我家的山芋玉米粞粥比你们家的好吃，不要嫌我邋遢，吃得邋遢，长得像宝塔。"听着成千好婆的话，我们就一大口一大口地吃下去。成千好婆有时吃芋艿山芋，便对我们几个孩子说："这叫穷人早饭，越吃越馋。"我们几个孩子听了她的话，不客气地拿起芋艿山芋就吃。母亲至今常常带着不解的口气说："孩子小时候，自己家里土产品不要吃，到了成千好婆家，怎么吃的快快的！"

我的外婆家住在油车桥镇，镇上的中药店和外婆家合用一个后院。中秋节这天午后，中药店营业员沈老先生向我外祖父提议："今晚合用晚餐。"我外公欣然允诺。落日西天，月升东天，吃晚饭了，院子里一张桌子，有五六个人围坐，菜很不丰盛，饭食极其粗糙，没有酒，沈老先生甚至将由他单位赠送的一只苏式月饼也拿来切开分食。匮乏年代的晚餐，却各自尽量把家中土产时鲜拿出来。外祖父和沈老先生斯文让餐的情景，在我的眼前永远清晰。

这些事已远去 50 多年——瞎妈、成千好婆、沈老先生都早已作古——却总常常忆及。其中包含了艰苦岁月时弥足珍贵的厚道，更包含着崇明岛浓重淳朴的乡风民俗。如今家乡的乡风民俗注入了经济大发展中出现的新的元素，可喜的是淳朴、浓重、厚道的品质没有改变。

沙船咏叹调

阁诚骏

沙船,现在已经看不见了。但它却是崇明重要的人文历史标志。

我说这话,有乾隆的《崇明县志》为证:"沙船以出崇明沙而得名。"

中国有太多的名城古镇,崇明似乎排不上号。尽管它在1300多年前,就由唐朝政府定名为"崇明镇";尽管它比南宋末年设立在吴淞江下游的"上海镇"年长500岁;甚至,比起美洲、澳洲那些不过200年才兴起的城市,它简直就是老寿星。

其实,排不排得上号无足轻重,只要有中国四大古船之一的创造者这份荣誉,崇明就足以笑傲江河湖海了。毕竟,这是从唐朝开始,就让天下人便利的首创。请不要小觑唐朝这个起始点,因为那时的长江黄河上还没有彩虹般的大桥,飞机火车更是美丽的神话。

　　我们常常说着沧海桑田、天人合一的老话，或抒情，或哲思。殊不知，崇明岛和沙船正是印证这老话的经典。历史和现实都说，当长江挟着泥沙，蜿蜒地奔腾到出海处，赐予我们东、西两个沙洲以后，黄、顾、董、施、陆、宋六户人家先后登上这块土地，开始在这里劳作、生息、繁衍。潮涨潮落，渐塌渐长，又有更多的人们漂泊到这里。从此，在一代又一代人的生命里，蛮荒的沙洲变成了草木葱茏的桑田。

　　农耕生活描绘出的这块净土上还有纵横交错的河川，大地之外是惊涛拍岸的江海，这是天赐的厚意。于是，先祖们在棉粮生活之外，又寻到了渔猎的乐趣。当五谷丰盈之时，更有添砖加瓦、贸易交换、嫁娶迎送、走亲访友等物质的和精神的需求。满足这些欲望，对于临水而居的崇明人来说，舟楫显然更甚舆马。这时候的崇明，仅仅是硕大的沙洲，不过是稚形的小岛，却有了《周易·系辞》说的理想和壮志："刳木为舟，剡木为楫。舟楫之利以济不通，致远以利天下。"幸运的是，成长在盛唐气象中，也是天意和人事完美的结合，大自然的启示和迫切的文化诉求催生了沙船。

　　中国历史博物馆的古船专家王冠倬先生证明了这个事实：沙船"最先出现于长江下游，是崇明沙人创用的，所以一些史书称之为崇明沙船"，"唐朝初年，崇明沙方始出现……唐中宗神龙年间，唐政府在此地开始设置行政机构，并定名为崇明镇"，"'崇明'二字是公元 8 世纪初才使用的，新船种既然以'崇明'二字为船名，其创用时间应该晚于此时，它可能是在 8 世纪中叶或稍晚后出现的"（王冠倬《中国古船图谱》，2000 年，三联书店版）。

　　王先生根据大量的史料和出土实物的考证,逻辑地作出"8世纪中叶或稍晚后"的这个推断,明确地告诉我们:崇明的先民在盛唐时期发明创造出了沙船。遗憾的是,没有文字资料告诉我们,沙船在崇明的哪一处,由什么人制造。也难怪,大唐的首都在西北,偏于长江口的崇明沙离朝廷太远了,况且,在以士农工商排序的体制里,造船,大概意味着雕虫小技。

　　但是,我们不必叹息。因为,沙船对中外交通、中外友谊以及传播中华文明作出的贡献,完全可以让我们宽心舒气。

　　先看一个史实:鉴真东渡。

　　唐玄宗天宝元年(742),日本国派人专程到扬州大明寺拜见鉴真大和尚,迎请他去日本传律受戒。从当年起,鉴真东渡,遭受了五次失败的磨难。第六次,也就是天宝十二年(753),终于到达日本。这次东渡,鉴真乘坐的就是沙船。随行的共有 100 多人,还有大量的经卷、药材、香料以及粮米等生活用品。容纳这么多的人和物,船身之大,可想而知。船是在扬州东河制造的。为什么会在扬州制造? 这并不难理解,因为工匠们多是走江湖谋生的,哪里有活干,就到哪里。再说,也许这些工匠里就有崇明沙的先民,也许扬州的工匠已经学到了崇明沙船的设计制造技艺。

　　到了宋代,沙船的制造技艺大概已经传遍天下。那时,北到大连,南抵宁波;长江里,黄河上,都能见到沙船驰骋的风采。有些研究家说,就连《清明上河图》里密集的船只中,也可以见出沙船的踪影。

　　请不要望文生义,沙船并非运沙的船,而是因航行中适应行沙、防沙的特点而得名。《宋史·兵志》说："该船为防沙平底船。"清代黄汝成《日知录集释》说："江南沙船恃沙行，以寄泊、船底平、少搁无阻。"这就反映了崇明沙人的高明。当长江挟着泥沙一路行走的时候，在途中、在入海口，堆积出或高或低、或明或暗的许多泥沙，给尖底船造成倾覆之险。崇明沙船因平头平底，船身宽，吃水浅，就能在水浅沙多之处安然行驶。这种高明来自于崇明古代工匠对长江口地理环境的熟悉。

据宋代张师正《倦游录》、清代徐松《宋会要辑稿》载，宋神宗和宋徽宗为派人出使高丽，先后下诏在明州（宁波）招宝山下打造远洋沙船。元丰元年（1078）建成两条，分别赐名"凌虚致远安济号"和"灵飞顺济号"。宣和五年（1123）建成两条，分别赐名"鼎新利涉怀远康济号"和"循流安逸通济号"。宋代的这两位皇帝文化修养很高，不但把四条沙船称为"神舟"，连船名都取得富有诗意。虽然徽宗昏庸，但选择沙船却是明智之举。为什么呢？因为宋代的造船技术，已远远领先于地中海沿岸和阿拉伯国家。在中国沙、福、广、鸟四大名船中，后三者均为尖底船，从宁波往高丽国，是北行的航路，而"北洋水浅，多沙滩山脚，运输宜用舱浅之船，故应以沙船为首"（《江苏海运全案》），可见宋人的明智之举。

我们再来看看《明史》的记载。从永乐三年到宣德八年，郑和七次下西洋，每次率领大小船舶 200 余艘，最大的宝船长约 150 米，宽约 60 米，堪称"体势巍然，巨无与敌"。据雍正《崇明县志》记载，永乐二十二年（1424），郑和第六次远航归来，因"船大难进浏河"，不得不"复泊崇明"，这样巨大的宝船，究竟是平底沙船还是尖底龙骨船,学术界迄今仍有分歧。但郑和船队里肯定有沙船则是毫无疑问的。据有关档案资料,这些船都是在地处南京的宝船厂制造。

以书法名世的清代学者包世臣,有关民生的著述也颇可观。有意思的是,他对沙船情有独钟,沙船的性能、结构、作用以及当时的存世量,他似乎了如指掌。在《安吴四种》一书里,他说:当时聚集在长江口内外的沙船多达 3500 多艘,而"船主皆崇明、通州、海门、南汇、宝山、上海土著之富民"。对于朝廷头痛的漕运问题,他力排众议,建议清政府从民间征调沙船运粮,说只有用沙船,才能有效地防备海盗抢粮。大概采纳了他的建议,清代中后期的漕运果然兴旺发达。

沙船之所以长盛不衰,是它的优点决定的,这种优点体现了崇明人师法自然、顺应自然的聪明智慧。

无奈的是,清朝晚期,气数已尽,在闭关自守的傲气中,蒸汽机时代来临了,仿佛完成了历史使命,沙船渐渐退出了江海。自始至终,那些可敬的设计、制造沙船的先民们没有留下一名半姓。然而,他们在航海学、地理学、工艺学、数学乃至美学等领域的造诣,让我们强烈地感受到中国古代科技曾经的辉煌,让崇明沙船的后人既惊诧又自豪。从中国哲学的角度来看,先民们崇敬自然、能动地适应并遵循自然规律所达到的境界,不就是天人合一的境界吗?!这种高度让崇明沙船成为崇明和世界对话的标记。有了这个历史文化标记,才有世代演绎的后来居上者,不断地为崇明的流风余韵增添绚丽的色彩,使它的人文内涵日益深厚。

20世纪90年代，上海市第九届人大常委会第二十一次会议庄重地通过了一项决议：以白玉兰、沙船、螺旋桨组成的三角图案为上海市市标。这是从历史学、法学和美学多重意义上对沙船的解读，是沙船后时代对人类文明的永恒敬意。

忽然想起一句耳熟能详的唐诗：天下何人不识君？

虽然沙船已经消逝了，但涛声依旧。

崇明"出会"风俗趣谈

黄文元

在昔日崇明的民间节日中将神道像抬出庙门到大街小巷、田头阡陌巡游叫作"出会"。人们把城隍庙视作一个地方级别最高的土地庙。过去崇明定于每年清明、中元(农历七月十五)、十月朔(农历十月初一)"出会"。清明节,城隍要到厉坛或野坟安抚厉鬼。届时,人们把城隍从庙里抬出来出巡,轿子、仪仗、鼓吹、小商小贩把街市弄得热闹非凡。有的脸上涂了颜色,扮成鬼卒,扮演故事中的人物;有的戴上脚镣手铐,扮成重犯;有的挂肉灯、悬壁炉,称为挂肉身灯。队伍前面有高昌、长人、新江、财市"四司"开道,沿街出会到厉坛,在几个指定的点举行"路祭",由知县宣读祭文后再返回城隍庙,风俗意义为驱赶厉鬼、祈祷吉祥。

出会这天,面孔被涂得通红,换上新的披袍、帽子、鞋子,五更过后,一切行仗准备俱全,庙内庙外,人山人海,热闹非凡,城隍被抬到庙前广场,举行仪式,朝西北方向拜表,有血表文书。司仪高喊"奉请本县城隍出庙视察民情，但愿风调雨顺、国泰民妥、五谷丰登、六畜兴旺"之类的吉祥祈祷话语。城隍被安置在一顶八抬大轿内。有人撞起钟来敲起鼓，鞭炮齐鸣，前呼后拥，抬着城隍一路巡行，后面道士坐在轿子里跟在城隍后面。走在前面开道的火把用蜡油制成，灯芯有小指头粗，点燃后火光冲天。有两面大锣，两人扛一面，敲锣的十分卖力，咣咣咣大锣先声夺人。天渐渐亮了，队伍中青年人扛红旗、绿旗、黑旗、白旗、黄旗、蓝旗等各色旗帜，还有的旗上涂写金字，有点额绣上龙凤，有的绘上百脚蜈蚣，煞是好看。各色旗帜随风招展，空旷的田野上顿时热闹起来。

执事队伍戴着红壳高帽威风凛凛，撑着遮头伞的，执"肃静、回避"硬牌的更是神气活现。小孩子端着拜香矮凳跟着执事队伍兴奋不已。后面仪仗有金瓜银瓜，九级杏黄伞，纱灯、棚灯、幢幡和托香盘的。

鬼怪队伍出现了，涂了各种颜色的牛头马面、夜游神、地狱判官、刀斧手、旗牌官、哼哈二将……人们想象中的地狱人物相继登场。随后是各种装扮成罪犯的队伍，有的戴着枷锁，有的戴着脚镣手铐。最招人眼的是挂肉身灯，一般人在十几到二十个之间，都是年轻小伙子表演的。臂上倒挂金钩，吊金锣、大扛锣；挂上铜香炉，檀香在香炉里烟雾袅袅，上下要挂三只香炉，也有的挂五只梅花炉；挂石狮子有三五十斤重，边走边转身；挂大锣的敲得咚咚响。其实，铜钩不是直接挂在皮肉上，有专门铜匠做铜钩和铜板，铜板上钻有七至十三个小眼，根据所挂东西的轻重，把东西挂在铜板的小洞里，铜板上雕花雕鸟俨然工艺品。挂上东西后，吊钩上要有专人挂上土布毛巾。挂肉身灯的小伙子脚上穿草鞋,鞋头上有绒球和响铃。虽然如此,这也是一种意志、毅力、体力的考验。当然,一些虔诚的教徒或真心想赎罪的人是真的挂在皮肉上的,这种自虐式陋习在民国初期就已禁绝。有人扛食箩,内有大蜡烛、锡箔元宝长锭、檀香降香、高升焰火、茶食糕饭、新鲜水果、寿桃寿石;另有食箩装满米饭,用以祭孤魂野鬼。

弯号领头的队伍引人注目,行道鼓手敲锣打鼓,十番锣鼓齐鸣,五颜六色的牡丹亭演奏队伍缓缓行进。江南丝竹响起来,竹笛、二胡、京胡、琵琶、弦子和箫吹奏弹拨增添了生气和乐趣,还有舞龙舞狮、打莲湘、荡湖船、跳财神、唱春牛、木人头做戏等民间艺人表演,为出会队伍增添了娱乐的色彩,引起人潮涌动。巡游城隍遇厉坛野坟,停下来祭孤魂,把淘箩里的白米饭大把大把撒向野坟,让野鬼分享。道士下轿,手执摇铃,摇头晃脑念点谁也听不懂的咒语和经文,有人在一旁焚草纸,化长锭,烧锡箔等冥品,一番仪式后,队伍离去。当时俗称祭野鬼孤魂仪式为"祭孤"。

城隍巡游结束已是下午,浩浩荡荡的城隍出会队伍回庙时,庙场上鞭炮齐鸣,乐队高奏各种乐曲。庙前广场上人山人海,城隍大轿进入庙场心,前进三次,后退三次,扛轿子人前进后退勿停步。司仪高喊吉祥话语,众人高声更替着号叫司仪的话,城隍在主殿中安置好,杂事差人前后忙个不停,为城隍菩萨打扇献茶,擦汗抚摸,竭尽奉承城隍。许多善男信女纷纷跪拜城隍菩萨,表达美好心愿,祈祷城隍保佑。

城隍出会也是商业活动的好时机。崇明庙会热闹的原因,除了城隍出巡外，也离不开各行各业的参与：兑糖转糖博转盘、麻团印糕川心酥、香烛元宝茶水担、补锅补碗箍桶匠、卖生膏药推拿人、泥水木匠剃头人、磨剪削刀西洋镜、铜匠锡匠打铁匠。

庙会（出会）作为崇明一种社会风俗的形式，有其深刻的社会原因和历史原因。庙会（出会）风俗则与崇明的庙宇宗教活动有着密切的关系，同时它又是伴随着民间信仰活动而发展、完善和普及起来的。庙会（出会）是一种隆重的民间祭祀活动，随着人们社会活动和生活需要，还逐渐融入娱乐性活动和集市交易活动，集市交易多少推动了商贸的繁荣，至今仍有以庙会为依托的商业活动，如农历二月十九、六月十九、九月十九与观音有关的节日庙会，就有兴旺的商贸，届时人声鼎沸，摩肩接踵，借庙会兴市。祭神少不了舞蹈、音乐。庙会祭神、娱神、娱人成为当时崇明社会的一大盛事。

预测年景"问姑娘"

张伟杰

　　崇明有预测年景问姑娘,也就是在农村中流传的"答三姑娘"的风俗习惯。这项活动是人们用于预测年景的一种古老方式。所谓年景,就是在一年里花地(庄稼)长得如何。

　　在农业科学不太发达的农村,长年耕作流尽黄汗的农民,祈盼丰收祈盼富裕。但是,祈盼得有一种形式,于是有人就用"答三姑娘"这一问答方式,来寻问预测年景的好坏,花地(庄稼)的产量高低。其实,这形式并不科学,某种程度还带有宗教的味道。但是,在科学不发达的年代,也只能这样做。农民从所谓这三姑娘口中获得信息,从而明确自己一年农耕目标。而用"答三姑娘"形式问年景的方式确定后,居然延续了近千年。当今 50 岁左右的农民都晓得这古老的"答三姑娘"方式。一般说来,春节一过,人们便忙着准备过正月半的事了。最忙的是那些当家的妇女们。到新年初七开始,女人忙着打粉做芯子(馅的意思)。我可以这么说，此时，这些平时拿锄头握镰刀的农村妇女们，个个成了捏术高手。她们可以把粉墨状的米粉、荞麦粉、高粱粉、小麦粉等材料制作成漂亮的点心。制作点心形状各不相同。人们根据不同形状就能辨别这点心中的芯子。通常，的滚上圆的是豆沙芯，其味甜爽滑润；长圆形通常是萝卜芯之类的咸芯，其味咸中带爽，十分可口；宝塔形的通常是芝麻芯之类的甜芯，其味松散香甜。为了期盼五谷丰登、畜牧兴旺，各家各户还要做稻舌头、玉米个头、南瓜之类农产品，还不忘做不少猪啊、羊啊、牛啊、鸡啊、鹅啊、鸭啊之类的牲畜家禽，活灵活现，煞是吸引人。还未到锅里蒸熟，小孩子们就睁大了眼睛，早早盼吃到嘴里。这些还不算重头戏，最吸引人的农村里一个传统活动是预测年景问姑娘，即在崇明流传久远的"答三姑娘"。这是男人们做的事。春节前男人们就开始准备"答三姑娘"用的各种器具、地点、该注意的事项。每到正月十五，农村里的男女老少汇集到某一处大宅的堂屋，隆重举行这项活动。其神秘性和趣味性让人回味无穷。

举行"答三姑娘"之前必须做好下列准备工作：从陈年里也就是在春节前，组织"答三姑娘"活动的"组委会"。对要举行"答三姑娘"的某一大宅的户主关照，要求在大宅旁的坑中肥料不能碰动，这是必须要遵循的一条规矩；如果破坏了这一规矩，就不能开展这项活动。从老人的口中获知：所有传统的规矩中隐含着不可泄露的机密。是故弄玄虚也好还是卖关子也好，反正里边藏着让人道不清说不明的意思。"答三姑娘"前要叫篾匠用竹子做一只新的箸箕，还挑选一根筷子、一杆秤、放米的红漆托盘、一张八仙台子,挑选好两名在队里有一定声望的男子。对举行活动的厅堂要弄清爽,并安装好透亮的吊灯。当时没有什么电灯之类的照明器具,就用汽油灯之类作照明用具。各家各户自发的把家用的各色条凳拿到举办"答三姑娘"的地方,根据条凳高矮整整齐齐排好。一切准备工作做好后,人们才定下心来,只等好日子的到来。

正月十五晚上,当月亮刚爬上树梢的时候,吃好馄饨圆子的人们,兴高采烈的提着灯笼,迈着轻快的步子,有的人还哼小曲,像赶集似的兴高采烈地来到举行"答三姑娘"活动的地方去观看这一表演。活动在正式开始之前,操作人员先有一人干坐在一茅棚的坑床上,等待有人叫应。稍等一会后,另外一名操作手就走过去开始叫了:"大姑娘在吗?"坐在坑床上的那个人就应声道:"大姑娘不在。"又叫道:"那么请问二姑娘在吗?"又应声道:"二姑娘不在。"再叫道:"三姑娘在吗?"再应声道:"三姑娘在,你叫她啥事?"叫者回答说:"叫三姑娘问花道看红灯吃卷团圆子。"说罢,来叫的就冲着地喊道:"三姑娘上轿啰!"两个搭档就一同回到举行"答三姑娘"的厅堂里。此时,来看"答三姑娘"表演的全村男女老少鸦雀无声,针头落在地上也能听得见,两眼齐刷刷地望着从外面进来的那两个人。两位操作手恭恭敬敬地走到事先准备好的八仙台子旁,将一根筷子认真仔细的插在簸箕额帮的中间,然后把簸箕合扑搁在秤杆上。随后,操作的人分别站在新簸箕两边,目光凝重,表情严肃。通常,村里有威望的长者是这次活动的主持人。当他看到一切准备就绪后,就亮着嗓门拖着长音发号道:

"'答三姑娘'开始啰！'答三姑娘'开始啰！"此时，两个操作手就会及时的随着号令，每个人一手抬杆，一手扶抓牢畚箕边开始"答三姑娘"了。事先指定好的几个人，等三姑娘答了几个头后，这几个人中便开始轮番提问。有一个人问道："今年水稻收成好不好？"操作手就代替三姑娘回答说："好！"另一个人接着问："今年每亩稻谷能收到 600 斤吗？"倘若能收到 600 斤，三姑娘就对着盘子点六次，这意思就是回答提问的人今年水稻能收到 600 斤；倘若能收到 700 斤，三姑娘就对着盘子点七次，就是回答提问的人今年水稻能收到 700 斤。以此类推，举一反三。有人问道："今年棉花长势如何？"如果是个丰收年份，三姑娘就会在盘子里画上一朵大大的棉花，反之，就画上一朵小小的棉花。三姑娘通过这一方式回答提问者今年棉花收入的好坏。有人要三姑娘画八结、画剪刀，三姑娘很快就会画成功。上述方式就叫问花道。何谓花道？就是"花地"，崇明人习惯把农作物称作"花地"，用普通话翻译就是庄稼。直到今天，许多崇明农民还把庄稼叫作"花地"。

这一系列动作做好后，操作的人将三姑娘移至放有酒和卷团圆子的地方，然后轻轻将额帮中间的筷子往酒杯里点一点、往卷团圆子上点一点，意即喝酒吃卷团圆子。这一动作做好后，操作人员将畚箕额帮朝上一晃，意即看红灯。随后，操作手喊三声："三姑娘上轿回府啰！三姑娘上轿回府啰！三姑娘上轿回府啰！"随后，两个操作手就做着抬的动作，把三姑娘送到原来的地方。不少好奇的男女老少往往尾随其后，跟到送三姑娘的地方。"答三姑娘"的仪式就算全部完成了。日前，笔者曾问过操作"答三姑娘"的几位当事人,三姑娘对着米盘啄点动作,对米盘画八结、画剪刀是你们人为操作还是这三姑娘所为,操作的人都这么回答:"不是人为操作。"但又说不出一个说服人们的理由。事后想想,还是不要捅破这层神秘的面纱为好,有神秘才会让人回味。随着时间的推移,"答三姑娘"这一民族文化活动渐渐淡出人们的视线,20世纪70年代后出生的人不要说没看见过这一活动,就是说起"答三姑娘"这一活动也十分陌生,这不能不说是一种遗憾。笔者曾经到过崇明好几个景点,推小车、踏高跷、掼陀螺之类活动不乏鲜见,倒是还没有见过"答三姑娘"这一民俗文化活动。其实,"答三姑娘"在过去正月半是一个几乎每个村都会搞的活动,其影响力可以说家喻户晓。

乡路

叶振环

　　回故乡探亲，总会为家乡新农村建设的新变化感慨不已。有人问我，家乡近年什么变化最大？我会毫不犹豫地说是"乡路"。除了乡级公路外，纵横交错的白色水泥路已在村庄周围四通八达，一直通到每家人家的自留地。每每驻足眺望那一条条漂亮的现代化乡路时，我会情不自禁地想起儿时阡陌纵横的乡间小路，引发不小的联想。

　　曾记得，靠近长江南岸砂锅港的两条乡间土路，分别从东西和南北穿过村子的中心地段，再向两头延伸。记忆中，土路留下的惨痛印象就是雨天。不管是夏天的滂沱大雨，还是冬天淅淅沥沥的毛毛细雨，土路如同糯米粉和上了温开水，泥泞难行，给上学的孩子和上镇赶集的大人增添了极大的麻烦。夏天还好，可以拎起雨鞋赤脚走，尽管影响了一点行进的速度；可冬天呢，只能高一脚低一脚的艰难前行，顾得了脚下，却顾不了上身，走两三里的路程往往比平时多出两三倍的时间,因浑身上下淋湿,因而到学校后的第一件事就是设法替换父母早已准备的衣服……由于种种原因,这几条土路存在了几十年,也被人们诅咒了几十年。

乡间的土路,真的说不清它从哪个时代走来,也说不清它已经存在了多少年。这看来是封闭的土地、封闭的村庄、封闭的心灵同外部世界连接、沟通的仅有通道。然而,土路本身也是封闭世界的产物。当道路两旁田野里金黄色的油菜花和波浪起伏的稻菽催不开乡人紧锁的愁眉时,土路感受到自己对于这片土地的历史使命应该完结了。

随着历史的变迁,特别是近几年社会主义新农村建设步伐的加快,原有的那些乡间土路业已消失,取而代之的是一条条宽阔的水泥路,路边水泥杆顶部的弧线型灯架挑起一盏盏漂亮的路灯;从菜花地里飞来的彩蝶追逐过往行人;一辆辆家用小轿车、面包车徐徐而过;也有满载农产品或工业品的大卡车减速降声而行,以避免破坏这里现代田园诗般的宁静和温馨。

无须描绘一侧别墅式的村民住宅如何美丽、舒适,也无须描绘道路另一侧的乡村小学如何气派、宽敞……今非昔比,这里确实已经换了人间。

土路的消失与陈年百辈子的旧草房、旧瓦房的消失同样具有历史意义。这一新旧交替的时间是在 20 世纪 80 年代开始后的 30 年间。历史长河中的 30 年,真正是弹指一挥,然而奇迹毕竟出现了。政治上翻了身的农民寻求经济上的大翻身,自然还得依靠党的政策。当农村改革的战鼓擂响的时候,村里的带头人从原先的土路上骑车出村、出乡，向外界探求改革和科学致富的法道。"路"终于找到了。

这是神州大地百万千万条变化了的乡路中的一条。悠悠岁月，漫漫长路。当粪担、手推车、老农犁地的吆喝声渐次被现代化的耕作方式替代的时候，当单一的农田经济渐次被一业为主、多种经营的新经济模式替代的时候，当村村有文化活动室、队队有体育锻炼场所的时候，乡村的田野屋宇间便真正注满生态的活力。

乡路的变化是划时代的。乡村经济的变化是划时代的。乡人生活方式的变化是划时代的。而一切的变化都起始于脚下：殷殷的探求——默默的劳作——持之以恒地这一段迈向另一段，从一个台阶跨向另一个台阶。这便是成功之路。

对于少小离别家乡数十年的我来说，难忘以往的那条泥泞土路，尽管它无意中似乎难为了我许多许多，但它锻炼了我的意志，正是这条乡路成了奠定我人生道路的基石。如今的乡路还给我带来无穷的乐趣。在那里，可以摆脱大都市里的喧嚣和拥挤。置身于宁静、悠闲、浪漫的环境；在那里，你会被路旁农田里的庄稼和成片的树林深深吸引，仿佛置身于绿色的海洋；在那里，你可体味到淳朴的民俗民风，让心灵得到涤荡。

真的，我爱家乡的乡路。

北湖，崇明岛的一颗蓝色宝石

张伟杰

在一个凉风送爽、稻浪翻滚的金秋季节。我游览观光了崇明岛北湖。去时，只见沿途芦苇摇曳，芦花飘絮。因为岸路尚未通车，路面显得比较狭窄。稍不留意，两旁的芦叶就会不经意地溜进车窗内，轻拂着人们的脸面，让人有一种微疼舒服的感觉。汽车在凹凸不平的岸道上行驶，坐在车内的人们有如置身于摇篮中的感觉。经过近一个小时的颠簸行驶，才到达目的地。

地处崇明岛东北的北湖，原是由长江冲积半岛"黄瓜沙"与崇明岛主体部分合围而成的狭长形海湾。2003 年 7 月，人们在"黄瓜沙"两侧人工筑坝合围，一个与部分潮汐相通的半咸水湖泊形成了。北湖及其滩涂东西长 17 公里，南北宽约 2 公里。湖泊面积 18 平方公里，水域面积相当于两个西湖，是目前上海最大的人工湖和首个人工"咸水湖"。由于这里的盐度较高，水体湛蓝，是除了宝山陈行水库外上海第二个能见到的蓝色水面的湖泊。在太阳东升或西沉时景色最佳。北湖抑或是新近围拢的原因吧，其湖的南端显得颇为荒凉。沙田中除栽种一些稀疏的棉花外，芦苇杂草占了大部分。即使沙田中建有几间简陋的茅舍，也被树木芦苇包围、淹没。倒是游艇码头旁几间长方形的候船室，显得有点富丽堂皇。乳白色的墙壁让人感觉柔和温馨。不过，曲桥似的码头显得过于简陋了。几根毛竹作为凭栏，踏板是用铁片焊接而成，走在上面发出"吱吱呀呀"的响声，然而，停靠在码头旁的两艘游艇，煞是漂亮。蓝白相间的船体，在阳光的照耀下闪闪发光，艇首向北昂立，一副整装待发的样子。

游客走上游艇后，不消几分钟，游艇就启动徐徐离开码头，因为是在河中航行，游艇速度较慢。我估计同岸上的行走差不多。大约在河中航行了十来分钟，游艇就到了河道口。随之，一条黄蓝相间的水带出现在人们的面前。有人马上介绍说："这是一条分水岭。"我举目细看，让我惊叹的是分水岭黄蓝两色分的是如此清晰，如同斧凿刀削般的干净利落，锯木弹线般的笔直无曲，鬼斧神工般的大自然造化真令人叹为观止。

游艇进入了北湖水域后，航速渐渐快了起来。我透过艇舱的玻璃，只见北湖的水面蓝得如同被江风吹皱的一条蓝绸缎子般地涌动，真可谓水河澹澹，蓝光幽幽。三国时曹孟德一篇千古名作《观沧海》里所描述的水景，似乎在这里重演，只不过江风小一点而已。说北湖是镶嵌在崇明岛上的一颗蓝宝石一点也不为过。同行的人都为在海岛上能看到如此纯净的水域而感到自豪。笑声、浪声、机声融合成了一股雄浑的音流，在北湖的上空蔓延……

　　看到有人走出艇舱爬到顶上观看，我耐不住了，随后也走出了舒适的艇舱，沿着铁梯爬上了船顶。顷刻间，一股强劲的江风把我的衣服吹得鼓了起来，两耳听到的都是"呼呼"的风声。凭栏俯视，只见深蓝色的湖面被游艇划出了一条白色的水带，游艇两旁不停地翻卷起晶莹的波浪，无数颗水珠在波浪上滚动，其景之奇让人惊叹。向北环望，只见岸似一条余在水中的黄瓜，若隐若现。我想，这"黄瓜沙"的地名也许由此得名吧。向西望去，简直望不到边岸，是蓝天还是碧水一时难以分清，真可谓是一望无际。蓦然，游艇上的汽笛鸣叫了起来，把正在观望湖光水色的游人吓了一跳。随着阵阵汽笛的鸣叫，西北方向的芦苇里齐刷刷的飞出一群水鸟，其数量不下万只。纯白色的、白黑相间的水鸟腾空而上，遮天蔽日，直上云霄，顷刻间在半空中形成了一幅奇特的涌动的画卷。听了介绍后我才知道，这里之所以有这么多水鸟，是因为在合围后，无人干扰的北湖具备了更好的水鸟栖息环境，滩涂、芦苇塘里都适合繁衍，涨潮和落潮带来的泥堆里的鱼虾、蛏蜞都是美食。这样，蓝色北湖在短短几年间，成为大批候鸟春秋过境、冬季栖息理想的落脚点。上海野鸟协会的专家及不少民间爱鸟人士一致认为，上海拥有海岸线长达449.66公里，至今却没有一块像香港"米埔"一样融合自然保育、科普教育和观鸟游为一体的湿地。崇明北湖与大陆相连，候鸟又可与人类保持一定距离，生态条件已达到国际重要鸟区标准。未来，对北湖的开发要有规划和控制，千万别糟蹋了这块大都市里难得的"水鸟后花园"。北湖也是九段沙和崇明东滩国家级自然保护区的有益补充。目睹眼前这一幅活生生的蔚为壮观的湖上禽鸟图，让人是多么兴奋和激动！这美丽的景象，凸显了北湖的生态环境，也向人们展示了广阔的前景！不少有识之士到北湖观光后说：倘若北湖真正开发后成为旅游胜地，毫无疑问将成为中国又一个西湖。到时候来观光旅游的不仅仅是岛上之人，还会有大量岛外的、境外的游客蜂拥而至，北湖在不知不觉中成为崇明北侧的亮点……

　　游艇在湖中航行了一圈后，转眼又重返到了湖口。不知谁惊叫了一声："大家快看这沙滩上！"人们不约而同地循声望去，只见沙滩上长着五棵脚盆般大的芨芨草，错落有致的呈桃花状排列在荒滩上，其秀美的图案着实让人感叹！游北湖虽然过去了较长时间，可是，北湖优美的风光，纯净的水质，以及无数只白色的水鸟组成的禽鸟图却时时浮现在我眼前。我相信，随着建设崇明生态岛力度的加大，北湖，这颗镶嵌在崇明岛上的蓝色宝石，将会愈显光彩，愈来愈吸引人。也许，在不久的将来会成为中国又一个旅游观光胜地。

归去来兮都是情

——崇明恋歌

李 玲

　　阻绝了老妈手机里"什么时候来上海"的喋喋不休，耳边瞬间感到轻松，"我喜欢崇明，只想安安静静地待在这里"。

　　爸妈一直在上海市区工作打拼，六年前我来到父母身边，去了人们眼中那个繁华都市的中心。或许是因为我出生在静谧、秀美的地方，养成了我恬静、淡泊的个性，对那里，我始终无法真正融入，多次央求父母让我回到从小生活习惯了的崇明。然而，没曾想，当梦想成真，却意外地被房屋装修时的油漆所害，身心遭到了万劫不复的打击，我被告知必须马上、立刻换个环境疗养、调理。就这样，我回到了日思夜想、记挂很久的故乡崇明，只是这次回来，那份思念沉重和别样。

　　崇明，为何你让我眷恋？

　　你是不安分的家伙。记得春日里，你奔跑在田间，拂过一片片绿油油的稻田，海岸江边，你爱追逐着浪花，拍打"千堆雪"。秋阳晚照，雁过长空，蔚蓝的天，金色的苇，浅浅的湖，有星星点点的白羽在余晖中整装出发。嘿，是你——调皮的小鬼！你霸道的占据了我的全部视线，一分一毫满满的都是你。

你是叫人心醉的女子。看柳叶湖畔，袅袅炊烟，扁舟上的渔歌晚唱，撩人情殇。我深情的凝望你，贪恋着这份似水柔情，义无反顾跌进你的眼波，借朦胧的月光将思念轻轻诉说。我听见你流水低低的抽泣，即便你躲在黑夜下，我们依然心有灵犀，含泪话别。是你的泪打湿了我的眼，还是乡愁的烟缠绕着我的心帘？

你是脚踏大地的母亲。一直未曾对你提起，我喜欢呼吸你身上的味道，喜欢抚摸你如丝的长发，喜欢描绘你朴素的样子。因为那是你独有的美好，任谁也无法代替。有时突发奇想，能光着脚丫，奔跑在被雨淋湿的清晨，穿梭于氤氲花丛，站在岸边，看余霞成绮，澄江如练，你总能轻易平复我不安的思绪，从阴郁到明媚，从干涸到滋润，因为——我在你怀里。

曾经，坐在上海市区热闹的餐厅，目睹那些行色匆匆的人们，在用冰冷的目光裹住自己，隔离他人。对面高雅精致的女人捂着鼻子，满脸厌恶的绕过身旁瘸腿的乞丐，对面的男女和我一样的年纪，夸张的烟熏妆饰，迷失了少女的纯情，暴露的服饰演示着青春的叛逆，仿佛，我们是两个世界的人。在这个陌生的城市，我常常凝视车水马龙、璀璨霓虹，掰着指头数着回到崇明的归程。

父母认为城市里教学质量相对更高，吃穿住行也更方便，可我总是摇头回应。现在这里，有我熟悉的老师，贴心的朋友，浓厚的学习氛围,当然氤氲秀美的自然环境更是吸引我的重要原因。说到教学,市区名校的确更占优势,但那里竞争相当激烈。无论职场还是学校,适当的竞争有助奋进,但只注重考卷上的数字,每个人削尖了脑袋,只顾自己往上爬的状态我极不认同。我认识的一些上海学生大多呈两种状态:要么书呆子似的,除了课本一无所知;要么沉湎于各色网游、游戏房等场所,这些对我来说实在有些不能适应。如果你无法真正融入一个地方,那么再顶尖的教学设施、教师团队都不能助你走向成功。相反,崇明在硬件设施上稍显逊色,但我现在的老师,他们深知学生的成因,懂得如何因材施教,反反复复,循循善诱。对学习确实困难的也不似有的初中老师那般粗暴批评指责,对有天资特长的,则引导其多方发展,多做多练,尽早获得以后工作所需的专业技术资格。这里的学生,常主动替成绩不佳的同学着急、补课,不像许多都市的学生,常常事不关己高高挂起的冷漠……

崇明,你的美不是浓妆艳抹的堆砌;故乡,你的美不是灯红酒绿的浮华;你的美不是精雕细琢的刻意——恋上你,我已深入骨髓。

家乡的大灶

施锦东

太阳斜挂在"芦秸"梢头，草屋顶上的炊烟日渐稀落。吃晚饭的声声呼喊，一阵紧过一阵。玩兴未尽的伙伴们收起地上的"陀螺"，回家吃饭。

母亲在门口骂了："吃饭都不晓得，看你身上的泥巴，明天衣服你自己汰。"我弓起身子，从母亲举起的手下溜进屋子。手在木盆中浸了一浸，拿起饭碗，赶忙盛饭。

"谁把白米饭都盛光啦？"我嘟哝着问。

三姐偷笑着，扑哧一声，将米饭喷到桌上。小妹用手掩着饭碗，侧过身去。大哥说："谁叫你才回来！"

乡下生活条件差，每人的口粮都是固定的，但往往是吃不饱的。父母总是用玉米粉或大麦粉代替口粮，撒在白米或籼米上。现今城里稀罕的"珍珠玉米饭"或"麦香米饭"，在我们乡下，那是常态。粗糙的玉米或硬性的麦饭，难以下咽。兄妹们常为争夺锅底的米饭而争执。

我家的灶台是用泥砖垒成的,外涂石灰水后,倒也白净。灶上画着轮船破航的画,上写一句"大海航行靠舵手"。侧面是"农业学大寨",下面是用黑色灶墨调制画成的几朵草花。灶面上,随着时间的流逝,坑坑洼洼,时不时积些抹不清的洗碗水。今晚的饭菜不错,有了油腥味,"猪油筋拌草头"。父亲用竹筷给我们每一个人分一点熬干的油筋。又用筷子打落我挟着的草头,骂道:"大口大口吃,当心胀死。"辘辘饥肠,哪顾草头不易消化。

饭饱之后,我记挂着锅中的饭糍。饭糍是白米沉淀干结而成,少有玉米或大麦粉。

今天我很积极,抢着要洗碗。我将锅中的饭盛掉,用铲铲去周边的玉米饭,留下精巧的一圈白米锅底。趁父母不在意,舀了两勺晚饭前刚熬好的猪油,淋在饭糍上,又在灶膛里添了一把柴。那混着油香的饭味,飘满小屋。我嚼着过油的饭糍,向兄妹们炫耀,那种得胜的滋味,和着满嘴的油香,令人久久难忘。

大学毕业,有了工作,不再为吃饭而愁。

周六、周日,带着妻子与儿子,回家看望父母。

家中的大灶前几年已翻新。正面画着"细雨、斜柳、飞燕",上书"莺歌燕舞"四字,大有"微风燕子斜"的诗意。侧面是"移风易俗"四个字,下面是"自力更生,艰苦奋斗"的字样与一些花草。黑白画变成了彩色画。石灰水涂抹改成石灰粉刷,灶台见得更白亮了。灶面用白色瓷砖粘贴,不再坑坑洼洼,但年长日久,瓷砖也有破碎与残损。

我跟母亲说："城里人都用液化灶了，干净又方便。把大灶拆了，换成液化灶吧。"

母亲断然反对。"这是乡下，那些柴草怎么办？再说四五十一桶煤气，经得起几天用？"当年的四五十元，倒也价值不菲，不过煤气节约着用，像我父母，估计一桶也得用两个多月。一年千元总该够的。我知道他们是心疼钱。艰苦惯了，一下子让他们奢侈，确实难以习惯。

春雨连绵的日子，为了防备，灶后总堆满了柴火。于是柴火堆成了老鼠的乐园，小虫的世界。妻儿去了老家，总嫌家里脏，生活不方便。

看着父母日渐增多的白发与皱纹，我心中总有一种亏欠之感。

为了父母，也为妻儿，我瞒着父母，买了一套液化灶具，连同锅、铲、镬。父母骂了几句，也没多说。他们知道这是我的一份心意。父亲用木板制作了灶台架子，平稳地安放灶台；母亲用旧布纳了灶台套子，等我们一走，如宝贝似的封存好。从此家中两灶并用，各占一角。但液化灶大多在农忙或我们回家、兄妹相聚时，才会放开使用。

偶尔回家，常能吃到令我难忘的饭糍。我妻我儿也喜欢嚼我小时喜欢的零食。越嚼越香，越香越馋。

太阳依旧斜挂着，不在"芦秸"梢头，而在父母先前栽种的橘树梢头。挂满柑橘的橘树在晚风中摇曳。

老家草屋变成平瓦房，木制窗户改成铝合金的窗户。

　　围桌共餐的桌子依旧,只是上面布满了灰尘。兄妹各自成家,父母相继离世,老家空空荡荡。先前的大灶已经拆除,留下空空的一大片。墙角的液化灶依然占据一角,只是堆放着杂物。拥挤的小屋不再拥挤,喧嚣的小屋不再喧嚣,温暖的小屋不再温暖。

　　空旷、寂静、冷落……

　　大灶拆了,再也吃不到喷香的饭糍了;父母走了,再也听不到絮絮的唠叨声。

　　我的大灶,我的饭糍,我的父母!

崇 明 说 话

徐同庆

崇明人将自己的方言称之为"崇明说话"。

1 300 多年以来，由于崇明交通不便、信息闭塞，崇明说话依旧保持了古老的风范。比如将已婚妇女称之为"娘子"，已婚男人谓之"官人"，还有标致、宅第、快活、滋润、思量、高兴、受用、净手、寒度、了清、所在等等比较书面化的语句，只是有些意思与现代文字表达略有差异，比如"高兴"一词表示愿意，"思量"除了考虑以外则加上了想念的含义。

我今年五十有一，自小由亲婆（祖母）带大，亲婆一直讲一口"崇明说话"，特别是对崇明的老古说话讲得原汁原味。我亲婆41 岁守寡，直到 90 岁过世，人生经历非常坎坷，虽然不识字，但语言积累却十分丰富。我小时候不懂有些说话的意思，但随着生活阅历的增加，倒是对此不断有新的领悟。

"崇明说话"不同于上海周边地区，就是与口音相近的江苏启东和海门也因为声调的不同而有所区别。比如"崇明"两个字的发音，崇明本地人发音为"虫鸣"，而启东海门的发音则为"重明"。

在江南地区流传着这样一句谚语："崇明人猜天，江西人识宝。"在过去科学欠发达的时候，气象谚语为靠天吃饭的崇明老百姓带来了很多便利，一些实用易懂的气象谚语流传甚广。比如：春霜不隔宿；春发东风连夜雨，夏发东风一场空；雷公先唱歌，有雨也不多；三朝迷雾刮西风，若无西风雨不空；上看初三，下看十六；天上勾勾云，地上雨淋淋；乌云接得高，明朝晒断腰；春雷不见冰，十日十夜不太平；清明过后三朝霜，条条沟里好铺床；东吼（虹）日头西吼（虹）雨；大暑热得透，小暑凉飕飕；泥鳅跳，大雨到；邋遢冬至干净年；雨中知了叫，报告晴天到。这些天气谚语千百年来为崇明人民的生产生活提供了很多便利。

崇明人充满智慧，又非常幽默，在"崇明说话"中，歇后语的使用十分普遍。比如：木匠师傅打娘子——一斧头；裤子头着袜——脱空一大段；石卵子烧豆腐——软硬不均匀；石头上掼乌龟——硬碰硬；肉骨头敲铜鼓——昏冬冬；借铜钿买衣裳——一身是债；猪圈里黄牛——独大；黄连树上挂苦胆——苦上加苦；棺材里塌粉——死要面子；飞机上钓老毛蟹——悬空八只脚；稻柴人救火——自身难保；药店里的揩台布——咸酸苦辣都尝过；手心里焕（煎）烧饼——托熟；山头上出门——独做人；和尚庙里借木梳——寻错门路；青石头上种葱——呒处生根；茶馆店搬场——重砌炉灶；老鼠钻在书箱里——咬文嚼字；电线木当筷子——大材小用；叫花子唱山歌——穷开心。

"崇明说话"比较讲究对仗工整,比如:打天落地、抢脚踏手、贼头狗脑、三端六正、缸空罄空、依头顺脑、轻皮薄壳、东弯西到、贪吃懒做、弯眉细眼、跑亲作眷、做面落孔等等。

中国地大物博,每一个地方的方言都代表了一个地方深厚的文化底蕴,"崇明说话"亦是如此。有些话仔细想来,更是生动形象。

比如讲"藕头"一词,我问过不同地方的一些人,都不知其意。我也是在一次偶然中发现,把莲藕切开,那个莲藕的头就很像一粒纽扣。到底是崇明人发明了纽扣,还是崇明人根据纽扣的形状创造了富有崇明特色的"藕头"一词,我不得而知。但崇明四面临水,应该是很早就有莲藕种植的,因此而发明了"藕头"之说也是顺理成章的事。另外,还有讲话比较多谓之"口碎";干活称作"做佣生";种田叫"种花地";比较贴心比喻为"着肉";心仪的东西以"喜见人"来形容;拉肚子叫"肚里穿"等等。在"崇明说话"中,"发脱一百个寒热"表示热昏头;"黑是黑得来锅底肚叫伊娘舅"表示人长得黑或心肠黑;"两只脚钻勒一只裤子脚里"表示忙乱;还有:树怕剥皮,人怕伤心;雨量中到大,一天眠到夜;一口吃不完一只饼,一锹掘不出一口井;三天早起当一工,三个黄昏抵半工;前半夜想想自家,后半夜想想别人;种田不来望四方;船头上跑马、门缝里看人等等很有特色的语言表达。

在崇明,有一种小小的、白底翅膀上有一圈灰黑花纹的蝴蝶叫作"杨山帕"。比起其他蝴蝶来,这种蝴蝶的色彩比较单调,喜欢成双成对在低矮的花丛里飞来飞去,这种白色在阳光下很是耀眼。以前我不知道这种蝴蝶为什么被叫作"杨山帕",直到后来我看了梁山伯与祝英台化蝶的故事,才意识到这种蝴蝶原本应该叫作"梁山伯",因为这种双双对对在花草中飞翔的蝴蝶,恰似穿着白色衣衫、化作穿花蛱蝶的梁山伯与祝英台双飞花间。我想,崇明本岛人没有梁姓,加上口口相传,梁山伯便可能被误传为"杨山帕"。崇明人对梁山伯与祝英台的故事很有好感,在这种好感之中,就把在崇明生长最多的蝴蝶称作"梁山伯",以纪念梁山伯与祝英台这段凄美的爱情故事。

以前的崇明人长期生活在海岛,由于交通十分不便,很多人从来没有出过岛,有些老年人甚至都没有去过自己所居住的乡镇以外的地方,日常生活是靠天吃饭、自给自足,一些工业制品全靠岛外运入。比如,崇明人将毛衣叫作"头绳衫",因为当初毛线进入崇明时,一般人家是根本不可能将其用来织毛衣的,只是作为扎头发的"头绳"买上一段作为姑娘的装饰,就像《白毛女》中杨白劳为喜儿买的红头绳一样,后来人们开始富裕以后,才将这种叫作"头绳"的毛线用来织成御寒的衣物。

过去,除了出岛的交通不便,崇明岛内的交通也非常落后,公交车线路少、等候时间长。于是,一些崇明人在自行车后座上加一块宽宽长长的木板,做起了载人的生意,每载人一次收费两三角钱,这种载人的自行车被叫"二等车"。在现代社会的汽车车流中,我一直很怀念这种低碳环保的交通工具。

我亲婆不识字,但她一直希望我能好好读书。她以"想想鲫鱼头,黄昏做到五更头;想想肉骨头,又添灯草又添油"为励志格言来教育我。可能因为那个时候生活比较清苦，为了将来能吃上鲫鱼和猪肉，在十年"文革"读书无用的大环境中，我偷偷摸摸地看了很多书，也因为看书而烧焦了很多次的饭。现在想来，如果没有当时看了一些我喜欢的书，今天的我可能就是另外一种活法了。我亲婆还经常讲一些诸如：买房子看梁，寻媳妇看娘；笃悠悠两石九，急吼吼三石缺一斗；勤换衣衫勤剃头，十家走过九家留；看树看根，看人看心；上岸要钱，落水要命；千人吃饭，一人做主等等很有哲理的说话。

但"崇明说话"中一些名词和用语我也想不明白。比方蟑螂为什么被叫成"灶鸭"，既在长相上无一点相似之处，又不能像鸭子一样用来做菜吃。小时候常常玩的一个捉迷藏游戏被叫作"摸花鬏"，我想明明是摸人，怎么会是摸鬏，而且还是"摸花鬏"。

作为上海市下属的一个县，崇明话的古韵遗风与大上海的流光溢彩互为风景、相得益彰。崇明已经举办了十年环岛国际自行车赛，而从崇明岛上走出的第一位自行车选手也走向了世界的奥运。随着崇明生态岛、长寿岛建设的不断深化，尤其是在崇明人实现了"一桥飞架南北，一隧穿越两岸"的世纪梦想之后，崇明与外界的交流更加广泛。"崇明说话"作为一种独特的语言文化，更应该得到保护与传承，这是每个崇明人的责任。

我想，我会义不容辞的。

崇明个金曲张老六《翻身乐》

陆茂清

去乡下朋友屋里厢(家里)吃喜酒,一张台浪(上)半把(一半)勿认得,好得是崇明本地人,吃吃讲讲末逐点(一会儿)熟悉特(了)。

对面楼浪(上)电视里传来《九九艳阳天》优美旋律,一张凳浪(上)个(的)老徐称赞说:"胎常(太)好听,怪勿得叫怀旧金曲。"我接口讲:"崇明也有怀旧金曲个(的)。"中年王老弟问:"革(这)倒勿晓得特(了),是拉革只(哪一个)?"好几个人也蛮有兴趣,七嘴八舌附和:"对,话勒(说给)我里(们)听听。"

"五十岁以上个(的)人呐裁(还是)记得个(的)。"我揭了宝门,"就是张老六《翻身乐》。"

朝南坐个(的)朱老师得得(点点)头讲:"记得个,吃饭弗(不)要钱个(的)辰光(时期)就勒唱个特(就已经唱了),广播里天天

放,是蛮好听个,我牵(经)常跟子(了)广播一道唱,直到现在还记
得好几句勒。"说着清子(了)清胡咙(喉咙),来子张老六遭天灾花
地坏脱个几句:

> 有一年我张老六,
> 种点稻来种点花,
> 秋九八月雨麻花,
> 早滴笃,夜滴笃,
> 滴滴笃笃对直落,
> 烂赤稻,烂棉花,
> 今年收成真勿局,
> 只好吃子三顿薄麦粥,
> 小菜吃点臭咸瓜。

眼眼(刚刚)唱完,一屋里笑声,隔壁台子浪(上)个(的)老何
也撺子进来:四五十年过脱特,里厢蛮多唱句我也弗曾忘记,弗
(不)相信个(的)话我也来一段,不过作兴得(有可能)有句把(会)
唱差,大家拗(勿要)笑哇:

> 九月过,交十月,
> 来子收租赤佬黄兴岳,
> 头上帽子西瓜壳,
> 长棉袄,短马褂,

> 脚上皮鞋及立各,
>
> 自意棒,戳勒戳,
>
> 吃子农民汗和血,
>
> 长子一个大堆足,
>
> 跑出路来踱勒踱。

又是个个笑来弗连牵(笑得前仰后合)。几个晏出世个新生代(年轻人),也觉着蛮好听蛮好笑,还问革(这)个张老六到底是何人勒!

张老六是因果调《翻身乐》里个主角,是靠子(了)共产党毛主席翻身农民个缩影。

革末何(为什么)叫唱因果呐?

20 世纪 30 年代个(的)辰光(时期),有个叫黄正邦的挂(叫)花子,以卖唱个(的)形式讨饭,走到一家门口,用竹签敲着半只铙钹,一边用崇明俗语唱着流行小调,唱个(的)裁(都)是出勒(自)崇明个(的)社会新闻搭子(这些)风情逸事,革落(所以)大家蛮要听个,当夷(他)唱完子一只(曲),主人家就抄两勺麦糊(麦粉)或者大米糊(玉米粉)拨夷(给他)。因为唱个内容裁(都)有前因后果,就把革(这)种表演形式叫作"唱因果",有个人称铙钹为洋钎,革落(所以)还叫"敲洋钎"。

铙钹是哪能(怎样)敲个呐? 一般来讲,右手拿勒竹签的上端,左手拿铙钹,中节头(中指)顶勒铙钹凹进去个地方,大节头(大拇指)压勒铙钹个边浪厢,敲个辰光发出"托、托、托"个闷声;

大节头（大拇指）放开子敲，变子"昌、昌、昌"个扬声。唱子一段要爽一爽特（息一息），或者卖关子停一停，就有节奏地连敲，大节头一歇（一会）压一歇（一会）放，发出"托托昌，托托昌，托托昌昌托托昌，昌托昌昌托昌昌"，就像唱戏个过门一样。

革辰光（这时候），别个讨饭人学子黄正邦边敲边唱，崇明岛浪（上）唱因果个（的）逐点多特（了），因果成子（了）一个曲种。起头个辰光（刚开始时候）唱词比较简单，后来逐点发展到说唱民间故事，也有唱《珍珠塔》《孟丽君》等长篇故事个（的）。建国以后，因果进子（入）茶馆店勒（和）书场，乡下也好，镇浪（上）也好，听因果个人越来越多特。

《翻身乐》是崇明因果调个（的）代表作，响特（得）来划（活）跃跃，呒话头，的的刮刮个"金曲"！夷个（他的）作者搭子演员，裁（就）是陈明卿先生。

陈明卿是本县汲浜乡个（的）民间艺人，建国后当选过县曲艺艺人联合会主任，后来子（子，语气词）改任崇明县评弹团副团长。革辰光个（这个时候的）崇明县，还属于江苏省南通专区，一趟（次）来子（了）通知特（了），专区要举行曲艺汇演。陈明卿连忙动手编写剧本《翻身乐》，夷（他）耳闻目睹贫下中农新旧社会两重天，自己也吃足子三座大山个（的）苦，写起来顺流顺水（顺水推舟）。

汇演革（这）天轮到陈明卿演出特（了），夷（他）笃韬韬上台，"托托昌，托托昌，托托昌昌托托昌"，一开场就句句入耳朵门：

快乐快乐真快乐，

　　提起我翻身农民张老六，

　　家住崇明城西北，

　　今年年纪五十六。

　　解放之前苦来落，

　　只有两间破草屋。

　　讨个娘子住苏北，

　　生个猴子叫小福，

　　去到上海手艺学。

　　养个丫藤叫小花，

　　勒拉屋里织织布来纺纺纱。

　　《翻身乐》剧本写勒(得)好又演勒(得)好，一炮打响评着子演出奖特。

　　崇明划勒(归)上海后，陈明卿带子(了)《翻身乐》参加市里厢(面)个(的)曲艺汇演，又引来满场喝彩，《解放日报》好评话落(讲)：语言朴实生动，演唱水平邪气(十分)高。革(这)个剧本还被收进子(了)《上海十年文艺创作选·曲艺卷》勒！

　　《翻身乐》的唱词一共三百句宽(多)点，裁(都)是用充满了乡土气息的崇明方言写个(的)，老个小个(老人小孩)裁(都)听得懂个(的)，又交关(非常)形象。再来几句拨(给)大家看看，唱个(的)是黑心地主逼租个凶相：

　　地主王兴岳，

眼睛弹出就像泥螺壳，

小黄胡须掇勒掇，

伸手台浪拍，

指头往我面上戳，

今朝交得出来就交足，

交勿出马上送你到警察局！

吓勒我张老六，

双爬眼泪簌簌落。

勿是瞎三话四，勒拉（这在）20 世纪五六十年代个辰光（的时候），县广播站一天要放三趟《翻身乐》勒！《翻身乐》勒拉（还在）崇明上下八沙流行，唱出子（了）我里（们）翻身农民个（的）朴素感情，轧轧实实百听勿厌。大家弗（不）但爱听，爱要唱勒（呢），《翻身乐》个（的）"粉丝"多来哙数目，连搭（那些）头发雪雪白个（的）老人家，哙宁（还没有）去学堂（学校）里个（的）小朋友，裁有次（都会唱）两句。

勒浪（当时）田里出工个（的）社员同志们，一听到田头广播里唱《翻身乐》，营生一掼（农活一放），有个（的）坐勒（在）（田）埂岸浪（上），有个（的）（手）撑勒（在）铁锴柄（农具）浪（上），竖起子（了）耳朵勒（在）听，裁（都）听特（得）来口开落开（眉开眼笑）；有个（的）听着听着末（还）跟子（着）广播一道唱特（了），就像现在流行个（的）卡拉 OK。冷天勒浪日头晃里（冬天里在太阳阳光下）的老好公老好婆（对老年男女的尊称），哙心相个辰光（在没事干

的时候),就唱唱《翻身乐》解解厌,夷(你)一句我一名(句),笑得
来落牙落嘴巴(形容开心程度),连搭(搭,语气词)眼泪水也一道
出来特(了)。夏天六月吃子(了)夜饭乘风凉个辰光(的时候),吃
吃芦稷,讲讲家场,一歇歇末(一会儿)有人唱《翻身乐》特(了),男
女老少一蓬风(一起)跟上去,就像抢三十,闹热特(得)来拗去话
夷(无法形容):

> 翻身好处多来吭数目,
> 我张老六分着田地分着屋,
> 种种吃吃蛮活络,
> 家具买子一落托,
> 娃藤身上花绿绿。
> 常年口粮分勒足,
> 又有饭来又有粥,
> 逢时过节买点鱼烧烧来肉笃笃。
> 上沙到下沙,
> 公路造勒平笃笃,
> 风雪落雨都勿怕,
> 照样可以行汽车,
> 出门勿用两脚车。
> 日常生活真安乐,
> 空个辰光唱歌曲,
> 唱末唱子 | 5̲6̲ 5̲6̲ | i̇ 6 i̇ |

革落(所以)《上海文化艺术志》里话(讲)："《翻身乐》编演勒勒 50 年代后期,崇明当地群众一度争相传唱。"1989 年出版个(的)《崇明县志》里也讲："解放后,艺人陈明卿擅长唱因果,夷(他)自编自唱个(的)《翻身乐》流传全县,最有影响。"

拗话(勿说)我里(们)崇明人特(了),就是老一辈个(的)上海人里厢(面),也有勿少人晓得崇明个(的)"张老六",因为革辰光(那时候)上海人民广播电台个个礼拜播送《翻身乐》。我有几个上海市区个(的)朋友,60 年代初勒勒(就在)崇明当过兵,旧(去)年头碰头个辰光(的时候),又一次讲到"张老六",还脱脱落落(断断续续)来子(子,语气词)好几句,大家笑特(得)来肚皮筋痛(形容词),有个还问勒:"张老六现在还勒勒勿勒勒(在世不在世)?要是活勒勒(着)个(的)说话,要有百把岁特(了)!"

注: 本文以崇明土话写作。括号内的字是对前面内容的翻译。

故乡之恋

郭树清

　　我的故乡崇明岛,那里有迷人的景色,使人浮想联翩,信手随记,以慰眷恋之心……

行吟森林公园

　　东平国家森林公园,位于崇明岛北部,面积 5 400 多亩,为国家 4A 级景区,入选上海十佳休闲旅游景点,享有"人间仙境,天然氧吧"的盛誉和"秀色可餐、乐不思归"的口碑,吸引着络绎不绝的中外游客前来参观游览。

　　东平国家森林公园的前身是 1959 年奠基的东平林场,是当时在"潮来一片白茫茫,潮去一片芦苇荡"的滩涂上围垦建场,种植下第一棵小树。55 年后的今天,形成了自己独特的景观,已是华东地区最大的平原人造森林。

　　初夏的一天,来到东平国家森林公园,首先映入眼帘的是偌大的公园正门广场，造型设计优美而独特，线条与结构突出显示了以杉树为中心的森林优美的自然景观，堪称一景。大门石岗气势雄伟，全国人大常委会前副委员长彭冲题写的"东平国家森林公园"八个苍劲有力的大字特别显眼，熠熠生辉。这块巨石采自山东泰山，重140吨，是公园的镇园之宝。

走进公园，这里万木葱茏，满眼绿色，鸟儿低啾，声色和谐；这里湖水澄碧，野趣浓郁，环境优美，乡村自然风光尽情展现；这里空气清新，负氧离子含量高达每立方厘米18 000多个，处处弥漫着新鲜湿润的味道；这里被人们称为"活化石"的水杉，高大挺拔，树形优美，种群庞大，充满生机，为公园的主要树种，几乎遍布公园的每个角落。除此之外，还有香樟、银杏、玉兰、竹子等，既自成一景，又起障景作用，那郁郁葱葱的参天大树在微风中展示了它的千姿百态。置身其间，仿佛脱身世外一般，意趣风雅，身心通透惬意。

穿行在绿树碧水之中，无尽的绿色绵延开去，空气纯净得没有一点杂质，天空飘浮的云彩变幻着各种美丽的图案。徜徉在迷人的公园内，植被丰富多彩，道路两旁花草成片，数不清的白色、黄色和紫色的小野花，满目含笑，摇曳在微风里，像是在迎接着客人的到来。纯碧的湖面似一双少女清澈的眼睛，脉脉含情里似乎隐着一丝淡淡的轻愁，鸟儿们在自由自在地畅游嬉戏，恰似一幅没有经过修饰的水墨画，显得更加妖娆和娇羞，是运动健身、放松身心的好去处。

这里的知青广场更是留下了深刻的印象，这是为追溯那段难忘的历史而建。由一男一女组成的红色雕塑代表 20 世纪六七十年代在崇明奉献青春的 22 万上海知青;石碑上刻着的"青春无悔"四个字诉说着知青们心中的信念;八面知青墙象征着当年前哨、前进、新海、红星、长江、长征、跃进、东风等八个农场,上面镌刻着的一个个知青名字见证着一代人的生命力,这既是崇明的历史,也是上海知青的历史啊!

这里的攀岩场位于公园的北侧,岩墙高耸,地势开阔,两条国际标准的赛道在全国都堪称屈指可数;这里的滑草场,占地面积 10 000 多平方米,坡高 10 多米,草地颇平展,是上海地区唯一的一家滑草场;园内,荷兰风车临水杉湖而立,背靠着原野乐园,面对大草坪,在蓝天、白云、绿树、翔鸽的映衬下,欧陆风情,赫然眼前;这里还有青少年喜爱的彩弹射击、骑马场、卡丁车和森林童话园等,充分体现自然与人的美好意境。

东平国家森林公园,从当年的林场到如今生态养生氧吧的公园,从单一的水杉树到树种繁多的国家森林公园,多少年过去了,今天的功能与过去不可同日而语,但其本质和精神却没有变,也不会改变。

赶快卸下世俗的负担,挣脱令人窒息的枷锁,放弃无度的竞争与贪婪,从铜墙铁壁中走出来吧!从拥挤的马路上走出来吧!来看看这里的土,这里的水,这里的云,这里的树,这里的草,还有接受数万株杉树的致意和聆听鸟儿的歌唱……它们会使你的眼睛变得明亮,脚步变得欢悦,心灵变得纯净。

湿 地 鸟 欢

春天，是观鸟的好季节。

三月的一天，游历崇明东滩湿地，适逢阳光明媚，云淡风轻，湛蓝湛蓝的湿地上空，呈现出群鸟云集的美好景象。随着冬去春来，气候回暖，东滩湿地上的雁鸭类候鸟经过一个冬天的休整，又要陆续走上迁徙北飞的旅程。此时此刻的东滩湿地，格外引人入胜，成群的鸟儿时而悠然自得地翩翩起舞，在空中盘旋；时而轻展双翅剪开脆薄的云天，俯冲低飞；有时甚至形成鸟群满天雪花飞舞般的壮观情景，如此优雅飞翔的姿态，让人目不暇接，陶醉其中。

东滩湿地，地广三万公顷，是一个天然自成、生态极佳的宝地，拥有丰富的底栖动物和植被资源，是候鸟迁徙途中的集散地，也是飞禽的越冬地。这里有记录的鸟类达 312 种，迁徙水鸟上百万只。春天给大自然带来魅力，也给东滩湿地增添生机。当我们迎着暖暖的阳光，走在那座蜿蜒曲折的长廊木桥，周围展现的是气势磅礴、无边无际的芦苇荡。极目四野，水天相接，纵横寥廓，曲折逶迤的河渠，仿若一条条春风舞动的银链；星罗棋布的水泊，恰似银链上镶嵌的颗颗珍珠。得天独厚的自然环境成了鸟儿的天堂和它们栖息的家园。

清晨的湿地，第一个迎来的便是旭日东升。放眼望去，烟波浩渺，大大小小的鸟儿，或悠闲休憩、或草地嬉戏、或梳理羽毛、或安详觅食。洁白的身躯、华丽的羽毛、优雅的动作、婀娜的姿态、矫健的形体,在澄澈天地中无比和谐、静谧而美好。说话间,几只鸟儿亮着歌喉展翅掠出水面,在湿地上空翱翔,剪出一道道英姿。身临其境,仿佛心儿随着鸟儿飘舞的翅膀一起荡漾……

午间,暖风吹拂,丽日高悬,和煦的阳光洒向一望无垠的湿地,熠熠闪光。举目远眺,赏心悦目,怡情娱耳,无数水鸟正在掀起热闹的"鸟语大合唱",在阳光下,江水、天光、云影、水鸟,构成了一幅自然天成的绝美生动画卷。面对此景,走出城市水泥森林的我,不禁想起陶渊明《归田园居》中"久在樊笼里,复得返自然"的诗句,油然而生回归大自然的自由和恬适。

傍晚时分,是鸟儿嬉戏觅食的最佳时间。此时,映入眼帘的是又一幕动人的画面:水鸟们在湿地跳起精美绝伦的"水中芭蕾",时而欢跃水中,时而击水腾起,妙趣横生,令人兴趣盎然,流连忘返。

阳春三月正是草长莺飞的季节。绿,就是春天的集结号,就是大地用季节的方式向我们的问候。此时,整个湿地铺满了一层绿毯,万顷芦苇已显露出勃勃生机,那箭一般的芦芽悄悄钻出淤泥,密密麻麻,指向天空,整个湿地呈现一片鹅黄嫩绿,它绿得热烈、绿得纯洁、绿得艳丽、绿得高雅,在旷野中随微风摇曳生辉。置身其间,一股清新空气扑面而来,淡淡的馨香,散发在春天的空气中,深深吸上一口,沁人心脾。

据说常观鸟助养身。观看鸟儿在空中自由轻舞,可以缓解人的心理压力,调节紧张情绪,改善生理和心理状态,是极妙的心灵熏陶。在这万籁俱寂、宁静优雅、视野开阔的湿地里,一边欣赏怡心养性的自然风光，一边呦吸甜彻肺腑的清新空气，一边聆听欢快活泼的啁啾鸟语和远处传来的大海涛声，人如在轻松惬意的美景中畅游，不知不觉地也使自己入景入画。

崇明东滩湿地的美是生态的美，天然的美，纯粹的美，清澈的美，大气的美，是给人享受的美，是大自然所有的事物都回归了它本原的色彩美。走进春天的东滩湿地，观鸟、赏芦、洗肺、享受负离子，倾听着风声鸟鸣，倾听着大海涛声，倾听大地赐予的这片辽阔的沉静，是既悦耳又养眼的难得享受，让我的心仿佛流连于那天空飞舞的水鸟之中，融化于眼前无与伦比、超凡脱俗的境地，停留于这个生机勃勃的季节里。

故乡秋日的天空

金秋是乡村最美的季节。国庆节长假期间，回故乡崇明，一踏进这块土地，就被那秋天的饱满气息、浓烈韵味、深沉气息和丰富内涵所深深吸引。然而在家乡的秋天中，最让我着迷的还是那澄澈碧蓝的天空。

清晨，推开窗户，一股清风吹来了田野的清香气息，湿润清新的空气，沁人心脾。抬眼眺望南天，在那和煦的凉风中，只见天那么的高，那么的蓝，一朵朵飘于天际的白云，如层叠的棉絮，轻薄而透明，一层蓝卷着一层白，相互依偎分外妖娆。当一轮红日升起时，朝霞满天，朵朵白云被染成金色，晨阳下的稻浪伴着一层薄薄的雾气，泛着金光，将天地连成一体。这时，田间几个上了年纪的乡亲正在弯腰拔草，天空中几只白鹭悠闲掠过，发出啾啾鸣叫，似从天而降的仙女迎面飞来,好一幅如诗如画的人与自然和谐相处、生生不息的生态画卷。

中午,秋阳倾泻着笑意,清澈高远的湛蓝色天空一尘不染,洁白的云叠着云,云卷着云,云又推着云,一层层、一团团,似千年积雪,格外耀眼。明媚的阳光泼溅在云的腰际,红橙黄绿青蓝紫,如彩色丝帛飘浮天际。此时,形态万千的白云倒映在我的双眸里,蓦然间,仿佛与之相融,顿觉浑身舒畅,精神愉悦,并牢牢盯着这些美丽多姿的云彩,不忍移目、不忍移步。

傍晚,白色轻纱换上了艳丽的红装,整个天空五彩缤纷。那血红的夕阳映照云朵,有的仿若美女芙蓉出水,自内而外层层渗出丝丝红晕;有的像喝多了酒的醉汉,满面红光;还有的像一团团熊熊烈火,仿佛要将天空燃烧起来。这时,冷不防传来一阵"喳喳喳"的喧闹声,抬头一看,河岸边水杉树梢上的几只喜鹊在边跳跃边鸣叫,恰似想让这天空的彩霞多停一会,不要散去。面对这一情景,连我那刚刚上小学的孙女也好奇地直夸,崇明的天空真是美极了。

夜色渐浓,云霞退去,暮色浮上四周,迎面而来的是徐徐的微风,好似在亲吻我的脸,给人一种说不出的舒适感。一轮明月披着朦胧而秀丽的面纱,羞羞答答地从树影中升起,宛如亭亭玉立的妙龄少女,丰满而澄明。夜深了,在那幽蓝苍穹中,繁星点点,若隐若现,交相辉映,恰似在窃窃私语,又像在向你点头微笑,好不可爱。

如今,在城市里的人们被越来越多的灰霾所笼罩,看蓝天白云、明亮的星空成了一种奢侈。那么，到崇明尽享大自然的美丽吧。故乡崇明金秋的天空如此洒脱，如此美妙，如此灿烂，让人怡然如入秋梦。

西 沙 芦 海

夏日的西沙湿地，辽阔、空旷，碧绿的芦苇摇曳在苍茫的水天之间，一望无垠，绵延无边。走在蜿蜒曲折的木栈桥，青青的芦苇如一道道碧绿的墙，苇间杂生了些紫色、黄色、粉色的花，一齐倒映在水中，情意绵绵地伴了栈桥，也伴了栈桥上行走的游人。芦苇荡里，有螃蟹在穿梭，田螺在爬行，还有鱼儿欢快地击打着水花，显得分外美丽。

微风吹来，吹走了暑气，送来了一缕缕清爽，清爽里，水软、芦柔，神秘而又清幽。仰望苍穹，碧蓝碧蓝的天上，渐渐地飘来了几片彩云，那芦苇荡便更青更翠，那绿水也斑斓起来，人也融进这绚丽的彩灿里，沉浸在芦海中。

西沙湿地那片葱碧的芦苇，那纤纤身姿、铮铮风骨，恰似待检阅的千军万马，阵容整齐威严。随着沙沙的风响，苇波起伏，浩瀚广袤，就如海里的波浪，一轮一轮向前滚涌而去。这芦苇的海，一任自然、雄浑、大气、肃穆，似乎任何的做作都会玷污它本来的气概。

到了秋天，当一阵一阵的西风吹进那芦苇荡，在唰唰的声响里，苇叶渐渐地蜕去了绿装，换上了黄裳，微紫浅绛的芦穗也在随风起伏中，幻化成积雪样的芦花，白白絮絮，团团簇簇，浮动在苇荡上。在芦苇荡里恋爱、筑巢、成家、繁衍的鸟儿完成了哺育的责任，不再忙着飞上飞下、飞出飞进了，而是一双双、一群群轻快地掠过苇荡，啼啭在一侧的树枝上。此时，几只水鸟也来助兴，在水中游荡，嘎嘎地叫着，红掌拨水，又游向了远方。鸟儿们的自在，让人羡慕，在这儿，人不再是它们的敌人，同它们和睦相处，有着温馨缥缈的无忧天堂的气息。白云飘在天际，大雁列了长队，缓缓地飞着鸣着，自西北而来。芦花婆娑起舞，欢迎着大雁的降临。谁说"雁去无留意"？这一片片芦花，让一行行大雁翩翩而下，在那里歇脚觅食，看似萧瑟的秋意，呈现着无限的画境和诗情。

及至明春三月，湿地的世界便突然活跃起来，仿佛一夜之间，芦桩的夹缝里绽出密密麻麻的芦芽，顷刻间，这里又是一片葱茏，充满生机。

西沙湿地芦海，蓬勃茂盛，生生不息，活力无限，无论是"风翻白浪花千片"，还是"一字横来背晚晖"，都是一幅壮阔的画，都是一首美丽的诗，让人赏心悦目，陶醉其中。

蟹肥景美醉梦乡

——宝岛蟹庄行记

郭树清

  盛夏的一天，雨后天晴，艳阳高照，空气格外清新。我们一行早早地从市区宝杨码头坐船向位于崇明绿华镇的宝岛蟹庄出发。

  客轮到达崇明南门港后，我们便坐车直奔坐落在绿华镇绿港村的国家中华绒螯蟹标准化养殖示范基地——宝岛蟹庄。车行驶在通往蟹庄的公路上，透过车窗一眼望去，一口口蟹塘清澈明丽，一条条水泥路笔直通达，一株株水杉树秀枝挺拔，一座座临水小楼错落有致……如此风姿迷人的美景，别有一种怡然清静之意，宛如一幅如诗如画、生生不息的生态画卷铺展在眼前，顿感心旷神怡。

  走进蟹庄，淡淡的微风在身边萦绕，清脆的蝉鸣在头顶回响，恍若走在铺满绿色的公园里。这里随处可见花红树绿，色彩缤纷，迎风飞舞的曼妙风情，不仅能欣赏到不同种类的树，而且树与花草相间,搭配得当,独具特色,不仅能闻到鸟语花香,而且还能见水见绿和掩映于茂密的植被之中精致的小亭,可谓是水在园中流,树在园中长,花在园中开,蜂蝶园中舞,鸟在园中鸣,呼吸着清新湿润的空气和植物的味道,享受着徜徉在这片美妙之地的愉悦,无不为之感慨万千。

我们首先来到蟹庄的展示馆,参观了崇明蟹的生长历史、生长特性、生长环境的图介,上面详细介绍了崇明蟹的种类、养殖方法和旧时传统的捕蟹方式以及展示了蟹罾、丝网、竹篓等传统捕蟹工具,透过那一行行文字,一幅幅图像,一件件实物,生动地展现了崇明人养蟹捕蟹的艰辛历史和勤劳勇敢的精神风貌。置身其中,仿佛儿时记忆中的岁月,重新回到眼前,那时和乡亲们一起,在清澈的河沟里用那些原始的工具钓蟹、罾蟹、摸蟹的往事刹那涌上心头⋯⋯

参观中,宝岛蟹业有限公司董事长、上海市河蟹行业协会会长黄春告诉我们,上海宝岛蟹庄创建于 2011 年,面积为 600 亩。俗话说,水清蟹肥,鱼虾成群。崇明地处长江入海口,集千山之精华,聚万水之灵气,拥有得天独厚的生态环境。然而,选择绿港村的这块土地养蟹,主要是由于这里靠近江边,便于引入原生态优质新鲜的长江活水,经自然沉淀和水草净化后再灌入蟹塘,以确保水质清纯,而且又紧挨被称为"天然氧吧"的国家地质公园——西沙湿地和明珠湖。特殊的地理位置和自然环境,为螃蟹的定居生长创造了优越条件和理想环境。因此,生长在这里的崇明蟹青背、白肚、黑毛、金爪和肥、大、鲜、腥、甜皆备,与一般螃蟹大有不同。于是,每年三四月间,蟹庄将从崇明东滩冷暖水交汇的地方采购芝麻大小的蟹苗(即中华绒螯蟹),放入塘内进行饲养,经过一年半时间的悉心照料,到了来年九十月,便可打捞上桌,此时是一年中蟹黄最满、蟹肉最嫩的时节。若你有机会来宝岛蟹庄不仅能近距离感受大自然原生态的渔家风情,还能品尝到肥美鲜香、别有风味的崇明蟹。然而,清蒸蟹是品尝崇明蟹最经典的传统吃法,除了能最大限度地保持原汁原味外,尤其能突出崇明蟹的色、香、味。当一大盘蒸熟的、色泽鲜红的崇明蟹端上桌品尝时,雌蟹的蟹黄厚得堆起来,冒着黄灿灿的蟹油,入口鲜香浓稠。雄蟹的蟹膏则晶莹透亮,腻满蟹壳蟹肚,鲜味绵绵不绝,吃一口满嘴留香。品蟹时,再配上一壶醉香的崇明老白酒,一碟驱寒的姜醋,细细地品,美不胜收,回味无穷,实在是人生一大快事。

有梦的人会不停地追梦,追梦的人不会安于现状。每一次圆梦都将是宝岛蟹庄人追梦的起点。在宝岛蟹庄人的心里,宝岛蟹庄的未来会更加诗意和美好。作为国家中华绒螯蟹标准化养殖示范基地的宝岛蟹庄将以生态自然景象、养生休闲度假、旅游养生产品的有机结合为宗旨,以实现环境效益、社会效益和经济效益的和谐统一为目标,把宝岛蟹庄打造成环境舒适、清雅,宜养生、休闲,主题鲜明的休闲度假胜地,让这片宁静的土地成为中华绒螯蟹的摇篮,让怀揣着梦想的旅行者们在这里找到甜蜜的梦乡。2015 年 11 月,国家农业部在福州市举办的"第十三届中国国际农产品交易会"上,"宝岛"牌崇明清水蟹荣获农交会参展产品"金奖"。

当我们离开宝岛蟹庄时,已是夕阳西下,绚烂的落日余晖映红了天际。放眼宝岛蟹庄,蟹塘水中倒映着如鱼鳞般的彩霞,塘岸上林间的知了在引吭高歌,构成了一幅立体的画,一首动听的诗。此时的蟹庄恰似镶嵌在宝岛大地上一颗璀璨的珍珠,在夕阳的照射下闪闪发亮,光彩夺目。

车子在平坦的公路上奔跑,悠悠碧水,萋萋绿树,幢幢农家小楼……一幅幅画面渐次往后退去。不远处是一片片密密匝匝的橘树林,绿叶如翠,清风徐来,散发着一股沁人心脾的清香。公路两旁,一块块水稻田,绿油油的稻苗,随风摇曳,泛起层层涟漪,尽显青葱活力。一阵阵青蛙的鸣唱声如拉歌一般此起彼伏。一只只白鹭落在水田里,顾影自怜地梳妆、嬉戏,悠闲自在。极目远眺,一丝丝轻柔的云雾夹着一缕缕炊烟浮动着,似涓涓细流,从村舍、树梢之间穿隙而过,飘荡游移……

宝岛蟹庄渐渐消失在我的视线里,我的心似乎仍眷恋在那里。

勤劳勇敢的"崇沙帮人"

郭树清　黄元章

　　所谓"崇沙帮人"，指的是会说"崇沙帮语"的人。而"崇沙帮语"则是吴语系中以崇明方言为基准点的一种分支语言。

　　然而，过去只知道崇、启、海的人会说"崇沙帮语"。最近，读到由上海文化出版社出版的《话说上海》"崇明卷"中，《漫谈崇明方言》一文，才真正了解到"崇沙帮语"的分布范围。该文介绍："操这种口音的，主要有崇明（包括长兴横沙），启东大部分，海门人（指海界河以南地区的海门市中心城镇为代表点），还有张家港东北边常阴沙乡镇，靖江部分乡镇，如皋部分乡镇，南通小海，三余地区，如东县大豫兵房及苏北沿海垦区居民，约有 300 多万人。"

　　操崇沙帮语的人如此之多，范围如此之广，取决于勤劳勇敢的"崇沙帮人"那种敢闯敢干的聪明才智和吃苦耐劳的垦田精神。"崇沙帮语"的"崇"指的是崇明，"沙"是指沙地，即崇明、启东、海门有"沙地"之称，其地域，南至长兴横沙，西至常阴沙，靖江、南通等靠长江边的原各沙洲的以及启东向北至射阳滨海的苏北沿海，在涨起来的沙滩上居住的操"崇沙帮语"的人们，应该说，都是从崇明延伸出来的。

小时候，常听家乡人有"常熟崇明、崇明常熟"之说，这说明在千年前的崇明与常熟是近邻，由于崇明在长江之中，不断地西塌东涨，向东移动，才与启东成为近邻。

据民间传说，由于西塌东涨，崇明县城十八搬。而据史料记载："历史上的崇明县城已五迁六建。"经千年历史演变，长江口的沉积沙也在不断地扩大，不断地迁移，促使人们搬迁到新涨起的沙洲，他们经受了"海塌精光"和"这沙塌了搬那沙"的生死考验，肩挑手提，自寻门路，自找安身之地。他们靠力气，靠智慧，靠胆识，靠一把铁锹和一副泥络扁担围垦筑堤，造田耕种，安家落户，所以操"崇沙帮"口音的人群范围不断扩大、延伸。

过去，能使"崇沙帮语"代代相传，保留下来，其主要原因是由于岛上四面环海，交通闭塞，缺少与外界的交往和交流。如今，随着时代的发展，社会的进步，以及长江隧桥和崇启大桥的相继建成开通，岛上与外界的联系和交往交流越来越多，现在的本地年轻人讲"崇沙帮语"的越来越少，可见，用不了很长时间，就会听不到那纯正的"崇沙帮语"，"崇沙帮语"或将到了追忆年代。

从崇明灶花到移动壁画

郭树清

　　崇明灶头画，是农家灶头墙上的画，俗称灶花。

　　崇明灶头画是一种民间古老艺术，有着一千多年的历史。崇明灶头画，过去在乡村，可谓：有户必有灶，有灶必有画。

　　崇明灶头画是崇明泥匠人的一门绘画艺术，是崇明地地道道的本土文化。崇明灶头画在那海岛交通相对比较闭塞，条件相对比较艰苦，以及缺少文化生活气息的年代里，起到了追求文化艺术的原始作用，如今已列入上海市非物质文化遗产名录。

　　崇明灶头画的画笔特殊，这是泥匠人经过长期探索实践和生活经验综合积淀，自制发明创造的绘画土笔。如用竹子特制的竹笔，即选用老竹根劈成竹片在水中浸泡后，用木榔头轻轻敲打，打出一丝丝竹精，便成竹笔。再如棕榈笔，将棕榈树的枝干砍下后，在离树身最近的柄棕，切开，树干间有丝丝木质纤维，天然而成。还有棉花笔，是泥匠工用棉花蘸墨汁后画梅花，这与中国画的没骨画法一样,一蘸一点即成,既快,又有造型。

泥匠师傅在墙体上作画,如果用写字的毛笔去画,画出来的线条太软,线条勾不挺。但竹笔或棕榈笔的竹精及木纤维是硬的,悬空后画出的线条苍劲有力,气韵生动,形神一体,水墨分层明显,视觉张透力强。所以崇明泥匠师傅的原始绘画工具,可以画出意想不到的艺术效果,是崇明人灶头画中的精髓。

在当今人们进入现代生活的环境下,灶头和灶头画已退出人们的生活舞台。然而,随着科技的进步,灶头画经过艺人们的不断探索创新,已演变成当今崇明"瀛洲壁画",又称"移动壁画",将传统的固定在墙上的壁画,发展成为小型的可移动壁画,让壁画进入千家万户及商场、酒店、宾馆、学校……

"瀛洲壁画"以建筑石膏板为材料,作画的工具没变,仍是棕榈笔、竹笔和棉花笔。"瀛洲壁画"是崇明的本土文化,是灶头画的延续,它的产生是传承和发展了中国民族文化的一个内容载体,更是反映了崇明泥匠艺人的聪明才智。为此,还成立了瀛洲壁画艺术研究院,在崇明已有一定的知名度并形成一定的规模,自2014年起,研究院与学校联合创作教材,并开设拓展型课程,让学生了解和掌握壁画的技艺,开发潜能,促进学生个性与社会化的和谐发展。同时已取得了国家专利权,以使这一传统的乡土文化与艺术文化交汇交融并得到传承和发扬光大,让这朵鲜艳的艺术之花走出海岛,走向全国,走向世界。

崇明红白喜事的沿革

瀛洲人

结婚,生儿育女繁衍后代,是社会发展的自然规律。

解放前,曾有婚仪方面趣事。具有三寸不烂之舌、能说会道的媒人,将女方开出的八字条子交给男方,男方把自己孩子的八字和女方的八字,请算命先生评八字。根据男女双方出生的年、月、日和时辰,四个单位时间,每一单位两个字,合起来正好八字,评看命的软硬、贫穷富贵等不一而足。如果男方选的大体符合要求,通过媒人,向女方家送去茶礼,送钱、戒子、耳环和普通首饰,像项链、手链和脚链等是很少送的。女方如果同意,互换庚帖,送上三尺见方绸缎,角上订着允和结,一旦结婚生了孩子,绸缎用作孩子的抱被。娃娃亲家庭条件许可,邀请亲朋好友办酒席,名为吃小喜酒。

结婚的排场更大了,嫁娶双方的家庭很早贴上大红门对,结婚当天插上彩旗,风一吹,彩旗飘飘。解放前喜爱用轿子,新娘坐花轿,新郎坐蓝轿子。晚上结婚仪式很讲究,口齿伶俐的司仪首先登场,新郎新娘手拿绸带彩球参与结婚仪式,司仪高喊一拜天地,二拜高堂,夫妻对拜,主婚人、证婚人分别讲话,隆重的结婚仪式充满了欢乐气氛。新郎新娘向每桌亲朋好友敬酒。余兴节目吵亲一片欢腾,形成欢乐的海洋。

结婚的第二天是请老祖宗,用红纸衬在盆里,装上必备的糕点、糖果、花生等,新郎新娘同时一起种千年运,种好后,撒钱币、糖果糕点。一批青少年抢捡红蛋、钱币,成一大乐趣。

解放后到现在,结婚仪式向豪华方向发展,结婚用轿车,新娘新郎坐的布置成彩车,身穿一套租来的婚纱,酒席包豪华的饭店,祝贺敬酒的场面摄像机录下精彩的镜头,钱款用去了一笔可观的数目。

随着时代的发展,社会上的不良习惯,如评八字,结婚的巨额消费等在逐步改革消失。

人的一生总是离不开生老病死的自然规律,下面讲人死后殡仪沿革情况。

人死后的丧家成立两人一组的报丧小组,根据远近划片包干,亲属常以煮鸡蛋招待报丧者。丧家如信佛的,死者在死亡前后,家属通知念佛人员"送终"。第二天,死者穿好衣服,放正在中堂屋里。晚上,"送西方开路",还有叫一班乐队吹奏哀乐。从死者门口起插上四五十盏荷花灯。仪式毕,亲属按辈分远近标准分别戴孝,吹唢呐的始终在旁边伴奏。戴孝毕,荷花灯、纸轿、死者衣物一起烧给死者。送西方开路由女儿承担,如有几个女儿,共同一起分摊。第三天继续念经做道场,乐队奏哀乐。亲友送"人情"表示慰问哀悼。午后，死者送到火葬场火化。晚饭前，烧纸扎的房子或船。在念经同时，丧家叫念经者写一张"七单"，从头七开始到七七为止，还有较大的日子如"六十日""百日""头周年""释服"等祭祀活动。骨灰寄存在庙里或公墓处。火葬当天发毛巾表示释服，丧事办成一次性，这是社会的进步。

生态崇明四季美

瀛洲人

　　崇明岛犹如镶嵌在长江入海口的一颗璀璨明珠,又称东海瀛洲,环江临海,经过一代又一代人的筑堤建坝,植树造林,美化环境,使生态崇明穿上了绿色的衣裳。如今,环岛江堤绿树成荫,岛上绿带相连,城区绿地成景,乡村绿树成片,湖河绿化连绵的生动景色,给人一种韵味别具的感觉,那就是生态崇明四季美。

　　生态崇明,美在江风海韵的东滩国家湿地公园和西沙国家地质公园的天然景观;美在北部的国家森林公园的空气清新,树林幽深葱茏,绿意盎然的自然景观;美在南部县城的名胜古迹和人文景观的完美融合;美在岛上河流的纵横交叉,蜿蜒流淌的小河和人工湖泊的旖旎风光景观;美在农家的田园、果园和农家风情的景观;美在古朴典雅的休闲场所,典雅精致的乡村别墅,融合了自然与乡村、中西元素的乡村民居景观,以及大棚下的生态农园景观,更美在集旅游、休闲、度假、农业观光为一体的生态休闲农庄景观。

倘若你乘车从浦东出发，入长江隧道，只见隧道两边的灯光，蜿蜒伸展，如入海的蛟龙，驶出隧道后，映入眼帘的是长兴岛的美丽景观，很快又被举世闻名的上海长江大桥所吸引。大桥的雄姿成为大江南北来往甚是欣赏的一道靓丽景观，高高的桥墩铁塔上架起的斜拉索，就像是一把巨大的竖琴，演绎着一曲瀛洲人民生活和谐的乐章。到了晚上，桥上流光溢彩的灯光，像彩虹飞架南北，是一道亮丽的景观。

如果你恰逢春天来到生态崇明，一夜之间的变化令人神奇。淅淅沥沥的春雨过后，大地像张开了惺忪的眼，在东滩与西沙湿地，在沿江的岸边，芦根长出了绿色的新枝，滚滚春潮涌向江堤，江水舔着嫩绿的芦根，滋润着湿地上的芦苇和沙滩上的关草、丝草。陆地上的小草也偷偷地从土里钻出来，全是绿绿的、嫩嫩的、柔软的，青翠欲滴，在庭院、田埂、公园、路旁、河边，一大片的绿色尽收眼底。绿草在春风中摇曳起它柔情的风姿，就像在一块绿色的绸缎上涌动的绿浪。

阳春三月，生机盎然，岛上的桃树、梨树、白玉兰树、樱花树等，你不让我，我不让你，百花竞相绽放，红的像火，粉的像霞，白的像雪。河岸边、田埂上的各种小花遍地开放，路旁的垂柳在春风中摇摆着腰肢，田园里的油菜花慢慢地被染成金黄色，一眼望去，鹅黄嫩绿，蝶舞蜂喧，好一派绿色生态崇明艳阳美的景观。再看滩涂湿地一望无际，只是绿茵茵的一片，茂盛的水草，在微风的吹拂下，酷似一排排绿色的波浪，正是上好的天然牧场。每逢清明一过,水牛会被人牵到海滩放养,芦荡里的水牛蹚出一条路,远远望去,就像天边的一抹黑云在飘移。

到了初夏季节,薄薄的雾霭缭绕在广袤田野,处处绿意浓浓。江堤外的芦苇叶青翠飘逸,紧紧地怀抱着崇明岛,给崇明披上了大自然特有的绿袍。那漫田遍野的庄稼碧绿,绿地建绿,环岛围绿,行道树绿,河道边布绿,映入眼帘的全是绿色的美丽景观。这时候,来生态崇明旅游观赏风景地貌,可站在东滩或西沙逶迤的江堤上极目远眺,饱览碧波万顷的芦苇荡波涛,习习凉风吹掠过的芦苇,宛如江南水乡的少女秀发,柔如丝带,拂面而过,修长飘逸,仿佛在舞蹈,又好像荡拂着身段尽情撒娇,格外的婀娜多姿。

当芦苇叶长宽时,正是五月初五的端午节,你可去美丽的明珠湖观赏划龙舟比赛。明珠湖碧水蓝天,清澈如镜,树草倒影,相映成趣。清晨拂晓,无论在哪里,都会聆听到鸟雀的鸣叫。留鸟中有全身呈灰色、头顶一块白的白头翁,有黑白相间的喜鹊,有只听其声、不见其形的麻雀,有像鸽子状的鹁鸪,还有一些不知其名的鸟,在崇明岛的乡下、湿地、树林、芦苇丛中、城区绿化带的每一个角落,伴着家养的各种宠物鸟齐鸣,歌声婉转,音韵多变,且啁啾不衰,在静谧的环境下享受鸟语的欢愉。日出后,你也可与当地的身兜围腰、头戴草帽的农家妇一起,去芦苇荡摘一把芦叶带回家裹粽子,亲身体验崇明江风海韵般的美丽。

夏天的崇明,景色美不胜收。鸣蝉在树叶里长吟,青蛙在池塘边长鸣,蝈蝈在草丛中歌唱。绿树上的白凤桃、翠冠梨、藤蔓上的串串葡萄,令人心怡陶醉。农田里、农家自留地种植的崇明特产甜芦稷，绿茵茵的一片，你依偎着我，我紧靠着你，列成长阵，排成队，立成行，张开沙沙作响的帷幔，红色的花穗在风中摇摆着。爬满田园的绿色藤叶下闪烁着金光的土产黄金瓜，个个长圆硕大。在公园湖泊、农家庭院、郊野池塘里盛开的荷花，又成为炎炎夏日里一道独特的风景，粉红、米黄、乳白的各色荷花争奇斗艳，或含苞待放，或盛开绽放，微风吹来，迎风摇曳，飘来阵阵荷花的清香。走近细细看，葱绿的荷叶托出朵朵荷花，楚楚动人，宛如一个个披着轻纱的仙女。那些粉红的花蕾，如同少女粉红的面颊，紧紧依偎着碧绿滚圆的荷叶，那些桃红的花朵，在阳光下显得无比绚烂，特别是洁白晶莹的花朵，就像舞台上演戏的白衣素女，素雅脱俗，温柔靓丽，在微风中挺着脊梁，风姿绰约，让你尽情欣赏它的美，让你感受到是它点缀着生态崇明美的景观。

处暑将至，进入初秋。生态崇明的秋天，蟋蟀在弹琴，纺织娘在高唱，蔚蓝的天空秋高气爽，洁白的云朵随风飘荡，河水清澈得能见鱼在游弋。江堤外的芦苇荡更是别样的景致，在浓浓的秋意中，绿色的芦苇秆慢慢变成橙黄色，栖息在芦苇丛中的西沙蛸蜞、东滩蟛蜞爬上了芦苇秆，东滩湿地和西沙湿地的候鸟纷纷登上绿岛，然后迁徙南飞。若沿着西沙湿地上木制的栈桥，到江边可听涛声，欣赏"落霞与孤鹜齐飞，秋水共长天一色"的绝妙美景。到了中秋季节，桂花飘香，满岛秋的色，秋的香，秋的味，秋的美，秋的意境与姿态，秋的果实与收获，会让你欣喜。

崇明岛的秋天，比春天更富有欣欣向荣的景象，更富有灿烂绚丽的色彩。绿色还是崇明岛的主旋律，在绿华乡的橘园里，柑橘在绿树丛中闪烁着诱人的金光,绿叶中黄澄澄的橘子挂满枝头。在崇明东西向的主干道两边绿树成荫,从树的缝隙中还能看到大片大片的农田,金黄色的稻谷成熟了,好一派迷人的秋色景观。深秋季节,树叶随风飘落大地,农家柿树上没摘的柿子红得多么好看,多么鲜艳,逗人喜爱。深秋时节,江堤外一大片银色的芦花,在风中,就像浮动的积雪,发白的芦花在阳光下格外耀眼。

冬天来了,西风一阵紧一阵,湿地上一片宁静。但陆地上的常青树依然保留着绿色,如冬青、黄杨、广玉兰、橘子树、女贞、棕榈、香樟、枇杷等,农家的竹林,岸堤上的苍松翠柏,彰显出自然与人文于一体的迷人风采。

冬天,崇明水仙又是一道秀美的景观。人称"凌波仙子"的崇明水仙淡雅朴素,脱俗清新,沁人心脾,叶片青翠欲滴,花茎风姿亭亭玉立,花瓣润白似玉,香味幽淡。假如你在冬天到崇明,欣赏完水仙,又遇上下雪,那种神秘无瑕的洁白,那银白般的光芒,映照在秀美典雅的金鳌山上,这时候既可欣赏到灿烂的梅花傲霜斗雪的胜景,又可俯视寿安寺金光灿烂的寺庙建筑,更能聆听幽远雄浑的"寿刹钟声",使你在视觉、听觉、感觉上获得一种超然的享受。

你站在高高的金鳌山宝塔上,可看到阳光下雪的融化,看到江上春潮的涌动,预示着春天的脚步声越来越近,又将是一个生态崇明的美丽景观。

堡镇老街

郭树清

老电影、老照片、老房子、老街……这些带老字的东西，总能不经意地勾起人们对尘封往事的追忆，勾起一段段流金岁月的美丽故事，勾起人们的无限感慨与怀旧情绪。

前些时，听说我的家乡崇明南堡镇老街将作为历史建筑进行保护，使我感到异常兴奋，便特意去了一次，情不自禁地勾起了我对这条老街往事的深深感怀。在它曾经繁荣而沧桑的怀抱里，生长着我的故乡，蕴藏着我的童年。

南堡镇的历史渊源流长。据《崇明县志》记载，明万历四十五年(1617)，为防御海寇的侵扰，当时的崇明知县筑堡城一座。明末，因居民日增，商贸繁荣，形成集镇，称作堡城镇，简称堡镇。当时为县属镇，是本县工商业主要集镇，崇明岛东半部地区经济、文化、军事和交通的中心。因此，每逢过年过节或农闲季节，人们结伴到这里购物、逛街，整个老街热闹非凡。

南堡镇的历史街巷,融汇着建筑、历史、宗教、民俗等丰富文化。过去,在崇明岛上有"桥(桥镇)、庙(庙镇)、堡(堡镇)、浜(浜镇)"之说,意思是指这四座镇算是岛上的大镇。有着 300 多年历史的南堡镇老街,又名正大街,位于崇明县境中部偏东南沿,邻近堡镇港码头,水陆交通便利。因为临江,南堡镇显得通透和灵气,堡镇港晚潮裹挟而来的海潮味,整条街都能闻到。南堡镇连接横引河北的沿公路集镇为北堡镇。据资料记载,南堡镇老街有多处历史保护建筑。位于正大街 122 号、建于 1923 年的杜少如宅,是镇上建造最早的西式建筑;116 号是原崇明第一家私人创办的大同银行旧址;光明街 73 号,有一座由清朝末代状元张謇于丙辰年(1916)夏题"五福骈臻"的牌楼;正大街 148 号,有一座节孝牌坊,"文革"期间被拆除。镇上有百年以上的古宅五处,200 年以上的历史建筑三处。南堡镇是我小时候常去的地方。然而,自从 20 岁那年离开崇明之后,却很少再去,即使以后回家乡到堡镇,也都是到堡镇沿马路两边的新街,因此,对这条老街已经有些淡忘了。

走进老街,一派宁静、质朴,伴有些许破败。老街两侧处处是斑驳的青砖灰瓦,砖石铺道和布满岁月风尘的街面店铺以及居家住户,至今仍保留着完整的明清古民居静静地伫立着,门罩、天井、房梁、漏窗等,让人领略历史的沧桑。

南堡镇是随着时代的脚步而前进着。记忆中的南堡镇老街极具江南古镇特色,处处散发着浓郁的江南气息。整条街南北走向,无高大建筑,除了几座二层小楼外,几乎全是青砖小瓦的平房。街面只有几米宽,街道不长,从南到北不过数百米,街道有点弯曲,街道两边还有几条很短的横街,无不演绎着老街独有的古朴风情。然而,老街却有着形形式式的商铺、杂货店摩肩接踵,经营着人们日常需要的油、盐、酱、醋、猪肉、豆腐、布匹、纸张、竹木用具等,品种琳琅满目,应有尽有;门面装饰风格多样,内容折射出商人追求财运亨通的心理;街面上小吃店、点心店、茶食店、汤团店、茶馆店、老虎灶等,满目皆是,热气腾腾,满街飘香。在这里,所有商店的店主很是和蔼,当顾客走到店门口,不管买不买东西,都是笑脸相迎,遇见熟人更会热情地问候,使老街充满着宾至如归的和谐气氛,这也是海岛人千百年来用心营造、一代又一代诚挚呵护的好传统。

在离堡镇老街西南的不远处,便是一所中学,是崇明岛上小有名气的民本中学。其前身是 1925 年秋,由施丹甫、杜少如、姚锡舟创办的私立民本初级中学。在我的印象中,这所学校的师资水平颇高,有不少优秀学生出自那里。因此,民本中学不仅在上海,而且在国内都有一定的知名度。

旧时的清晨,踏上老街,清薄的雾气和生煤球炉子的浓浓烟味扑面而来,有时会呛得睁不开眼,烟味中还混合着饭菜的香味,以及早点小铺刚出炉的大饼和油条的香味,有时还会听到洗涮马桶的唰唰声……此时,从乡下来的菜农挑着水淋淋、娇滴滴,带有露水的蔬菜,怀揣着卖个好价钱的期盼,边走边哼,随着扁担吱吱呀呀声朝着集市的方向唱着走来,成为老街上一道独特的风景。这里满街飘荡着新鲜食物的香味,摊位前顾客簇拥,生意兴隆,一路欢声笑语。

那时,城镇还实行集中定时供水,家庭用的是煤炉,老街的早晨是一个个忙碌身影的重叠,是生活序曲的一串串五线谱。直到中午时分,热闹了半天的老街暂时安静了下来。要是在冬天里,邻居们端出小凳边晒太阳边拉家常,老街呈现一派安闲的景象。夜晚是老街最萧条的时候,乡下人都回去了,店铺也打烊了,镇里人劳累了一天进入家门就少有外出,只有一些年轻人去看看电影,或邀几个知己打牌消遣。要是在夏天,人们晚饭后,就在各自的家门口搭起门板,放好躺椅,或纳凉、或聊天,手中蒲扇轻摇,悠闲安逸,怡然自得。

岁月,带走了老街的许多风韵,带不走的是老街的情怀。漫步在宁静而富有人情味的老街,在那古色古香的装饰,纵横交错的弄堂,大大小小的门面,琳琅满目的商品和节俭勤劳的民风民俗中,重拾已经流逝的岁月。

银杏情思

郭树清

　　家乡有两株银杏树，生长在我家附近的崇明岛堡镇四滧村，植于明万历二年（1574），树龄 400 余年。东株为雄，树高 20.7 米，树围 4 米，树冠向西覆盖雌杏于其下；西株为雌，树高 15.6 米，树围 2.25 米。它们经数百载风雨，历数百年沧桑，依然枝干挺拔，英姿勃发，生机无限，在无数个风花雪月里，保持着威严屹立的雄伟身姿，整日仰望着那片属于它们的天空。相传，当年其中一株因遭雷击，树干被劈断、枯死。然而，数年后这株树又生新枝，焕发青春，到了夏天，繁枝嫩叶郁郁葱葱，生机盎然，如一团碧云停在那里。如今，东边的雄株昂首苍穹，遒劲威武，冠若帷盖，西边的雌株妩媚娇艳，婀娜多姿，婆娑透迤，我被自然界的神奇造化和银杏树的强大生命力所折服。

　　银杏树，春天豆蔻含苞，夏天葱绿欲滴，秋天金黄灿灿，冬天玉骨琼枝。季节轮转，日复一日，年复一年，悠悠岁月，不知生长过又飘落过多少片树叶,才会有今天的枝繁叶茂,浓荫蔽日,形如一把巨大的扫帚,高高地耸立在家乡的土地上,形成了家乡特有的自然风韵。

银杏,俗称白果,字为公孙,古老而传奇,为华夏特有,国家一级重点保护植物。银杏,据《辞海》记载:"果仁可以吃,也可入药,木材致密,可供雕刻用,是我国特产。"郭沫若称耕牛为"国兽",尊银杏为"国树"。据称,银杏树最宜成对种植,既显出一派生机和稳重,又显得高大伟岸,布局均衡。而生长在家乡的银杏树,据《崇明县志》记载,目前崇明全岛列入保护的 15 株银杏中,为树龄最长。

家乡的银杏树,我对她太熟悉了。在孩提时,我和家乡的小伙伴们经常到那里玩耍。冬天,看银杏树上的喜鹊忙碌着搭建或修建温馨的"新家";春天,听银杏树上的小喜鹊待在屋里叽叽喳喳叫个不停,让这棵百年老树显出新鲜活泼的气息;夏天,在浓荫覆盖着的树下,听大人们讲述那神奇般的故事和传说;秋天,银杏树已披上金黄色的外衣,如同黄袍加身的仙人,硕果累累,像一串串珍珠垂挂枝头,散发着诱人的清香。此时,来到这里围着银杏树追逐打闹、捉迷藏,有时还会爬到树杈上探个究竟,感悟它那造化的伟大。

家乡的银杏树,是家乡人的骄傲。高大而壮硕的银杏树,就像一幅绿色的图腾,大写在我们村子的门户之上。它的每一枝每一叶,不仅长在村里人的眼中,更是长在村里人的心坎上。自从我 20 岁那年参军离开崇明岛,每次探亲,坐在开往家乡的轮船上,当离开吴淞口后,只要看到崇明岛,就能看见那银杏树。此时,我会顿然兴奋,一股亲切感油然而生。每当有人问起,你家住在什么地方,我便会自豪地说,住在那银杏树附近。家乡那古老的银杏树深深地扎根在我心中,成为我人生的坐标。

家乡的银杏树,她有一种坚毅的风骨。经历过数百年风雨,遇见过多少代祖辈,始终像哨兵一样昂首挺立,吮吸着大自然的营养,焕发出长久不衰的青春魅力,守望着这片静谧的土地,看岁月沧桑,阅世间变化,继续见证家乡的发展、变化。

家乡的银杏树,是看不够的风景,是大自然给予故乡的一幅精美的画。如今,我每次回到家乡,总会情不自禁地站在家门口,望着那郁郁葱葱、充满生机、纯洁神圣、巍然屹立的身影,凝视这历尽兵燹、阅尽沧桑的古木,中间的枝干相携相依相伴,温馨而浪漫,被深深地潜入意境,儿时那欢畅的笑声仿佛从那里传来……家乡的银杏树与我们这些当年一起喝着长江水长大的乡亲们结下了深厚的情谊,怎能不思念呢?

清晨,当朝霞染红天幕时,也给银杏树涂上了金色,农户家冒出的缕缕炊烟似挥舞的银色丝带,悠悠地在她身间飘逸萦绕,构成一幅诗意般的画卷,仿佛置身于仙境一般,将家乡的景色衬托得更加靓丽、多姿、迷人。

羊肉酒粄

邱振培

上海滩的弄堂,崇明岛的小镇,市民同样爱吃的早点。上海人说"酒酿汤圆",崇明人说"酒粄团圆"。其实"酒酿汤圆"的叫法,在中国的地界上,各地都有。台湾人还编出了"卖汤圆"的歌谣,听了特别的亲切,这歌声让你感受到"中国魂"的一点味道。我出于好奇找字典查了下,许多字典里没有"粄"字,但电脑上有,而且还有许多关于"粄"字的图片。其实"粄"就是米做的食品,比如崇明人做的"圆子""粄糕"之类。崇明人把一个不常用的字,在生活中用上了。这"酒粄"与"酒酿"谁的称谓正确,论起来还是崇明人讲得比较正确而经典。

说到用字眼,江浙一带都有"老春疤"的叫法,而崇明人也叫"老皴疤",这用字就明显不一样。冬天西北风刮在脸上,小孩的皮肤嫩,经不起吹,脸上的皮肤就有丝丝裂纹,崇明人说的是"皴疤"。这"皴"字生活中不常用,唯独中国传统的山石技法,就有披麻皴、解索皴、斧劈皴……可见崇明人的文化底蕴绝不简单。其实，崇明人也有不生"老皴疤"的一招，就是在冬季来临后吃"羊肉酒粆"。

说到"羊肉酒粆"，就想到自己出生的地方——堡镇。崇明的堡镇在新中国建立后，其繁华与热闹，不亚于金山的枫泾镇。文人墨客，巧艺匠人，商贾富头都云集在这个镇上，到冬至以后，有钱人家就计算着做"羊肉酒粆"。镇上的老中医认为冬季吃"羊肉酒粆"具有阴阳双补之功效，吃了"羊肉酒粆"皮肤白嫩，气血顺畅，强健身骨，延年益寿。老中医的说法诱人无比。其实"羊肉酒粆"的制作过程也很简单，将煮熟的羊肉去除骨头，切成小块与米饭搅拌，再洒上酒药，放置"酒粆缸头"，将草盖盖上。这"酒粆缸头"安置在草窝里，盖上厚厚的棉被保温，大约一个星期后这"羊肉酒粆"就成了，掀开草盖头，一股酒的香味。这"羊肉酒粆"的卤汁特别的鲜与甜，其羊肉也上口，无半点羊的膻味。上了年岁的老人把它作为冬令大补膏来食用，许多少妇更将它作为养颜润肤的佳品，当年的"百雀羚""雪花膏"远远比不上"羊肉酒粆"的效力。镇上的老中医就是倡导以内养外的保健疗法。

堡镇上有个老艺人，以刻字为生。每当酷暑纳凉的夜晚，我就带一张小竹椅，听他的无边笑话。说到"羊肉酒粆"，他就会唱上一段崇明山歌："贵妃娘娘来崇明，东海白浪笑盈盈，白是白来嫩是嫩，好像滩上嫩芦根。"这山歌唱的是贵妃娘娘皮肤像芦根一样白。我去乡下看农民在塘边挖泥，挖出来的芦根确实很白，在水里洗掉了泥就吃，冬天的芦根很甜也爽口。崇明的老中医说芦根泡茶清火解热,是中药的一味。刻字匠对于贵妃的传说,更有一番说法:这"羊肉酒粄"其实是贵妃的家传秘方。诗人白居易描写杨贵妃"天生丽质难自弃",难道杨贵妃的肤色是"天生"的吗?这是与饮食有关。堡镇的刻字匠虽然是在说笑话,但也很认真,他谈了"羊肉酒粄"与"醪白酒",这"醪白酒"也是贵妃到了崇明酿造出来的。她没有宫廷的一套酿制方法,所以酒药是土制的,酿造方法及用的料就是崇明的稻米,贵妃称自己酿的酒叫"醪酒"。这"醪"字就是土制的酒。如今的崇明米白酒在字典上说就是"江米酒"。按照刻字匠的意思,崇明的米白酒称作"醪白酒"是正宗的叫法。关于崇明米酒的历史,在堡镇刻字匠的民间故事中,已推到了唐朝。难怪民间传说中国的"四大美女"有四大缺点,贵妃有狐臭病,所以爱饮酒,京剧中也有"贵妃醉酒"的表演。有的剧本说贵妃犯有"狐臭",喝了"醪酒"能掩饰臭味。

刻字匠说的这些故事,纳凉的人听得很有味道。前两年电台上播出金波与季海荣的一些对话,专题谈"杨贵妃死之谜"。台湾有个作家写了《杨贵妃传》,最后说杨贵妃没死,去了"东瀛",但季海荣否认了这一说法。他分析说,白居易在《长恨歌》中写道:"马嵬坡下泥土中,不见玉颜空死处。"这两句诗就说马嵬坡下,没有了贵妃的尸骨,唐代人也说贵妃没死。但白居易又写道:"忽闻海上有瀛洲,洲在虚无缥缈间。"这分明是说贵妃到了瀛洲。崇明岛在古代称"瀛洲",白居易的这两句诗过了几年,却改为了"忽闻海上有仙山,山在虚无缥缈中"。这两句诗怎么改掉的,刻字匠说这里还有故事。刻字匠很会卖关子,要听下回,明晚再来,就这样,我每天晚上都要拿竹椅去听故事。崇明的刻字匠又讲到中国的四大船系,唯独崇明的沙船经得起风浪。当年贵妃是坐着沙船来到这个岛上,贵妃最后与造船匠成婚,以后崇明人就靠沙船发家致富,岛上的渔户渐渐地多了起来。到了明朝,郑和下西洋的船就是参照了崇明的沙船模样,船身高大,船底宽平,能经风浪。崇明的大匠在浏河造船督工,所以郑和也就在崇明的对面浏河下的洋。这些民间的史料,如今已无从查考。这"羊肉酒粜"如何想得出来,贵妃的"醪白酒"真假如何,这造船的大匠出于哪个版本,崇明山歌的"嫩芦根"何从说起。其实民间的传说无须查考,老百姓爱听爱说的。这是他们的文化生活、精神食粮。崇明的"羊肉酒粜"好吃又补身体,养颜又润肤色,岂不是旅游休闲中的美味佳肴? 我们常说到文化是旅游的灵魂,这崇明的"羊肉酒粜"应是灵魂中的一绝。

舌尖上的难忘

叶振环

什么都可能忘，但舌尖上的记忆恐怕难忘。譬如家乡崇明菜。

话说家乡崇明菜，如数家珍。崇明菜，虽不能自成菜系，但山羊肉、凤尾鱼、白扁豆、黄金瓜等崇明岛独特风味的"名牌产品"，让人食而不忘，回味无穷。许多岛外人嘴上轻飘飘地说是去崇明领略宝岛的风光和风土人情，可他们实际心里却惦记着崇明"农家乐"里那香飘岛外的特色菜肴……也难怪，作为"少小离家老大回"的崇明人，每每谈起"吾伲崇明菜"，我也着实乐得嘴巴合不拢。诚然，此一时、彼一时也，随着年纪的不断变老，胃口也跟着一变再变。近年来，大鱼大肉竟然离我越来越远，唯独家乡崇明岛的那道"青茄子烧毛豆"却一直是我舌尖上的顶级菜肴，加上瓷碗里的"瀛丰五斗"，每次食用，总是津津有味，百吃不厌……真的，我对这普普通通的一菜一饭情有独钟。

在新毛豆刚刚上市的季节去崇明,无论是去崇明人家里做客,还是去岛上旅游,好客的崇明人一定会端上青茄子烧毛豆这道菜。毛豆子绿如翡翠,一颗颗闪着晶莹的光,诱惑着你,又让你不忍下箸。去了皮的青茄子切成了丝,炒熟了,就毫无原则地软了下来,极其温柔地包裹着毛豆。它似乎极爱毛豆,因为"爱",所以宁可没有自己的形状,也一心一意地烘托着毛豆,陪衬着毛豆,包容着毛豆。这种爱,比情人之爱更纯粹,更无私,堪比父母之爱。崇明人喜欢在这道菜里搁上几颗半大的虾干,于是,粉红色的虾干在青翠的茄子和毛豆之间若隐若现,它的鲜美也在于茄子和毛豆各自的鲜美之间若隐若现。大师傅声称,虾干不能太多,多了喧宾夺主,也不能太少,少了风味略逊。吃这道菜最好的方法是用勺子舀起一勺,搁在米饭上,待汤汁略略把米粒浸润了,就可以把米饭拌着菜一起吃。

那是怎样的一种味觉享受啊!瞬时间,一种极其奇妙的感觉会在舌尖上飞舞,"鲜""香""糯""软",那种原材料中固有的好品质次第纷呈,亲切地抚慰着你的舌尖、你的味蕾、你的喉咙、你的食道和你的胃,从来没有过的舒服、周到和熨帖,就像一个极其淳朴的崇明女人,事事细心地照顾你,让你身心舒泰。她对你好,不是因为她懂得待客的技巧,而是出于她本真的赤子之心,诚恳而自然,在她的内心深处,就是毫无目的地希望你开心,希望你快乐;她对你的好,心甘情愿,毫无保留,毫无心机,掏心掏肺。

就是这样一道家常菜,你会常常想念它,并且在回味中一遍遍地被它感动到想流泪。

诚然,这样的菜,当然也只有崇明本地的大米能配得上它。崇明岛上品质上佳的大米种类不少,我最爱的还是"瀛丰五斗"。没有考证过这个名字的出处,只是觉得听来古雅,配得上这样一款好米的名字。有一年陪一位昔日部队的老领导海军少将去县政府招待所用餐,将军对大米饭赞不绝口,连说:"好吃,好吃!"连着说了三遍。我们当然心领神会,临别奉上"瀛丰五斗"一袋,作为纪念礼物。

那天早上,把大米和了水,煮粥。煮沸的时候,一股浓郁的米香在厨房里弥漫开来。在氤氲的水汽里,我仿佛回到了小时候。新米刚刚收上来,一清早,我都会在大米的清香里醒来。母亲早早地烧好了粥,算好了时间,一碗碗盛好,凉在桌上,待我们吃时正好是最合适的温度。那粥,在表面上凝成了一层薄薄的膜,泛着绿莹莹的光;那米粒,一颗颗那样晶莹,那样饱满,充满了大米的处子芬芳。这是童年时新米的芳香,一种久违的味道,很多年都不曾闻到过。

时光流转,第一次,女儿居然也会在米香里醒来,她过来问:"爸,你煮什么东西,这么香?"

是啊,真的很香。一种完整的粮食之香,一种满含着阳光的芬芳,一种特定的土地上长出来的极其醉人的米香。闻着香,吃着更是齿颊留香。像我女儿这样的孩子,从小被各类重口味包围着,其实是很难真正体会到大米的自然之香的。能够让她闻香而起,"瀛丰五斗"不能不说是奇迹。

写到这里,我想起有一个词叫作诚恳。是的,崇明的食物当得起这个词。

崇明的食物好吃，不是因为品种有多珍贵，而是因为在这片土地上，阳光、雨露、空气、土壤加上这里的人都极其诚恳。所以，这里的每一株植物乃至生物，都按照它应有的品质极富诚意地生长。它呈现的，不仅仅是完整的食物的味道。

不是吗？

崇明岛的"海作神"和海市蜃楼

龚家政

　　每当山东省渤海湾庙岛群岛海域出现海市蜃楼,报纸杂志就争相报道;散文家杨朔《海市》一文,于 20 世纪 60 年代至 80 年代入选中学语文教材:于是"海市蜃楼"似乎成为庙岛群岛的"专利"。殊不知崇明岛北域也有"海市蜃楼",崇明人称之为"海作神"。下面记下我之所见和采访耄耋老人的述说,证明崇明岛北域确有海市蜃楼!

　　笔者生于崇明岛北部喇叭镇上(今竖新镇育才村直河四队)。20 世纪 40 年代喇叭镇距崇明北支水域仅 200 米,50 年代初因滩涂淤涨,距北支水域 300 多米。记得 1953 年暮春的一天午后,突然有人在我家门前直河港的大木桥上高喊:"快来看'海作神'啊! ……"当年六岁的我跟随父亲走上大木桥,向北望去,只见江面上一片薄雾,细看之下有村庄、树木。大人们又说,还有许多游动的黑点，很像是人群走动，我却没有看到。不一会儿，村庄树木渐渐散去，转瞬之间，江面恢复原样。几个老年人说，要涨海（滩涂淤涨）了，才出现"海作神"。

陆君义，今年 86 岁，是笔者同村人。他说："'海作神'出现在崇明岛北支水域，我青少年时期三年五载总会出现一次，只是看到的崇明人不多，因为显现的时间只有十分钟左右，在这一时段内，只有站在崇明岛北边堤岸和海市蜃楼出现时相对的位置上才能看到。我只看到一次，是在 1948 年春天，当时天气阴阴乎乎，阳光淡淡的，我正好在堤岸上，向北望去，江面已在迷雾之中，突然出现了房屋、山峦，还有人影走动。十多分钟后，所见景象渐渐消散，江面恢复常态。"

郁振环，今年 95 岁，家住相见港船板桥（今新河镇永丰村前进地段）。他说："我在青少年时期常到北海（即崇明岛长江北支）边，看到'海作神'不止一两次，在薄薄雾气之中，除了见到房屋、山峦、树木和人影外，好像还有牛、马、狗等家畜。"

施弟敏，今年 70 岁，家在浜镇（今建设镇浜西村 1115 号）。他说："当年我家距北支水域有 500 米。我十岁前，和邻居儿童经常到北海边拾'海砖'，拿回家和邻家孩子做游戏。这'海砖'来自江水把老百姓田宅冲塌掉后，其中的砖块经大浪冲洗成为砖卵块，形同鹅卵石。就在拾'海砖'时，我见到'海作神'有两次。其中一次是暮春季节，出现在正北方，该是在今天的东风农场三民文化村到前卫村一带，那里的滔滔江水渐渐隐去，雾蒙蒙的江面上出现了住宅、树木，接着住宅之间露出一座高大的庙宇，非常清晰。十多分钟后,江面恢复常态。这次见到的'海作神',对我的印象极深,至今我梦中常常浮现这个'海作神'中的庙宇。我母亲今年94岁,她青年时听打鱼人说,'海作神'是涨海的先兆。"

其实,崇明岛北域出现"海作神",并不是仅仅在耄耋们的记忆中。在康熙、雍正、乾隆《崇明县志》中也有记载:"唐高祖武德元年,扬州府海门县南面,大蛤蜊吐气成云,长江里随现两个沙洲,名叫东沙和西沙……"这里记载的"大蛤蜊吐气",即"海作神",至于"东沙"和"西沙"岛,即今崇明岛的雏形。

据1987版《崇明县志》中记载:"1919年秋,北义乡北沿庙竖河口(今建设镇虹桥镇)外出现海市蜃楼;……1945年7月20日,长江北支海面出现海市蜃楼,五六分钟消失。"这里记载的两次海市蜃楼也都在长江北支水域。

为此,笔者采访过三位70岁以上居住长江南支水域的农民和渔民,他们都说从未见过"海作神"。其中一位只知道名叫"海作神"的这一自然现象,另一位只知道"海市蜃楼",不知道"海作神",还有一位连"海市蜃楼"和"海作神"名称都没听到过。

综上所述,作一小结:崇明岛北域和报载庙岛群岛海域出现的海市蜃楼时一样,都是雾蒙天,其景影影绰绰,用照相机是难以拍摄的;崇明岛北域的海市蜃楼,崇明人普遍称之为"海作神",十分形象,意思是"大海创造的神仙境界";"海作神"在崇明岛北域出现的时间一般是春季,地点是崇明长江北支水域;崇明人把"海作神"的出现,看作是涨海的预兆,是吉祥的自然现象。这些极不成熟的推论,有待专家、教授以及崇明文化界人士争论探讨,本文只是抛砖引玉而已！

走笔至此，还有余言。崇明岛自唐代至清代历史记载的"海作神"，只公元 618 年"大蛤蜊吐气成云"这唯一的一次。第二次较多地出现是在 20 世纪 40 年代，即崇明岛北部大淤涨开始之际，如今崇明岛面积是 40 年代的两倍。这一事实可以佐证崇明耄耋老人所说的"'海作神'是涨海的先兆"的这一见解。由此解答了"海作神"为什么只在崇明北支水域出现，又为什么 50 年代后就见不到"海作神"的疑问！

白居易在瀛洲改诗

邱振培

古代传说东海中有蓬莱、方丈、瀛洲三座仙山。独有瀛洲很微茫,模糊不清,确实难以寻求。涨潮时,瀛洲好像不见了;潮落时,它又露出了水面,所以当时也有官员报奏朝廷说,长江口有个小岛,我们称它"崇明",一会儿有,一会儿无。皇帝老眼昏花把"崇"字读为"崇"字,于是这"瀛洲"也就称为"崇明"。这是古代的传说,但李太白确实写诗云:"海客谈瀛洲,烟涛微茫信难求。""四处乱,瀛洲好躲难。"这是崇明岛上的老话了。

"瀛洲"是仙山,所以历代名人、隐士,在这岛上闲度晚年,清贫一生。传说,唐代大诗人白居易,在元和十年(815),降职为江州司马,他从京城南下,来到松江。渡江时,经过"瀛洲",这瀛洲岛上,沙鸥翔集,渔歌唱晚。当时,白居易作诗一首《望海》:"震泽平芜岸,松江落叶波。在宦常梦想,为客始经过。雁断知风急,潮平见月多。繁弦与促管,不解知渔歌。水面排罾网,船头簇倚罗。

相盘绘红鲤,夜烛舞青娥。"白居易在瀛洲作了首诗,又闲逛乡间。瀛洲岛上的名人隐士知道京城的大诗人在岛上,纷纷邀他饮酒品茶,十分的盛情,白居易欣然与村民一乐,在一幢小竹楼上,登高茗茶。其间,与众宾客谈笑风生,白居易说,树梢上有远帆点点,芦荡中有炊烟缭绕,真乃天上人间的桃花源,赋情作诗的好家乡,如果我不去江州,在这瀛洲度日多好。村民们见这位诗人平易近人,将岛上最好的佳肴招待白居易。其中一坛"醪白酒"为岛上佳品。村民说:"'醪白酒'有一年至十年的存酒,但这一坛,是当年唐明皇之妃杨玉环亲手所造,至今已有 30 年之久。"(马嵬坡下,杨贵妃受缢是公元 756 年,白居易诗中写到"马嵬坡下泥土中,不见玉颜空死处",可见杨玉环还活着。而白居易在公元 815 年路过瀛洲岛,其间相隔 59 年,杨贵妃逃至瀛洲躲难,已有 38 岁之多,所以她造的酒待到白居易饮品,已有 30 年之久。)

白居易屈指一算,倒也差不几时,于是心中大悦。他说:"前几年我作诗《长恨歌》,其中就写到'忽闻海上有瀛洲,洲在虚无缥缈间',那时我只传闻,说贵妃是到了瀛洲,但从不知瀛洲在何处,今日我真的来到了瀛洲,居然能饮到了贵妃娘娘亲手制的'醪白酒',真是有福。"村民们又说:"这酒品尝淡而醇,酒后力有劲,饮上三盅后,就变酒仙人,不信你尝尝。"

白居易大喜过望,畅怀痛饮。乘着酒性,村民们提出与大诗人猜字谜,如果你大诗人猜不出来,就留在这里,猜出了再走。白居易任职有期,不能贪酒误事,但吃了人家的酒,又不能一走了之,于是说:"我只猜三个字,猜出来后与大家暂且分手,待我有假期定到岛上与众乡亲同乐。"村民听了，也在情理之中，于是经商议后，决定出以下三道"字谜"，第一道："笑死刘邦，哭死刘备。"第二道："金顶戴歪了。"第三道："山在虚无缥缈间。"这三道"字谜"一出口，白居易感到瀛洲岛上的村民简直是高才隐士，这字谜中不但通晓秦文汉简，而且还有诗文丽句的笔墨情趣。白居易想了半天，终于答出第一道字谜：汉高祖刘邦为什么笑，因为得到了天下，楚霸王项羽唯不能忍，虽百战百胜，但轻用其锋，汉高祖忍之，养其全锋而待其敝，楚汉相争之最后，项羽自刎于乌江，这就是"羽卒"，刘邦笑到最后得了天下；三国时的刘备，其弟关羽，因骄傲败走麦城，后引起"火烧连营"，刘备逃至白帝城，刘备之所以痛哭，也是因为"羽卒"。所以这一道字谜乃是"翠"字。白居易不愧为大诗人，出口解谜，头头是道，滴水不漏。

再说第二道字谜，出的有点蹊跷。"金顶戴歪了"，初一看，一顶帽子戴歪了，打一个字，实在是不知所措。白居易从文字上推敲半日无从下手。夕阳已下，看馔既尽，也摸不清头尾，答不上来，村民乘机劝说，今日天已昏暝，酒也上力，大诗人与我们乐了一整日，且须休息，待明日再饮甚乐。于是白居易与众村民伴同安寝。是夜将半，白居易酒醒，披衣推扉，来到茅房小解，但见明月闪耀着金色的光环，江边倚斜着仓色的古木。白居易思忖着"金顶"与"歪了"的字谜，他猛然悟到"金"字的顶是个"人"字，而戴在这歪"了"上，应该是个"及"字。白居易感到没有弄错，心中不胜欢悦。第二天一早，村民们又将白居易接到小竹楼用餐。席间，白居易春光满面，滔滔然讲出了"金顶戴歪了"的字谜，众乡们高声赞叹，不愧是当代"文豪"。

第三道字谜，是一句诗"山在虚无缥缈间"，让白居易颇费心思。其实这岛上有个高士，其文才不在白居易之下，因是隋朝旧臣的后裔，隐居瀛洲年久。他曾拜读过白居易的《长恨歌》，万分崇拜，但他认为《长恨歌》有两句诗作得不妥，"忽闻海上有瀛洲，洲在虚无缥缈间"。首先我们这"瀛洲"不在海上，而在长江之口；"洲在虚无缥缈间"也不对，如果真的"虚无"，就是没有的，你怎么去说明这个没有的"瀛洲"上有个杨贵妃。这诗作得太白，不含蓄，但不能向白居易提出说："请你诗人仔细吟。"所以，第三道字谜"山在虚无缥缈间"，其实是提醒白居易是否可将诗这样改一下。而白居易怎么也想不出这句诗中有个字"谜"。就这样三天过去，白居易脸上总有点不光彩。这岛上有位博学"易经"的隐士，他专门为渔民测算天文气象。瀛洲岛三边绕江，一面临海，渔民靠打鱼为生，难免天有不测风云。至今，江湖上传说"江西人识宝，崇明人猜天"已成为佳话。白居易猜不出字谜，也无心去竹楼茗茶。一日午后，独自一人在江堤上行走，数里后，见几只渔船停在岸边水草丛中，船头围有一群渔民闲聊。白居易走向船头一看，这位博学"易经"的隐士正与渔民测明日涨潮时辰，何时出海。白居易上前向隐士作揖，请高人指点："我白居易来日时运可通？"隐士谦言曰："今日大诗人来至这小岛，实是命中有幸。眼下高才神情恍惚，脸色忧虑，君不知天地有阴阳变数，人也有阴阳变数，那草木、飞禽更有，这先祖记年造字也有阴阳，制鼎刻石岂不阴阳而成？"这番话，白居易记在心上揣思。又是三日，白居易反复寻思，终于恍然大悟，这山隐藏在虚无缥缈之间，那不是阴刻的山字，而在阴之外是个阳字，那在山字的外面套个框，就是一个"四"字。原来"四"字里有个阴刻的山字。白居易虽然猜出了这个字，但更佩服的是想出这个字谜的人，真乃高才也。白居易寻问："该字谜出自何人之口？"村民嘻笑不言。这瀛洲岛一游，居然闹出如此文字游戏，白居易想到《长恨歌》中的"忽闻海上有瀛洲，洲在虚无缥缈间"，今日猜谜绝非偶然，定有高人指点。《长恨歌》中的瀛洲，本来就是传说中的仙山，瀛洲改为仙山更妥。于是，如今读到《长恨歌》中写的"忽闻海上有瀛洲"，现已改为"忽闻海上有仙山，山在虚无缥缈间"。

白居易改了这两句诗后，读起来更有诗意，让后人去猜那杨贵妃究竟在何处安生。杨贵妃死之谜，让今人还无从考证。这完全是瀛洲岛上的隐士误导了白居易，杨贵妃逃难瀛洲安居，把这秘密藏匿于今。

古瀛洲貊貔庙、锡庙、百子庵传说

·瀛洲人

　　唐武德年间,最初的崇明岛雏形在句容北侧长江中已露出水面。千百年来,崇明西塌东涨不断东移,五迁县城,至明末清初,崇明岛相对固定下来,由东西两沙组成,时称东沙洲(亦称下沙)与西沙洲(亦称上沙),中间隔了一条小洪,位置在新河镇地区。

　　约350年前后,东沙洲住着一对年轻夫妇,丈夫周博以打鱼为业,生得浓眉大眼,身材魁梧,臂力过人,为人正直厚道,谁家有难总是鼎力相助。妻子绣娘,品貌端庄,十分贤惠,擅长刺绣,绣品著称乡里。夫妇相依为命,苦度光阴。当地地主老财马善哉是一个心狠手辣的恶霸,鱼肉乡里,为非作歹,强抢民女,百姓恨之入骨。一天,马善哉与狗腿子马小三路经周博家,见绣娘正在绣花。马善哉见绣娘年轻貌美,顿起歹心,与马小三上门调戏绣娘,说:"小娘子如此辛苦,却住茅草屋,身穿破衣裳,跟打鱼的丈夫受苦,倒不如到我家做妾,包你享尽荣华富贵。"绣娘怒目圆睁,当即予以痛斥。马善哉主仆恼羞成怒,即上前动手动脚。正在这时,周博打鱼回家,见此情景,将马善哉主仆两人一顿痛打,两人抱头鼠窜,落荒而逃。邻居闻讯赶来,慰问泪流满面的绣娘,都说马家有财有势,肯定要来报复,劝周博夫妻远走他乡,避过灾难。当夜周博与绣娘划了捕鱼船到长江,过着漂泊流浪的生活。

　　过了一段时间,周博夫妻想到西沙洲去找一个落脚点,船靠在庙镇南侧的江岸边。忽然听到隐约的招魂声:"祥儿! 你在哪里? 爹娘想你啊!"呜呜的哭泣声十分凄凉。周博夫妻俩循声走去,见一对年轻夫妇泪流满面,边哭,边喊,边烧纸钱。周博以为他们的孩子溺水而死,遂上前安慰询问,孩子的母亲说:"孩子还在哺乳期。这几天正是农忙季节,我与丈夫下田干农活,天黑回家忙给孩子喂奶,只见床上一摊血迹,孩子没了,我追出屋外惊叫,邻居闻声赶来,都说又被貊貔吃掉了,这已是第一百个孩子。"众人无奈的叹息:"有貊貔在总没有太平日子。"周博听了这对夫妇的哭诉,暗下决心,一定要为民除害。周博为弄清情况,用心走访百姓,得知庙镇出了一只水怪,十分凶猛,昼伏夜出,专吃婴孩。为此地方上集资建了一座貊貔庙。根据目击者描述,请画师画一张貊貔像,挂在庙堂里,供人朝拜,祈求别再吃婴孩。周博专程到庙里认识一下貊貔是什么样子。进入正殿,正中挂一张貊貔像,果然吓人,身长丈余,口似血盆,眼似铜铃,四肢如龙爪,浑身披鳞甲。供桌上摆满贡品,庙里挤满了跪拜者,祈求貊貔大仙庇佑子孙。香火很旺,远近闻名,庙镇之名由此而来,成为崇明桥、庙、堡、浜四大集镇之一。

周博是一条天不怕地不怕的好汉,不除水怪,百姓不得安宁,还会有更多的婴儿遭殃,造成更多的家庭悲痛,绝不能让此害继续作恶。为此,周博每当夜幕降临,就提着捕鱼的钢叉在江岸上巡视。一个月黑风高的夜晚,忽然听到芦苇的折断声,一会儿依稀看到一巨型水兽从芦苇荡中钻出来,正是人们所说的貔貅。守候多时的周博举起钢叉刺向水怪,未中要害,水兽打个滚扑向周博,利爪把周博抓得浑身鲜血直流。周博不顾疼痛,向水兽连刺数叉,经过几个小时的搏斗,都筋疲力尽倒在荡滩上。片刻,水兽又发起进攻,张开大口企图咬死周博,周博紧握钢叉,待水兽扑过来瞬间,跃身举叉,用尽全力刺向水兽喉咙直至心脏,水兽号叫一声,终被刺死。周博因伤势过重亦倒在水兽边上。

绣娘见丈夫一夜未归,第二天清晨,与邻居一起追到岸边。见岸下芦苇倒了一大片,发现貔貅已死,躺在旁边的周博也停止了呼吸,脸上露出了胜利的微笑。绣娘扑到周博身上呼唤着丈夫的名字,泪如雨下 ,忍受着巨大的悲痛。众乡亲哭声震天。周博用自己年轻的生命为民除害,消息迅速传遍崇明岛,万民为周博送葬。身怀六甲的绣娘不久产下麟儿,母子在众人相助下过上了平静的日子。

不久,乾隆皇帝下江南。途经崇明岛,先行抵达的御前侍卫周青将周博为民除害的事迹奏报皇上,乾隆为之动容。随即下圣旨,封周博为婴王(意为周博专司保护婴儿的王),并建庙用锡铸周博像,供百姓瞻仰(后称锡庙)。同时在旁边再建百子庵,让尼姑诵经,超度被貊貐吃掉的百名婴儿的亡灵。庵中塑送子观音,庙址选在县城正北长安桥旁。皇上的用意是,城内有城隍,城外有婴王,共保崇明百姓平安。

锡庙、百子庵建成后,香火十分旺盛,而且有求必应,十分灵验。传说锡婴王、锡大人经常在晚间外出巡视,为百姓祈福消灾。睡梦中的和尚还隐约听到锡大人的靴子声。一年久旱无雨,眼看庄稼将枯死。百姓请锡大人出庙求雨(当时叫出会)。那天人山人海,人们用八抬大轿将锡大人抬到庙前广场上,鼓乐喧天,众人拜天、拜地、拜锡大人,托锡大人上天求玉皇大帝。不一会,果然风起云涌,霎时雷电轰鸣,喜降甘霖,万民赞颂锡大人功德。百子庵中的送子观音为求子心切的年轻夫妇送来了宝宝。

天下寺庙无计其数,唯独崇明有一座以动物命名的貊貐庙,有乾隆皇帝下旨建的锡庙和百子庵。这就是崇明特有的人文景观。三座庙宇建造前后所发生的历史故事,反映了崇明人不畏艰难,敢于斗争,胸怀宽广,爱憎分明,乐于奉献的精神风貌。

因历史久远,这三处庙宇都已湮没。然周博为民除害的英勇壮举,这三处庙宇的名称将长留于世代相传的崇明人心中。

龙女

瀛洲人

·

刘石是一个勤劳勇敢的小伙子，他父母双亡，靠砍柴换粮食糊口。

有一天，他挑着柴要上集，刚走到河岸，只见几个孩子正用柴刀砍一条小白蛇。刘石上前拦住，放走了小白蛇。

他走累了，刚坐下，忽然看见一位白须齐胸的老人，拄着龙头拐杖站在他面前。"老伯，你从何方来，快坐下。"刘石扶老人坐下。

"小伙子，刚才你救了我的三太子，我感恩不尽。"

刘石明白了，说："老伯，我救龙太子是应该的。"

"我有一件宝物赠给你。"老头说着，从怀里掏出一块红石头，"如果你有灾难就到海边洗石头，我会帮助你。"老头说完不见了。刘石藏好石头，上街卖了柴。

六月，刘石的两间草屋着了火。家里东西全烧光了。他想起老龙王的话,去海边洗石头,海水被石头洗的像开了锅似的。一会儿,从水中钻出个水将来,说:"老龙王有请,闭上双眼跟我来。"

水将牵着刘石的手到了水晶宫。老龙王热情地招待他。几天后,刘石要走,龙王领着他到了宝库,任他挑如意的东西。水将偷偷告诉他:"小伙子,你什么也别要,你就要龙王那只花公鸡,别的什么也别拿。"

刘石就对龙王说:"我啥也不要,就要你身边那只大公鸡吧。"

龙王为难了,但为了报答恩情,还是答应了。嘱咐刘石回去一定要好好待大公鸡。

一天,刘石砍柴回来,一进屋,就闻到一股饭菜香味。他掀开锅,看见白面馍炒肉片、红烧鱼。他又惊又喜,先给公鸡盛了一大碗,然后自己才痛痛快快地吃了个饱。一连几天,都是如此,刘石长了心眼。这天,他装作去砍柴,藏在屋后,晌午,屋里飘出一股饭菜的香味,他慢慢走到门口,只见一位美丽的姑娘在做饭。

门钉吊上挂着一张鸡皮。刘石明白了,他急忙扯下鸡皮,扔进灶膛烧了。姑娘又羞又急,说:"刘石,你怎么烧了俺的衣服呢?"刘石挽起姑娘的胳膊说:"咱们就结为夫妻吧!"

姑娘羞红了脸,说:"我是龙王的女儿,是来报答你对哥哥的恩情的。"

刘石高兴极了,心想:我怎么能叫龙女跟我住这破草棚呢?龙女看透了他的心思。晚饭后,龙女说:"今晚我要建楼房,你不要惊动我。"

半夜,龙女站在院里,对东方拜了三下,然后对着上空吹了一口气,霎时,一座楼房拔地而起。

第二天,街坊邻居都对刘石一夜间平地起高楼感到奇怪。这件事传进村里恶霸财主赵庄拐的耳朵里,他不怀好意地进了刘石的院子,一见龙女,就起了歹意。他找到刘石威胁说:"你一个穷小子,肯定是偷了钱才盖上房的。又拐骗了媳妇,我要上县衙告你。"

刘石上前讲理:"我没偷也没骗,你可不能污蔑人!"

"怕坐牢,就依我一个条件。"

"什么条件?"刘石问。

"换媳妇。"财主无耻地说。

刘石回到家,把事情诉说了一遍,龙女叹口气:"刘郎啊,我是海中龙女,怎能在凡间长留? 你把我换给他吧。"刘石不解地望着她。

龙女说:"以后你就会明白了。"

刘石含泪找到财主,连房产带妻子全换了,还立下字据。

晚上,龙女坐在财主的屋里,在灯下做针线。财主催她快歇息。龙女笑着说:"给老爷多做几件衣服吧!"到了三更,龙女起身走出门。财主忙跟出来,龙女对天拜了三拜,身驾清风上了天。财主大喊大叫,毫无办法。

天亮了。财主发现自己只身坐在树杈上,他溜下树,垂头丧气地说:"我落了个人财两空呀!"

杀蟹英雄在瀛洲

邱振培

　　隋朝灭亡后,有位叫杨子解的将军潜逃至瀛洲岛,捕鱼为生,几年后与一位村姑成了婚,生一男孩,生活也很清贫。有一天,杨子解在江边滩上捕虾,没几个时辰,家中孩子去向不明。夫妻两人四处寻找,在芦荡中遇见一只大虫,足有三百来斤,双举巨螯,神色凶恶,大虫毛腿间钳着他家小孩的红肚兜。杨子解顿时怒从心起,握紧鱼叉用力向大虫刺去,这大虫居然不躲避,不招架,被鱼叉戳了几个窟窿,还是神气不减。杨子解力大无比,将大虫掀翻,一枪刺到大虫肚底深处,此时大虫浑身痉挛,即刻就纹丝不动了(崇明人用牙签刺蟹的肚底,瞬间蟹不动了)。其实这大虫每当西风一刮,它就从东海爬至岛上,残害村上的小孩。现在大虫死了,大快人心,大家用芦秆燃起大火,焚烧大虫。杨子解与大虫搏杀了几个时辰,肚中饥饿万分,闻到大虫烧熟的香味,随手割一腿嚼了起来,想不到其味鲜嫩无比。

　　鲁迅先生说的第一位吃螃蟹的人是英雄，那么这杨子解应是第一人。村民们为了纪念这位英雄，在杨子解的"解"字下加了个"虫"字，这大虫从此就名"蟹"。

瀛洲神女水仙花

邱振培

自古以来,瀛洲岛上四季分明,春有桃花,夏有荷花,秋有菊花,冬有水仙。岛上有了四大花仙,也就成了岛上的"四大美女"。但岛民最爱的是水仙,所以岛上的水仙花也就多了。

相传水仙姑娘因不贪富贵,不畏强权,得罪了上界"花皇",所以被贬谪人间。水仙不爱繁华闹市,就来到了东海瀛洲。岛上有位渔民叫芦生,自从水仙姑娘来后,两人相爱不离,成了婚,乡民无不羡慕。再说这岛上有个无赖霸头,名叫王二,他见水仙姑娘年轻美貌,动了邪念。一日夜深,芦生捕鱼未回,王二就偷偷地摸到水仙姑娘的寝房,入得房中,但闻芬芳浓郁,熏心迷魂,不时醉倒在地。第二天醒来,但闻江水汐汐,自己躺在芦荡之中。王二老婆来至江边,问王二昨夜之事,王二瞠目结舌。

岛上乡民知道了这一传闻后,家家种上了水仙,还装了盆,置在房中,以防不良之徒的侵扰。传说水仙花的香味"善者闻之香，恶者闻之醉"，美丽的传说成了今天的故事，成为中国的名花，如今瀛洲岛上水仙飘香。"爱善拒恶"表达了所有海岛人民的心愿。

东海瀛洲之"八仙造米"的传说

小 芩

"种瓜得瓜、种豆得豆"的季节到了。梅子雨,恍恍惚惚、淅淅沥沥,清风拂过时,黄澄澄的野生梅子,轻轻分开遮着额头的树叶,从河岸边的梅树上悄悄地露出半个小脸,站在远处的人们,只消望上一眼,就立马不渴。这野梅子的效果远比当年曹操率军打仗时那一片梅林效果强多了。

等太阳从云缝里偷偷瞅瞅的间隙,和妈妈搭档种几行绿豆,顺便听妈妈讲那个没讲完的故事——造米。

妈妈说,还是那个八仙哦,就是那个大家熟知的狗喜欢咬的那群神仙么(实际上我到现在也不知道《西游记》里那个上八洞、中八洞、下八洞神仙分别是指谁),这次玉皇大帝给了八仙一个伟大而光荣的任务,为人类造一粒大米。

大家都知道八仙过海,各显神通吧? 确实不假。八仙每人都能用上一如意宝贝，使上一如意仙法，乘风破浪，穿洋过海，成功上岸了，对吧？但是，一到陆地上，不知为什么，那跑法就不如渡法神奇了，特别是铁拐李跛脚，走起路来一跷一跷。所以，结果是七仙都到了，铁拐李还没来。大家左等右等，终于不耐烦了，决定先动手做起来，然后剩一只角，等铁拐李来了补上。

刚造好，铁拐李到了，一看他们七个不等他一起造，心中大为不悦，气呼呼地说："哼，我要单独造一粒'海波糯'，让你们的大米永远的缺一只角吧。"

其他七大神仙面面相觑，尴尬无比，缺了一只角的大米，玉帝会不会降罪下来？

怎么办？先劝劝，大家说："老李，你别生气么，咱是八仙情深。你看，人类看到我们八仙的情谊深厚，专门造了端庄大气非同凡响的八仙桌，寓意深刻吧？就是希望人间的兄弟之情像我们八仙一样的情深似海深不可测。每家人家一张八仙桌，每一餐围坐上来，团团结结，圆圆满满。"这话直听得土地爷爷都泪流满面，然而，铁拐李的心，犹如他的铁拐一样硬。

一计不成，再生一计。唬唬？大家说："老李，你那'海波糯'造出来还是会被人们拔掉的，造多少，拔多少，总之是白费劲。"

铁拐李马上说："我让它永远拔不完。"

后来，人们发现凡是神仙说的话，都是真实现实的。也许，有人说："怎么从来没看到过'海波糯'啊？"其实，"海波糯"就是秕谷，崇明人称作为"佯"（读第三声，同"养"音）。恐怕就是佯装是稻谷的意思吧。总之，从此以后，每块稻田里，免不了都有"佯"，虽然农民见着就拔,但是,还是拔不完。

当然,大米缺一只角,也是所有吃过大米的人们有目共睹的事实了。

我总在想,要是当年张果老的毛驴借给铁拐李骑骑,可能铁拐李就不会迟到了。况且,张果老倒骑毛驴从没迷过路这一事实,可以证明老驴百分之一百是老马的师父。

多少回,我又想象那完美的大米优美的形象,以及完美的大米完美的味道。

东海瀛洲之草的传说

小 芩

　　春天就像一只小鸟，被温暖的阳光以及和煦的春风，从乍暖还寒的鸟窝里孵出来，怯生生地看看外面时，已经是垂柳儿绿、玉兰儿花开、菜花儿渲染了一个金粉世界了。

　　我这会儿很异想天开，决定改造一下河岸，想把几年前被人们破坏的芦苇丛，再次拯救回来。

　　妈妈很支持，我们两个就在河边大肆扫荡野草。其实也不公平，芦苇是命，野草不是命？我得意洋洋地宣扬我的想法，说："芦苇是仙草，是天神撒下的。"妈妈说："对的。但是，草也是神仙撒下的。"

　　不会吧？我心里嘀咕开了，这神仙，还会做这等妖魔般的糊涂事？

　　妈妈接着说："事情是这样的。本来，地上没有野草，除了庄稼，就是庄稼。人们空闲了，没事找事，到处惹是生非地吵闹起来,终于吵得天庭不得安宁。有一天,玉帝忍不住,请观音想个办法。观音一贯喜欢以牙还牙、以眼还眼,既然爱吵,就送你们铺天盖地的草吧。就派了个仙草娘娘,每年的九月初四,向西北方向撒草的种子。这样想来,仙草娘娘是从东南方向来的?抑或,从别的方向来,又转了个角度?总之,肯定是往西北方向撒上一把草籽,撒完就跑。从此以后,人们始终都没能从与野草奋斗终生的苦不堪言的荒唐岁月里苏醒过来……

因此,九月初四这天,得看是什么风向,如果这天是西北风呢,天下的野草就少了。老妈说,请你猜一猜,这是为什么?而如果是东南风,就不得了啦。

"谅你也猜不出,"老妈说,"我也学一回玉帝,忍不住告诉你吧。仙草娘娘舒广袖,一把草籽下去,如果是西北风吹来,草籽大部分又吹回到袖子里啦。"

这回轮到我目瞪口呆了,我妈这故事怎么这么好玩?都是从哪儿来的呢?我用百度搜索了一下"九月初四草生日",结果就是没有结果,完全是原创。我彻底惊呆了。

我记得老妈还讲过米生日的故事。反正,所有的植物都有生日,而且全是跟神仙有关。难道东海瀛洲的崇明,真的是仙岛?下次回去,我再留意听听。

东海瀛洲之蚊子的传说

小 苓

　　一只蚊子，嗡嗡地狂叫，盘旋在人的头顶上，嘿嘿地冷笑着，想找个机会下口，饱餐一顿。

　　我就这样被蚊子吵醒。寂静的深夜里，蚊子的引擎格外的轰鸣，虽然十分的恼怒，但是，也感叹蚊子的光明正大，一点也没有搞偷袭的意思。

　　记得，小时候，妈妈讲过蚊子的故事。说蚊子本是一只吃人的巨兽，每次出来，都要吃掉一个人。人类苦不堪言，跑到玉帝那里告状，玉帝答应做些微调，把蚊子的规格调小，同时把蚊子吃人的习惯改成吃一口血。于是，就成了现在这种样子。

　　我总是奇怪，那玉帝怎么不干脆救人于水火？以我的性格来说，就是最好取消蚊子的地球籍。或许玉帝对他自己创造的这一切都是有感情的吧，所以，也不忍心让某种物种在他的手里灭绝。

　　人类在无数次请求玉帝后，变得强大了，渐渐地取得了地球的主宰权。可能是玉帝睡着了吧，很多物种在人类的一手遮天下消失了。

如果有一天，玉帝醒来了，是否认可人类的这种行为，也不知道会再做什么调整？

突然联想到九月初四"草"生日的故事。是不是这个蚊子的传说，也是瀛洲仙岛上的一件令天上众神纠结的事。

风雨人生路　难忘故乡情

张建中

　　当我驾驶着汽车,沿着五洲大道东行,向着崇明方向疾驶而去的时候,眼前掠过日新月异的景色,脑子里总会浮现出一幕幕在崇明岛西北角故乡生活的情景。无论是痛苦还是欢乐,无论是笑靥还是泪水,对我来说都是极其珍贵的记忆,是镶嵌在故乡泥土里深深的足印,记录着我生活的履历。故乡的土故乡的人,故乡有我一颗少年的心、有我青春的歌。小河里我摸鱼虾,村子里我捉迷藏,树荫下听老人讲故事。歌声里唱的是那样动人,那样情意绵长。我在这里给大家讲的是一段特殊年代带点凄怆的人生经历,是故乡的沃土和善良的富有爱心的人们扶持我走过了艰难的岁月。

一

　　距今正好 40 年的 1974 年春节前夕,天气格外阴冷,寒风呼啸，一个消息在我老家和我曾经工作过的地方传播开来："在北京大学读书的张建中犯了大罪，成了反革命分子被押送回来了。"至于"犯罪"的具体内容和案发细节，有多种说法和很多版本。当时涉及政治思想方面的问题，有一条所谓纪律是"防扩散"。真相既然无从知晓，揣测、猜想、道听途说、捕风捉影等自然无法避免，事情越传越大、越传越神乎，成了小地方的一个大事件。

不久，证实传言是真的，我被押回了农场。

然而疑云未消，疑窦丛生。我究竟说了什么、做了什么，而落得如此下场？回头去看，作为我"罪证"的言论其实并无石破天惊之处，在当时，有类似的想法和看法的人或许不在少数，只是他们没有公开说而已。我在同学中属于年岁稍长、阅历较为丰富、思想也较活跃的一类。上学之前我曾在部队锻炼过几年，有过一定的政治训练，后来又借调在县革会的政宣组工作了一年半时间，在报纸杂志记者的指导下经历过采访写作的实践学习，上大学之后又在上海与北京之间往返多次，政治方面的信息较为灵通。70年代前期又是政治风云变幻莫测的时期。我议论发表得最集中、观点最鲜明、所谓"攻击中央领导"最严重的一次，是在1973年夏天。我们编写《文艺理论教材》的几位同学，聚在一起看当天《人民日报》上登载考生张铁生的文章，我不赞同交白卷的做法、不同意"知识无用论"的观点，认为没有文化知识是不可能实现四个现代化的。张交白卷要么是水平低，要么是搞投机。说到这里，我平时对"四人帮"的不满情绪，竟然借题发挥、情不自禁地爆发出来。我说搞投机的人就是抬高自己打击别人、"捞稻草"，上海就有人说张春桥、姚文元是"棍子"，靠写批判文章打倒别人、在"文革"中爬上去的。我说："俗话说得好，爬得高会跌得重。"

这些议论在有些涉世不深的同学听来，被认为"反动言论"是不奇怪的。有位同学回到宿舍后把我说的话追记下来，当时没有揭发，到临近毕业时，由于其他因素的促发，这位同学把"旧事"报告上去，成为"东窗事发"的导火索。

此后大家的揭发中成为"罪证"的，一是"9·13"事件林彪摔死在温都尔汗之后，成为惯例的当年国庆游行取消了，校园里流传着小道消息，同学中弥漫着迷惘和困惑。有一天晚饭后，和一位同学在学校的小路上散步，我忧心忡忡地说："真想不到毛主席的亲密战友还要谋害主席，叛逃到苏修那里去，看来这共产主义的实现是比较遥远的。"还有一次是有人批判林彪胆小如鼠、不会打仗，我在底下对人说："林彪打仗还是有一套的，平型关大捷和辽沈战役不是他指挥的吗？不能此一时是'是'，彼一时是'非'。"其他还有一些则是牵强附会甚至无中生有，在当时的政治生态下也是毫不为怪的。

二

这些在平时有意或无意间说过的话，将其集中和串联起来，就成了"触目惊心"的修正主义思想。审查期间我信奉"坦白从宽"的宣传，也坚信自己说的话没有大错，就把自己怎样想的和怎么说的"竹筒倒豆子"全部承认下来，这就使事情不断升级，结果报告到当时国务院文教组的迟群、谢静宜那里，批示下来说，受修正主义思想影响严重,站在资产阶级立场上发表攻击性的言论。处理结论是:开除党籍、开除学籍,还加上一句当时流行的话,是现行反革命分子的帽子拿在群众手中,遣送原单位监督劳动。

这不啻是一个晴天霹雳。沉重的、惶惑的情绪,使我寝食难安。那时的北京不仅政治氛围处于高寒状态,自然气候同样出奇的寒冷,白雪飘飞、呵气成冰。我的同学都准备着参加在人民大会堂举行的毕业典礼,而我则在阴冷的教室里写检讨和接受批判。在其后将我押送回来的火车上,我辗转反侧、思绪如麻,从国内首屈一指的高等学府一下子坠入万丈深渊,将何以面对送我出来读书的江东父老,何以面对翘首企盼望子成龙的年迈父母?我忐忑不安、苦思焦虑,"近乡情更怯,不敢问来人"。然而让我意想不到的、让我在困境中看到一点希望的,是故乡人的理解和充满智慧的政治判断。记得那是在沪上浙江中路上一家小旅馆的简陋而又冷气森森的房间里,负责从北京押送我回来的老师,向农场来接管我的干部作交接。农场政工组一位建国前参加工作的郑姓负责人,当着我的面对北京来人说:"将来有机会平反的时候,你们不要忘记今天押送回来的张建中同志。"在众多话语中的这句话,我听得特别真切,而且触动心灵。在我最为艰难和无助的时候,这句话成了我的支柱,化为力量鼓舞我前行,犹如夜空中的一缕星光、寒冬里的一丝暖意。

后来我被安排在农场场部附近的一个农业"连队"接受监督劳动。记得到农场的第一个夜晚,正是滴水成冰的寒冷天气,睡在四壁透风、又无蚊帐遮围的小铁床上,单薄的被子紧裹全身仍然寒气彻骨，冻得浑身发抖、无法入眠。从风光如画的校园到只有几幢红砖砌就、突兀在旷野中的简易棚舍，从车水马龙热闹异常的都市到冷僻荒凉的田间地头，从暖气融融的大学生宿舍到这寒冷难耐的房间，落差实在太大。我想这今后的日子将怎样过？同样是故乡淳朴热情的人，用行动关爱来温暖我的心。此后几天，我的床上支起了旧蚊帐，铺上用金黄色稻草编成的厚实"草荐"。农场的农活是艰苦的，刚到连队不久就遇到在老鼠沙"挑岸"的硬仗，沉重的泥担子很快就压得双肩红肿，换一个工种——"掘泥"，同样不轻松好干，又长又锋利的铁锹把握不住，泥块一会儿朝左翻转、一会儿朝右侧倒，就是拿不起来。几个回合下来，手上血泡迭起，到晚上倒在老乡家的地铺上浑身上下痛得如乱箭穿心、额头滚烫发了高烧。和我拼铺、睡在一个被窝的憨厚老农，不问我的身份，忙前忙后给我擦脸洗手，给我买来一小瓶"糠烧酒"、二两猪头肉、一碗大众汤让我吃下喝下，第二天我不敢也不能偷懒，继续走在出工的队伍里。

三

农活再苦再累，咬咬牙就挺过来了，而文化的荒芜、信息的闭塞同样让人感到窒息。能得到外界一点信息的，是装在高高的电线杆上的高音喇叭，除了广播农场的通知等一些简短的稿子外，早上和晚上各有一次转播中央人民广播电台的《新闻和报纸摘要》及《新闻联播》节目，我坚持每天听一次新闻，因为每天出工都是"两个黑隆隆，一个急匆匆"。即早晨出工和晚上收工天都是黑的,真正的早出晚归,而中午吃饭大多送到田头,尘土飞扬、无桌无椅,想细嚼慢咽也不可能。听新闻的时间只好临时调整,有时边干活边听,听不了全篇,一鳞半爪也是好的。

后来我知道连队办公室订有一份《人民日报》,一到下大雨,不能出门干活的时候,我就去阅看。这时连队干部或在家、或聚在一起打牌、搓麻将,房间内很清静;报纸虽然不全,舆论又被"四人帮"控制,但我还是很认真地阅看,甚或做些笔记。这种学习的劲头竟然使连队会计受到触动,当然他是农村的高中生,担当全连几百号人的会计工作已经是个很好的出路。此后,他就收集和保管这份报纸提供给我阅读,以致有人找他要报纸包东西不得怨怪他。时至今日,我经常想起这位个头不高、有着厚道心肠的出身于农村的知青,他的这种承担风险的举动,使我在望不到边际的荒漠上找到一泓碧水、一片绿洲。后来,连队里安排我做管棉花仓库和水稻田的"管水员",活计相对轻松一些,又能使我在干完活后有时间看书阅报,保持了学习习惯和思考问题敏锐的特点。

正如农场那位政治经验很丰富的老干部所预言的那样,1977年春节过后不久,春风骀荡、春意盎然的时节,母校北大派老师到农场,召开了隆重的平反大会,恢复我的党籍、学籍。他们徒步很远的烂泥路,到我家慰问了病中的我父亲,看望了我母亲和家人。对我的工作重新作了安排,开始了我人生新的旅程。我先是在市农场局机关工作,后来调到中央防治血吸虫病办公室工作,由此与医疗卫生事业、中医西医结下不解之缘。20 世纪 80 年代中期以后,我在上海市卫生局担任办公室主任。当时就想在不违背原则的前提下,为家乡父老乡亲改善卫生医疗条件做些力所能及的实事,有时为此受到指责,我也无怨无悔。此后,我又到一院和中医药大学担任领导工作,至今仍在一所高职院校从事管理工作。在崇明经济促进会中,我和医务界同乡一起为故乡亲人解决一点医疗难题尽一份力。近40年岁月中,不论工作和岗位怎样变化,我始终没有忘记这一段特殊的人生经历,更没有忘怀在特殊岁月里给我支持、帮助,鼓励我看到希望、向着光明正道前行的父老亲朋。人间自有真情在,绝大多数人是善良、真诚、友爱的。刻骨铭心的感悟成为指引我奋力向上的灯塔,成为灌溉我心田的清泉,也是促使自己保持活力、不敢懈怠的动力。

高风亮节

——记离休干部陈继明二三事

沈 岳

　　我和陈继明前辈的相识,是在 10 年前的一次采访中。2003年,当时国家提出社会主义新农村建设,全国都没有典型事例,也没有系统的理论,但上海在农村建设方面有着独特的模式,即"城乡一体化",当时中央提出是"城乡统筹兼顾",现在叫"城镇化建设"。2004 年初,我将上海情况向人民画报社领导汇报,并报请国家新闻出版总署同意,《人民画报》上海记者站与上海市郊区经济促进会联合编辑《人民画报·上海郊区特刊》,在全市市郊区县进行采访,把上海经验传向全国。去崇明采访,接待我们的是刚从县领导岗位上离休,时任崇明县经济促进会副会长陈继明前辈。

　　我虽从小生长在崇明,并在崇明插队,对崇明既熟悉又不熟悉。毕竟离开崇明已 30 多年,还真不知道报道崇明的重点是什么？总感到崇明变化不大。在同陈老前辈的交谈中，崇明的生态岛建设定位在我的脑海中渐渐清晰起来，崇明的亮点也越来越明朗。一个领导如果不深入基层，没有细致的负责的工作精神，是不可能对崇明的情况了如指掌。他是一个领导，没有架子，平易近人，和蔼可亲。我们在崇明两天的采访中，他始终陪伴着，讲解着，跟我们跑遍了大半个崇明岛。崇明已经不是我插队落户时的崇明，生态岛的建设在当时已初具规模，"农家乐"在全国还处在萌芽状态，但崇明的前卫村"农家乐"已经成为中国农民的致富宝贵经验。在陈老前辈的推荐下，我们重点报道了崇明生态环境和前卫村"农家乐"。《人民画报》出版后，引起了中央有关部门关注，"农家乐"随之全国兴起，生态岛建设的定位越来越显现。

当今，崇明岛已是国家定位的生态岛，并被命名为"长寿之乡"。为把崇明的变化推向全国，提高崇明知名度，加快崇明生态岛建设，崇明县经济促进会领导义不容辞，承担起宣传崇明的义务，他们与我商议编辑出版《人民画报·崇明特刊》，以扩大对崇明的宣传。经报请人民画报社，同意编辑出版《崇明特刊》。在编辑过程中，得到了县委、县政府、宣传部、文广局、民政局等单位的支持和帮助，但有一些素材需要补充拍摄和采访。在几次补访中，陈继明前辈始终相伴，这次跑遍了整个崇明岛，包括长兴岛、横沙岛、北湖等，从而使我对崇明又有了新的认识。在陈继明前辈等促进会领导的审核指导下，整个报道基本反映了崇明概况。在出版过程中，他亲自与我到北京办理有关审稿和出版手续。2011年《人民画报·崇明特刊》出版后，得到上级领导和百姓的认可,我也对陈老前辈有了更深的了解。我从陈老前辈身上,学到了许多做人的哲理。我深深地体会到他对工作的极端负责的精神,一丝不苟的工作态度,同时深深感到老一辈领导为保上海大都市的一块处女地,让崇明百姓有一个宜居的生态环境,做出无私的奉献,才有今天的百姓的长寿,才有国家生态岛的定位。

在当今经济社会的现实生活中,一些领导干部从岗位上退下后,树起发挥余热的旗帜,名正言顺地办起各种促进会、协会、研究院等社团组织,或者被企业聘为顾问或名誉董事长,合法合理地拿第二份、第三份工资或补贴,国家也有着明文规定。但从深层次来看,这事有两个作用:一是正能量,为促进地区或企业的经济发展起着别人不可替代的作用;二是负能量,是特权阶层特权的延伸。陈老前辈离休后,顺应时代潮流,也办了三个社团,并兼任法定代表人,一是上海市崇明对外经济技术合作协会,二是上海崇明瀛通老年大学,三是崇明县经济促进会。这三个社团组织,在对崇明的发展中,起到了不可替代的作用,在全国、上海、崇明有着一定的知名度。可他办社团组织,全是义务、责任、服务,创办到现在,十多年来没拿过这三个组织的任何报酬,这在当今经济社会中是常人不可理解的。因工作关系,在我同这几个社团的接触中,具体工作人员都谈起陈老前辈的为人、工作精神和处事原则。例:上海崇明瀛通老年大学,他是校务主任兼校长,始终坚持"增长知识、丰富生活、陶冶情操、促进健康、服务社会"的办学宗旨,办学十年,从创办时的歌舞、书法、国画、民乐等 12 个学科发展到 28 个学科,班级数从 20 个增加到 127 个,学员从开始时的 530 人次扩展到 3 675 人次。2009 年,他被中国老年大学协会授予"全国先进老年教育工作者"荣誉称号。该校工作人员告诉我,他办学十年来,没有拿过学校工资和补贴,他把学校有限的经费,都花在教育事业上,花在学员身上,从不向外张扬。这种无私奉献的全心全意办学精神,激励着全校师生。怪不得学校越办越好,人气旺盛,在当今经济社会里是为数不多的。什么是一个真正的革命者,我在陈老前辈身上找到了答案。

自我加入崇明县经济促进会后,渐渐与陈继明前辈联系多了。我发现他自觉遵守上海崇明县经济促进会上班作息时间,除外出开会办事外,准时上下班从不间断,这虽是微不足道的小事,但足以衡量出一个人的素质。一个离休老人,如此自觉地对待工作,如此坚持上班制度,一定有种动力在支撑。在一次我同陈老前辈探讨当今经济社会中的理想信念缺失和公益精神失衡问题时,我心中的不解终于释疑。我问,你为社会、为百姓做了大量贡献,为社团组织创造了财富,为什么不要补贴？他的一番回答,我感到值得引发社会深层思索。他说:"我在位时,国家给我工资,是对我所做工作的肯定,现在年纪大了,离休了,国家给了我养老生活的报酬,足以安居乐业,还去拿什么其他报酬,这不是我参加革命时的想法。现在退下来了,有时间了,办些在位时不能办的,群众需要的社会团体实体,把把关,丰富百姓生活,促进当地经济发展,起点联系领导与群众之间关系的作用,找点事做做,充实一点晚年生活,能长寿,这些事如要报酬,似乎有点贪欲,对人的身心健康都有损害。"他的话没有豪言壮语,没有华丽台词,却在我内心深处震撼，我深知是全心全意为人民服务的思想一直鞭策着一个老共产党员。什么叫高风亮节？从他身上我渐渐开始理解……

今天，我们的党重又提出密切联系群众，走群众路线，看到了国家民族复兴和实现"中国梦"的希望，看到了老一辈革命者为百姓谋利益的精神在演绎……陈老前辈按级别是一个高干，但他始终以百姓身份自律，至今守着清贫，现在还住在国家分配他的房屋里，在崇明、上海市区没有第二套住房，在高干中也属为数不多的。其实，陈老前辈的平凡生活，就是我们学习的典范教科书。有位资深人士在同陈老前辈接触后，深有感触地对我说："多好的老同志，可惜现在年轻人不懂得珍惜。他有很多优点值得学习和传承，他是国家的宝贵财富。"榜样就在身边。留心身边的人和事，多一点对社会的奉献，生活会给你带来意想不到的幸福和人生的生活哲理。

最后以陈老前辈的一首诗作为结束语：世上人人都会老，愚公精神不变老；人老好似夕阳红，余热焕发光芒照。为民服务心勤劳，多做善事身体好；不为利禄命长寿，功福子孙千秋牢。

注：陈继明，江苏启东人，在启东参加革命，建国后调任崇明工作。60多年来扎根崇明，曾任中共崇明县委副书记、县长、县人大常委会主任等职，始终立足崇明。至今还在为崇明的发展继续发挥自己的余热。

一个"淡"字，铸就长寿

周静芳

　　美丽可爱的崇明岛，既是全国优秀生态岛，更是全国闻名的长寿岛：在东海之滨——陈家镇的先锋村里，有一位105岁的老太太，她衣着端正，面容红润，精神饱满，而且耳聪目明。但因为子女疼爱孝敬她，故几家儿女每个月轮流食宿。100多岁的老人，一生动人的故事连连，现不妨采撷几则与诸位读者分享。

一、"接生"受赞，淡然一笑

　　这位老太名施介芳，她年轻时走路一阵风，因为她是位解放前的接生婆。她的丈夫浦甫清，是解放初的一位村长。所以我们都叫她"甫清好婆"。

　　因为她接生很注意卫生，她剪脐带的剪刀先用开水烫过，再用高度烧酒洗过。所以她所接生的没有"脐带疯"病。没出过事故。解放后，乡级医院经过调查访问，通知她到医院培训。培训后，她便是堂堂正正的接生员。平时，无论是严寒酷暑或刮风下雨，她总是拎着一只药箱，快步如飞，只顾低着头走路，为的是母子平安，她才放心……

每当她顺利接生完毕，本家总是送糖送蛋给她，并且千恩万谢，她总是淡然一笑地说："都是自己人，不用谢！"

她一生走过千家万户，接生过几千个小孩子，同村人或邻村邻乡人都感激她，她只是轻轻一笑："没什么！"对比较穷苦的人，她从不收接生费。人们心里便永远祝愿她健康长寿。令人佩服的是，她真的长寿啦！人们赞叹地说："甫清好婆，你一生做好事，愿你永远长寿！"她总是微微一笑："谢谢！祝你们一样长寿。"

二、对待人生，淡定处置

"甫清好婆"是一位热情大方、待人厚道之人。她严于律己、宽以待人。对待万事万物，总是退一步，海阔天空；让三分，风平浪静。

她除接生外，主要耕种田地。她种的田，耕耘精细，培植到家，庄稼长势旺盛，收获可观。因此有小偷觊觎，常常要偷她的西瓜、玉米、山芋、花生等。邻居经常问她："你懊恼不？你痛心不痛心？"她不紧不慢地说："人家家里大概揭不开锅了，派它用场呗！没关系！我还是有功的。"有一次，半夜三更，她接生回来，忽然听到窸窸窣窣的声音，她猫着腰，蹑手蹑脚地轻轻走过去，突然用手电一照说："谁？干什么！"那人正在掰玉米，被吓得大喊一声："不得了！"便羞愧得低下头求饶说："大妈，大妈，求求您，下次不敢了！"好婆一看原来是外村的阿三，便郑重其事地说："好，下次再犯，那么新账老账一起算！只要你改过自新，现在可以包容一下。人家都是双手苦出来的，你又不断胳膊缺腿的，为什么不劳动，要偷？"小偷跪在地上只顾叩头说："谢谢！谢谢，我一定要改！看我的行动吧！"好婆饶过他，而他也确实改好，还娶了妻子。好婆的淡然处置、宽容待人无意中挽救了一个人。

好婆的土地和邻居相连。自有那贪心的人，常常在"不经意"间越界蚕食她的田地，慢慢地她的田少了，人家的田变多了起来。但她总是对家人和邻居说："让他去吧！我们精耕细作一点，长好一点就是了。"淡淡的一句话，表露她的开阔的胸怀，也教育了一大批的人。

她的一个"淡"字和谐了邻里，但也使她德高望重起来。

三、平日用膳，粗茶淡饭

甫清好婆，生活俭朴，作风正派。尤其是她的用餐富有特别之处。她在每天晚上喜欢喝一茶盅淡水老白酒。崇明老白酒，是她自己酿造的，度数很低。她常说："喝点酒，可以通经活血，精神抖擞，干起活儿风风火火，得得力力。"所以时至今日，仍然每晚喝点酒。她也常说："喝点酒可以增进食欲。有利健康。"这也是她的长寿之道。在喝酒中，她也注意了一个"淡"字。

她的饭，也很特别。饭食中，总要加点东西。如烧豇豆饭、赤豆饭、扁豆饭、咸菜肉丝饭、咸肉饭。早晨吃的粥，也丰富多采。如玉米粥、赤豆粥、红枣粥、绿豆粥、山芋粥、芋艿粥、荠菜粥、白菜粥、荞麦粥等等。她说："加些杂粮，增加营养，有利长寿。"

她的菜，更是特别。她的老伴早在 50 年代便离世。儿女们要她一起吃饭。她却说："我一个人自由便当，来得轻松！"所以烧的菜尤其稀奇。她的烧菜方法，别具一格。她用一只小砂锅放在灶膛里炖菜。每道菜都发出非常诱人的、鲜美的香味，真让人馋涎欲滴。

如小咸肉炖黄豆，酥烂后发出甜美的馨香。又如：鱼块炖茄子、扁豆炖芋艿、香芋炖木耳、荠菜炖蘑菇、小青菜炖小毛虾、丝瓜毛豆炖豆腐等等。她搞的菜又鲜又美，既营养又易消化吸收……但每道菜里，放很少的盐，从不用味精，而且以蔬菜为主。她的儿女甚至七邻八舍都喜欢吃她的菜。

总之，她的菜，突出了"淡"字和"烂"字。怪不得上海知名的厨师说："盐分不能多，其多少是一种科学的学问。"

甫清好婆的"淡"字其实是她人生的一篇精美文章的灵魂。

待人——君子之交淡如水；

处事——淡然处事团结人；

用膳——粗茶淡菜可长寿；

人生——淡定一生万事美！

真是：

一个"淡"字，铸就了长寿。

几则"规律"，打造成高龄！

家柱

沈飞龙

单位组织去贵州旅游，可以自费携带家属，我便动员妻子同行。妻一听 5 500 多元的费用，连连摇头，可听我担忧同住的打鼾影响睡眠，她想了想说："那我还是……去吧。"

我知道她为买房贷的那笔款子操心，笑笑问："不心痛啦?"妻瞥我一眼反问："钞票重要还是身体重要?"我顿觉心中有股甘泉在流淌。

那天午后，我们从荔波奔赴安顺。由于四天的旅途劳累，大家都在行车的催眠中打起了瞌睡，妻也很快添了进去。

我因贵州多山多雾，独自陶醉于一路的奇景。那紧紧相随半雾半霭的广袤的蒙眬，那蒙眬中半隐半现、延绵不绝的雄浑的山脉，那一座座峰峦组合成的简练粗犷、浓淡相宜的水墨画卷，无不美美地滋润着我。

车过昆明以后，稍一松弛，打了个小盹。醒时，惊喜地发现妻的手上有片阳光,虽然很淡,却是四天来的第一次相遇!我的精神为之一振,正欲放眼阳光下的黔地,目光却被妻的双手牢牢吸引住。

这是一双多么粗糙的手啊!指关节处聚集着刀刻般的粗短的皱褶,手背上细胞般的刺目的密集毛孔,毛孔间爬行着蚯蚓般的青凸的血管,左拇指指甲旁长着一根2毫米多的小肉刺。指甲因为忙,有段日子没修剪了,沾着一层淡淡的污色,看得我一阵揪心气颤!

这是我印象中的妻的手吗?这双医生之手何时粗糙成这副模样?结婚30年来,我基本知道爬上妻的眼角的第一条皱纹,夹在妻的青丝中的第一根白发,却浑然不知妻的双手何时开始粗糙起来,而且粗糙到这番地步,真是不可饶恕的疏忽!

我的心被内疚蜇得滴血,妻却左手按着右手,娴静地搁在她的腿上。我很快就明白过来:自从妻认定我组建家庭、竭力为家尽责开始,这双手就注定了超常人地粗糙老化!

婚后我因插过队有点锻炼,于是负责厨房之事,妻则包揽其他家务。一年后儿子来到人间,妻便格外操劳起来,夜里喂奶、每周两个夜班已算小事,天天抱着儿子上下四楼才算艰辛。翌年,"文革"一代拼搏文凭,工作之余把岗位、前途所需的文凭一一补上。妻是工农兵大学生,不用去补,我则属于师范培训,须从初中补起。为了让我专心自学,妻连夜班也带着儿子,直到我1988年去日本留学,五年里几乎没让我为儿子分心过。

直到今天我仍无法想象:每当妻在医院夜班,听见儿在她的值班床上啼哭,而且哭声越来越惊心,她的心里是何滋味? 每当妻在寒夜当班,见缝插针地去看儿子,却见儿子蹬掉被子,四肢冻得冰棍似的,她是否忍住了泪水? 五年里,520多个值班之夜,妻承受着超常人的身心之累,却从没跟我抱怨过一句,更没出过医疗事故,是她天生愚钝,还是分心有术?

直到今天,我仍无法猜想:每当看见父亲对孩子尽责,孩子沉浸在父爱之中;每当想起科室里有妻带着孩子值夜班,而且持续了12个年头,妻是否冒出过隐隐或深深的后悔? 后悔嫁了个没有文凭、缺乏依靠的无奈男人? 每当看见邻居夫妻朝夕相守、耳鬓厮磨,共同支撑温馨的小家,妻是否滋生过短暂或久久的抱怨? 抱怨自己命运不济,缺少丈夫的支撑呵护?

我的目光久久地落在妻的手上,那触目惊心的毛孔、肉刺,越来越模糊着我的眼睛,穿透着我的心灵。

在东京留学和浦东工作的七年里,我无数次地心中作痛:妻劳累了一天回到家里,三头六臂地开炉(当时烧煤饼炉)做饭,脚下生风地洗涤收拾,安顿好儿子躺到床上,早就已经精疲力竭! 这2558天的超负荷日子,妻说不知道怎么过的,我却从她的信中一叶知秋。

妻子从不给人写信,我在日本时却每周收到一封她写的信,而且总是两三张信笺。她在信里难免会透露:前天高烧,及时吃药,裹在被里仍然发冷,早晨儿子发觉不对,自己下床小好便,喊饿,我怕起来烧饭影响恢复,说妈妈病了,儿子就乖乖地上床陪我,陪了一阵叫我、推我,不见回应,大哭起来,以为妈妈已经死了,中午听见邻居老陆回家,鞋子也不穿就跑去告诉老陆说,妈妈生病了,我肚子饿了……

我的眼泪夺眶而出,一串串地落在信上。我非常地了解儿子,他去开门时双眼肯定蓄满了泪水,一见老陆就流了出来!

我淌着热泪给妻写信,随着心中至深的愧痛,泪水绵绵长流不息。我恳求妻要保重身体,要给儿子备点吃的,不能太苦了自己和儿子。妻回信说:我不知道你的经济情况,出国借的 2.5 万元债务一想总是睡不着觉,还是我们省点牢靠,所以月月自己借车去买煤饼,分 6 趟搬上 4 楼,趟趟都在 3 楼坐一会,否则眼睛直冒金星,一颗心跳得像扑出来一样……

我又一次心如刀割、泪如泉涌了,透过信笺,我看见妻子奋力承受家庭重压的金子般的心迹!她从每月几十元的工资里硬省下来的几个小钱,对那笔巨债完全是杯水车薪,然而妻还是一厘厘地抠,一分分地省……

我的心随着车外翻涌的雾霭久久地绞痛着。当柔弱的阳光顽强地钻出雾霭歇在妻的手上时,我连忙取出相机为妻的双手拍了个特写。我要用来教育儿孙:这手上每一个触目惊心的皱褶毛孔,都是我们家的一个日子、一块基石,妻的双手是支撑我们家的顶梁大柱!

我充满感激、满怀深情地凝视着妻的双手,随着车的一个拐弯突然顿悟:妻的手由大脑驱使,她的大脑才是支撑我们家的顶梁大柱!

从我筹备留学开始,妻就十分不安起来。当时还住一室小户，妻不补文凭比我早睡，她在床上的辗转吁叹无一漏耳。当她见我背上巨债，如在国外挣不回来不堪设想，这辗转吁叹就日甚一日。我知道她非常地不赞成我，却始终不说一个不字，她认定男人拼搏事业，女人相夫教子这个传统。从我自学日语到正式东渡，三年多时间里妻子只问了我三句：东京找得到工作吗？又要读书又要打工身体行吗？回来还有好工作吗？

妻的提问非常实际，句句都是关键所在。我的回答却欠底气，不能让她宽下心来。事后我才渐渐明白：其实妻只是提醒而已。因为面对所有人的担忧，她都平静地这样回答："轮到什么是什么吧。"

两年后，我还清债务尚有余款，回到家里，母亲长长地吁出一口气说："你这个老婆让你冒险，到底是傻还是聪明？"当时觉得很难回答，现在我要告诉母亲：不赞成而默默承受，这是大智若愚的所为，是家庭和睦的重要基础！

当然也有相左的时候。1995年城里人可以投建农民示范住宅，我想买块地基造幢楼房。没想妻子明确反对："离城十几里太不方便。"我因知青出身喜欢独宅，又仗钱是我挣来的，所以不予理睬，一意孤行。妻便采取不合作主义，任我忙死也不相帮。那天我拖一车建材，上桥时幸亏路人出手，否则心脏必出问题，于是大骂妻子狼心狗肺。岳母却为女儿辩护："兰囡这是很不差了，否则你能砌得成吗？"

我当时非常不以为然，现在早已醒悟明白：反对而不强加阻拦，这更是大智若愚者的境界，是家庭和睦的重要基础（当然对方必须在正当范围)！

雾霭变得稀薄起来,阳光绸缎般地滑进车厢,轻盈地鲜活在妻的手上,为之添上几分生气,却也显出刺心的糙老。我的目光久久地交织在妻的手上,感激与幸福随着热血涌遍全身。当妻随着车的拐弯靠过来时,我情不自禁地伸出手去,在她粗糙的手上抚摸开来。

这是我结婚30年来第一次抚摸妻的双手！心眼里汹涌着柔情、奔流着甜蜜,还有那绵绵不绝的一辈子的歉意。

合着妻的平和的呼吸,我深情而轻轻地用心抚摸着,欲把妻的双手抚回青春时的光滑如玉。至少,不要如此地触目惊心,令我愧疚。

妻把头靠在我的肩上,满脸知足幸福之态。我曾笑着问过妻子:"来世还肯嫁给我吗?"妻一边点头一边反问,见我笑笑,转了话题,顿时眉毛都充满了失望。

当时我还存有世俗:老婆要找年轻几岁,漂亮一点。还对妻子存有不满:喜好麻将,疏于打扫。这我曾经提过一次,她却回说:"你也有爱好,你也好做的。"

我被轰得一阵讷讷,现在却已想明白了:

组合家庭年轻漂亮不是关键,关键是人品、智商、尽责、体贴。时至今日我又明白:夫妻的爱好没有高下,夫妻间应该平等相处。

巴士驶进长长的隧道,橘黄色的灯光流星般地扑面而来,令人静谧地持续着一股沁心的温暖,滋生出一腔发黏的柔情。我充满幸福、充满歉意地抚着妻的双手决定：等妻醒来，我要轻轻而郑重地告诉她，不，现在就凑近她的耳朵告诉：如果有来世，我们还做夫妻！

生命黄昏的华彩乐章

黄　元

　　他毕生从事铁路建设事业,默默劳动,无私奉献;退休以后又无时无刻不忘为社会主义事业发挥余热。新世纪伊始,他以90岁高龄报读崇明瀛通老年大学电脑班,成为崇明岛上的新闻人物。他就是清末时代刚正不阿、不畏权贵,致力于商办铁路、太湖水利建设事业,"功在桑梓,舆论咸孚"的著名崇明籍廉吏王清穆之孙王炳章老人。

　　王炳章生于1912年。1940年同济大学毕业时,正值抗日救国时期,山河破碎、民不聊生,平生所学,无从施展,他苦闷过,彷徨过。1949年新中国成立后,他奔走在祖国各地的铁路建设工地上,先后参加了杭甬、宝成、贵昆、成昆等多条铁路干线的建设,直至1979年68岁时,才光荣退休。

　　然而,退休决不意味着"人生落幕",他继续在为国家建设发挥余热。退休当年,他以铁路高级工程师的身份参加了昆明铁路局组织的路史编写工作,用手中的笔记录中国铁路事业的发展历史,讴歌新中国铁路建设的辉煌成就。1982 年,他筹建了一个多学科咨询服务中心;1985 年,又创办"昆盟设计事务所",组织科技人员支持云南省贫困县、乡的中小型企业,为他们提供科技咨询服务。

1991 年,他已 80 岁高龄,叶落归根,回故乡崇明定居后,仍不忘为社会做点有益的工作。鉴于崇明岛四面环水,唯一的交通工具是船,严重阻碍了崇明的发展,为家乡发展,他向市政府有关部门及上海铁路局提出建议,建造长江口越江隧桥时,应考虑铺设电气铁路。他呼吁:"筹建越江铁路,贯通长江南北,加快开发崇明,此其时矣!"市有关部门充分肯定了这位老人的建议。从退休的第一天起,王炳章就认定人的一生有永远做不完的工作。"生命不息,战斗不止。"这已成为王炳章老人的座右铭。

21 世纪是信息化的时代。谁获取并拥有的信息量多,谁就能成为回报社会、生活有质量的强者。而电脑则是人们借以跻身现代化行列的先进工具。一生好学不倦的王炳章,对电脑神往。在同孙女的一次聊天中,他偶然谈到了这一点。说者无意,听者有心。2001 年,孙女给他送来一台电脑,说是让他"有空摆弄摆弄,上上网"。而离他居住地仅百米之遥的崇明瀛通老年大学,这时又正巧首次开设电脑班。真是天从人愿,他毫不犹豫报名去学习,开始了他"电脑之恋"的旅程。

90 高龄的他,是班里最年长的一名学员。"铁路高级工程师"的职称与"小学生"的身份,似乎很不协调,但他就是要老老实实甘当小学生。每次上课,他总是第一个进教室,下了课,又缠着老师问这问那,最后一个离开学校。有一次,风大雨猛,人们以为他不会来校学习了,谁知他披着雨衣、拄着拐杖,由一位邻居小青年护送,按时到校学习。每次进入教室,他总是聚精会神听讲、一丝不苟操作。回到家中,抓紧时间复习、巩固,碰到疑难问题,立即打电话向老师求教。经过四个多月的学习,就拿到了初级班结业证书。

他已经与电脑结下了不解之缘,于是趁热打铁,报名参加了中级、高级班学习,也是顺利通过结业考试。结业典礼上,当他在学友们投射过来的歆羡、敬佩的目光中,从校领导手上接过结业证书时,高兴地说:"我领到的是一张走向21世纪的通行证啊!"

现在,这位持有电脑初、中、高三级证书的老人的生活变得充实丰富、多姿多彩。他上网浏览,应对自如。他说:"网页是一部宏伟百科全书,国内国际、政治经济、文化科技,包罗万象,应有尽有。上网浏览真有'秀才不出门,而知天下事'的感觉。"他说:"手指交谈,至亲好友虽说天各一方,却似近在咫尺。祝福问候、传送亲情、谈天说地、海阔天空,真是其乐无穷。"九旬老人学电脑,使他一时成为崇明岛上的新闻人物。一位作家说过:"谁能以深刻的内容充实每个瞬间,谁就是在无限地延长自己的生命。"王炳章老人做到了这一点。

西方一位学者把老年人的"需求"概括为三个"M",即 Money(金钱)、Medicine(医疗)与 Mental(心理健康);并把"心理健康"放在首位。这是颇有见地的。

王炳章老人有足够的退休金,并不缺乏维持物质生活所必需的"金钱",享受医疗待遇,也不存在为支付医疗费发愁问题,他的最大需求是"心理健康"。他认为要达到健康长寿,除了注意保健养生外,最重要的莫过于保持良好的心态乐观。他把我国古圣先哲"淡泊""宁静""不以物喜,不以己悲"的格言奉为金科玉律、生活信条。这是他的长寿"秘方"。他看名利如过眼烟云,视金钱为身外之物。他在云南昆明创办的昆盟设计事务所运作多年,创收二三十万,相当可观。当时有人主张多给一点,他却只拿应得的工资,多余部分全部上交。历史记载其祖父王清穆为官一世,廉洁奉公,承办清末官办铁路大贪污案,拒收巨额贿赂,秉公执法,口碑极好,传为佳话……王炳章办事不谋私利,颇有乃祖之遗风。

王炳章祖上在崇明城桥、堡镇两地各有住宅一处,名为"宁远堂"和"农隐外庐"。新中国建立后,两处住宅由房管部门接管。他回崇明定居,要一套宽敞的住房本是情理中事。但当时由于城镇住房紧张,只给了他一套 40 平方米的公房。对此,他没有奔走呼号、据理力争。他常以刘禹锡的《陋室铭》"斯是陋室,唯吾德馨"的名句鞭策自己,心中常有"淡泊以明志,宁静以致远"的信条。他坦然说:"不可过于讲究居室,有间房子遮风避雨就行了。"

岁月在流逝,他的心态变得愈来愈宁静、淡泊。时常听到他吹奏口琴的优美动听的乐曲,给人充满活力,唤起童心、童趣的回归。

游子的故园情怀

瀛洲人

你知道在台湾的崇明同乡有多少吗？据台北崇明同乡会测算约在万人以上。这些远离故土的游子,时时刻刻都牵挂着家乡——崇明这个无法割舍的根。

无限的眷恋与思念

在两岸隔绝的年代,崇明在台同乡饱受骨肉分离的痛苦和绵绵不断的乡愁,多少离情别绪,时时涌在心头,化作一篇篇诗文:

家在大江头,门迎万里流；
晙违卅余载,怅惘念瀛洲。

北望水悠悠,春潮不尽流；

谁云故乡远，旦夕在心头。

故园瀛洲未敢忘，苍茫云水一仙乡；
长江万里奔腾去，从此洪流拓大荒。

崇明景色拟瀛洲，违此家门几许秋；
宝岛蓬莱虽可爱，尚西归看大江流。

以上是多年前收录的在台崇明同乡所写的思乡怀故诗篇，虽然至今仍不知道作者的真实姓名，但诗篇有一个共同的特点，都是以最炽热真切的感情，表达对故土的眷恋和思念之情。

在台北崇明同乡会会刊《乡情报导》上，也曾刊载过不少崇明同乡思乡怀故的诗文。原同乡会理事长龚式谷在《乡情报导》发刊词中写道："我的故乡在崇明岛，没有山，但河川纵横，十分秀丽，金色的童年，完全在这美丽的岛国中孕育而成长。来台后，事隔数十年，故乡景色与亲友，往往出现在梦境中，毕竟血比水浓。美不美，家乡水；亲不亲，故乡人。水因乡而美，人因乡而亲。乡情与乡谊，可以说是以乡土之恋为唯一的源头。《乡情报导》篇幅虽小，作为同乡的联系，互慰思乡之念，也是富有意义的事。"他曾在《感怀》中写下"蓬莱绿意深，暖风熏人醉，难忘月下伊情托；寒暑变更，往事如烟云，乐此莫迷茫，隔海哀鸣"的词句。

在台同乡陆良甫在《度花甲，谈童年，忆家乡》一文中写道："离家数十载，音讯渺茫，令人思念！世外桃源的故乡啊！你是否还像往日那样明艳,往日那样和蔼仁慈?不禁使我想起了从前,那里有我童年的欢笑,成长的喜悦,亲人的疼爱,如今什么也看不见,听不到。借问苍天,故乡一切都依旧安好吗?家人亲友他们还像从前那样快乐欢笑吗?我希望故乡的一切,明天比今天更好,明年比今年更进步,让大家永远活在快乐的世界里吧!"

在台同乡黄逸华于《乡曲》一文中写道:"在远方的海天握手处,尽是一片冷冷的苍茫,我引领,我遥望,为何不见乡土,我可爱的故乡。我像是海鸥,在夜风的狂啸中,展着双翼奋力地低飞,固执地前进。乡情,是那一股乡情冲击着我,我要飞到海的那端,拾回一把故乡的泥土,咀嚼那乡土的馥郁。"

这些文字,真切地表达了在台崇明同乡浓郁难忘的乡愁,以及对故乡的无限思念。

在台新生代话故乡

台北崇明同乡会按照传统习俗,每年都举办春节团拜活动,同乡们团聚一堂,先俯首向故乡祖先默念,然后进行团拜,共话桑麻,餐聚联欢。这不仅增进了在台同乡的乡情乡谊,也体现了崇明同乡不忘其"根"的精神,很多在台新生代不忘本源,也同父母一起参加同乡会的春节团拜活动。当时,在台湾中国文化大学观光系三年级就读的杨明贤,在《思我家乡》一文中写道:"今年,我首次参加同乡会春节团拜活动。一进会场,看到各位乡亲满面欢喜用家乡话互道恭喜,内心觉得格外温馨感动,好像大家一起回到故乡团聚似的。我父亲离家30多年,无时无刻不想着海峡对岸的亲人，他想在有生之年回老家亲吻故乡的泥土，探望故乡的亲人。我父亲为怀念家乡，把哥哥和我的名字，一个叫'崇贤'，一个叫'明贤'，期望我们不忘故乡崇明，做崇明的贤能人。每当有人问起我的祖籍时，我总是很骄傲地回答：'长江口的崇明岛'。"

时在台湾东吴大学国贸系一年级就读的杨美华，在《一个崇明新生代的感想》一文中说："在一次同乡会的聚会中，有位热心的长辈递给我一根从未见过的，似竹非竹的植物，那就是长辈口中常说的家乡特产芦粟。我抱着好奇的心情，用长辈教我的方法，来品尝在台湾不易看见也难得吃到的家乡特产。我对家乡的一切是多么陌生、模糊、遥远，这是生长在台湾而身为崇明新生代的一大憾事。"

时在台湾淡江大学国贸系四年级的朱淑妆，在《浅谈第二代在台崇明人》一文中说："我生长台湾，对崇明的感情不深，因为我没有见过，没有接触过它的泥土，没有用我生命去爱过，只限于它是我的祖籍地方。但是，我不会忘记自己的根，所谓落叶归根，根在何方？在故乡——崇明。"

曾在台湾大学研究所就读的黄大任，在《吾爱吾乡——崇明》的征文中写道："1963年，我在台湾出生，从有记忆开始，我便知道我身上所承袭的是来自华夏崇明岛的血统。崇明，是我未曾谋面而又可爱的故乡。身为崇明人，尤其作为台湾的崇明新生代，对于心中的故乡情结，我常寄赋在对国土经历的探索中，摊开心中的地图，我深深庆幸自己研究的地理领域，能表达心中对故乡的热爱，相信自己有朝一日，必将能看到故乡地尽其利，将会更加

美好。"在台新生代的字里行间,对尚未谋面又陌生的故乡都怀有
美好的憧憬和期望。

冲破禁锢踏上故土

1984 年 4 月,在台北市衡阳路"三六九"餐厅做厨师的崇明
同乡黄德明,乘赴日本旅游机会,首个绕道返乡定居。同年 5 月,
在台崇明同乡周文荣夫妇和朱文宝夫妇,分别以赴泰国观光、香
港商务考察名义,辗转返乡探亲。

1985 年 5 月 4 日,原台湾泰隆航业公司报务主任黄季衡,从
台湾回到港东乡港东村与亲人团聚。1949 年 4 月,黄季衡随招
商局"海滇"轮去台湾。36 年来,他在台湾一直思念着家乡的妻
子和两个儿子,返乡后他提出定居要求,很快得到有关部门的批
准,还享受定期补助。他高兴地说:"回到家乡,天天和老伴、儿孙
们在一起,心情格外舒畅。30 多年漂泊在外,那种孤独的生活不
堪回首,现在完全摆脱了。"

海员黄毛郎自 1950 年 1 月随招商局"成功"轮在香港起义
后,分配在中波轮船公司"工作号"油轮工作。1953 年,"工作号"
油轮在海上被台湾军舰劫持到台湾,黄毛郎和所有船员被关押了
6 年。保释后,黄毛郎在台北做过几年裁缝,也摆摊做过小买卖。
他孤身在台湾 30 多年,一心想着离开台湾返回大陆。1987 年 4
月,他费尽周折,获准出境到泰国旅游,转机到香港后,立即找香
港的上海旅行社买飞往上海的机票,他终于回到了城桥乡近海村
的老家,和老伴、儿孙们幸福地团聚了。黄毛郎定居后,中波轮船

公司为他补办退休手续，帮助其安度晚年。

　　1987 年 11 月，台湾当局宣布开放民众赴大陆探视，在返乡探亲的浪潮中，暌违家园的游子终于回到了故乡的怀抱，骨肉团聚，悲喜交集，刻骨铭心。

　　一架客机在虹桥机场降落，最后走下机舱的是一位持手杖的老人。当迎接他的 3 个儿子拥上前，喊他"爸爸"的时候，老人激动得热泪盈眶，竟相对无言。这位 76 岁的老人叫顾士昌，江口乡双桥村人，1948 年随军去台湾，退役后在台北遭车祸受伤，在荣民村过着凄凉苦楚的生活。1988 年 3 月，他才打听到老家的信息，老伴早年过世，3 个儿子都已成家立业。他很想返乡探亲，但是，他又迟迟没有去办理探亲手续，因为自己几十年只身漂泊在台湾，至今没有一点积蓄，他顾虑空手回家，怕受到家乡亲友的冷落。可是儿子们封封信上都希望他早日回家，说家里生活都很好，9 个孙子孙女中除了 2 个还在上学都已工作，还出了 3 个大学生呢！顾士昌最后下决心先回家看看，他向朋友筹借了数万台币，做了一套新西装，终于踏上返乡探亲之路。

　　当轿车把顾家父子送到老家的时候，天色已晚，老人在儿子的搀扶下走进一幢新楼房，明亮的电灯光下，老人看到了亲友们一张张喜悦的笑脸，听到了一声声浓浓的乡音和亲切的问候。他又一次激动地流着泪水，不由自主地回想起 40 多年前，背井离乡，忍痛抛下妻儿的凄凉情景……为了不让老人过度悲伤，3 个儿子和老人睡在一个房间，吃在一张桌上，一起陪伴老人走亲访友。当地政府得知他行走不便，还提供了车辆，短短 10 多天时间里,老人亲眼看见家乡的巨大变化,也真切地感受到家乡亲人对他的深情厚谊。在他离开家乡之前,子孙们兑换好 300 美元,要他带在身边零用。多么难得的孝心,这一切都是他做梦也没有想到的。离家时,儿孙们举家送行到虹桥机场,老人临上飞机前感动地说:"我会回来的,我一定会回来的。"

据统计,从 1984 年到 1999 年的 15 年间,在台崇明同乡先后返乡探亲 1968 人(次),回乡定居 16 人。他们冲破禁锢,踏上故土,圆了天伦梦。

对故园的一片深情

1990 年 7 月 9 日,台北崇明同乡会原理事长黄汉文,首次返乡便提出同乡会拟在家乡设置"故乡优秀青年奖学金",激励家乡学子向学上进。倡议深得县长田长春的赞同,也得到在台同乡们的热烈响应,共募集 60 万新台币作为奖学基金。2003 年,同乡会原理事黄亚雄,在家乡设置"黄亚申船长纪念奖学金"。2010年,又增设"黄亚雄兄弟慈母恩母奖学金"。据统计,从 1991 年到 2011 年的 21 年间,崇明同乡会在家乡设置的三项奖学金,已有 708 名家乡学子获颁奖学金,其中大专学生 130 名,高中学生 578 名,颁发奖学金总额 41.6 万人民币。

1995 年,崇明中学 80 周年校庆,在台的 20 多位校友捐款6 000美元,作为崇明中学发展基金,老校友们还推派代表返校参加校庆活动。这一年,崇明西城小学、三乐中学在两岸的 35 名校友,为感怀师恩,共同编印《汤颂九先生纪念集》。在西城小学举办 90 周年校庆期间,在台的老校友陈新民、黄士馨、陆云逵等人先后 4 次向母校赠书 800 多册,捐赠 8 万元人民币,为母校扩建图书室。在台崇明同乡把为家乡造就人才、为教育事业出力,当作是应尽的责任,看作是无上的荣光。

1989 年 3 月,崇明同乡会接到家乡一封求助信,台属范存德要求查明其兄范存祥在嘉义亡故及遗产问题,同乡会常务理事、《乡情报导》主编黄士馨三次到嘉义县大林镇查访,去范存祥墓地祭扫,最后托回乡探亲同乡,将大林镇公所保管殡葬范存祥余款折换 1 200 多美元和遗著《赌博论》一书送交台属范存德。

1991 年,在台同乡彭在邦遗产被侵占,家乡亲属请求崇明同乡会讨回公道。同乡会律师陈鸿钧前后写了 30 多份诉讼书,原理事长黄汉文和陈鸿钧多次出席庭审,官司打了 4 年才胜诉,追回被侵占遗产上百万台币,扣除垫支费用,全部送还彭在邦的亲属。

1999 年,堡镇台属丁文球要求崇明同乡会帮助办理继承其弟丁文钰遗产。同乡会立即成立丁文钰遗产处理五人小组,先后向海基会、台北地方法院、退役官兵辅导委员会、台北县荣民服务处等相关部门提出申请,历时两年半,终于领到丁文钰的遗产 200 万台币,在扣除垫支费用以及按丁文钰遗嘱赠给怀恩慈善奖学金后,余款全部汇寄给继承人丁文球。台属丁文球向同乡会赠送"全力助乡亲、瀛洲传美名"的锦旗致谢。

2002 年,在台荣民黄才郎遗产遭侵占,同乡会接受家乡台属黄连郎、黄雅芳委托,依法帮助追诉,原理事长黄汉文、常务监事徐士相,总干事顾朗麟义务出庭 30 多次,前后打了 8 年官司。使被侵占的房产部分胜诉,为黄才郎亲属追回一半遗产。崇明同乡会和在台同乡,不仅维护了台属的合法权益,也维护了正义和公道。

1999 年 4 月,崇明县长顾国林等 5 人,参加市农村经济考察团赴台考察期间,时任台湾农友种苗公司总顾问的园艺学家郁宗雄,自费选购台湾 13 个种类、31 种优良蔬菜种子,请考察团带回家乡种植繁育。2000 年春天,郁宗雄馈赠给家乡的蔬菜种子,全部下种定植,长势良好。这一年,县蔬菜种苗园艺场召开观摩会,邀请农科人员、蔬菜种植大户、专业户及蔬菜营销人员,到现场对台湾蔬菜品种的口味、产量、培育成本、适销及推广等方面,逐一进行评估,最后一致评选其中的芝麻长茄、圣女樱桃番茄、东升南瓜、二九二毛豆、白秋金瓜,列为最值得繁育推广的品种,是培育杂交新品种的基础。通过近十年来的繁育推广,圣女樱桃番茄经过不断的选育杂交,培育出五颜六色的各种樱桃番茄新品种。东升南瓜产量高、质量好,很快替代了崇明原有的扁南瓜等老品种。在引种早熟的二九二毛豆之后,改变了崇明没有早毛豆的历史。白秋金瓜经过 5 年 9 代的自交分离,选育成矮生型优良自交系为父本,与崇明金瓜母本杂交,培育成"崇金 1 号"矮生型杂交新品种,已在上海、广西、湖南、云南等地推广。白秋金瓜和崇明金瓜杂交新品种"崇金 1 号"成果,在 2008 年还获得了崇明县科技进步一等奖。

这桩桩件件,无不折射出在台崇明同乡金子般的爱心,渗透着游子对故园的深情厚谊。

生命如花，安全相伴

沈娇妍

今天上海的出租车行业，有 50％ 以上出租车司机来自崇明岛，他们为上海的国际大都市的文明窗口树立了良好形象。他们每天行驶在繁杂的马路上，与安全隐患相伴，开好安全车，是家乡人最大心愿。谨此我把这篇文章敬献给崇明籍出租车司机，是我对他们的一声祝福，也是一种祈祷。

素年锦时彼岸花开，揭开尘封的记忆，无言的片段不尽上演，曾记否多少悲欢离合在人们粗心大意中产生。思绪如冷冷秋风，望着泪眼婆娑的人们，问一句安全将归往何处？一滴眼泪、一个微笑或许可以缅怀对亲人的思念，可以掩饰昔日的痛楚，但一个过错，却足以摧毁幸福的一生。

多少次人们将安全挂于嘴边，又有多少次将其忘于脑后。那安全到底是什么？苦苦在疑问里寻觅的人们，殊不知答案早已在

自己心中，安全就是平安、安全就是远离危险。你可还记得在烈
日当空的夏日，你是否有留心过车上的易燃物品？在车水马龙的
街头，你又是否用心去过马路？在工作繁忙的日子，你匆忙离家
时又是否保证切断家中的电源？若是没有，多少次你与安全擦身
而过，将自己立于危险的边缘。

试问一叶无帆的孤舟，能否顺利到达港湾的怀抱？一把断了
弦的琵琶，又能否弹出动人的乐曲？安全就如同那孤舟上的船
帆，带着人们脱离迷茫里的危险，牵引着人们驶进生命的港口。
安全又像那琵琶上的琴弦，触动着人们内心深处的灵魂，让人们
弹奏出生命那动人的音符。

有人说世间最悠扬的曲子，莫过于安全这一曲余音绕梁，跌
宕起伏中绽放生命的精彩。我说凡尘里最优美的诗词，也只有安
全这一阕千古绝唱，平仄押韵中体会生命的百态。生命中没有最
鲜艳的色彩，却有安全这一笔浓墨重彩，栩栩如生地描绘着生命
的宏图。生命与安全就如同鲜花与绿叶，在安全这片绿叶的衬托
下生命之花才开的如此娇艳绚丽，让生命与安全永久相伴，无论
风吹雨打，还是岁月侵蚀，都无法改变安全与生命交错的轨迹。

安全似一曲动人的歌谣，唱响了生命的多姿多彩。你就是生
命的红颜知己，你们之间不分彼此，没有猜忌与谎言，有的只是一
份情真。因为有你的陪伴，生命的舞台才绽放光彩。也是你的可
爱灿烂，照亮了生命中的迷茫与粗心，让危险远离，让微笑靠近。
人们眼中的幸福人生，都离不开你的不离不弃，今生若有你相伴，
生命将不再孤独。

安全又似一阕精彩的诗词，描绘了生命的喜怒哀乐。你是生命的转折点，你们之间是命运的安排，还是无情的作弄，我想只有你自己知道。每次你的离开换来的是一幕幕破碎的片段，死亡的到来带走了多少欢声笑语。我知道你不愿离开，是人们将你遗忘，不是你遗忘了人们，而最终被遗忘的是一条条鲜活的生命。历史的印记消除不了人们的恐惧，这时的你又像那一片花海，淡化了人们对生命的轻率，抹去了人们眼中不安的神情，生命需要你的依赖。

安全似一支灵活的画笔，勾勒出生命的美好未来。你就是保护生命的光环，你们之间的相遇不是偶然，在危险之外生命可以随时拉住你的衣裙，逃离那噩运的魔掌。但是我知道有很多人都在遗忘你以后开始自责，才发现你的离开也带走了生命的光环。人们用一段段鲜血的印记唤醒沉睡的你，才知道生命离不开你的呵护。你与生命之间没有约定与誓言，有的只是一份相守，你们一同把人世间最感人的一面留在红尘，把最悲惨的片段尘封在记忆中。

倘若将生命比喻成一首动人的歌曲，那么安全就是歌曲里的音符。生命让我们有血有肉，那安全给予我们的就是灵魂。因为有了安全，才有了人们幸福的家庭与生活，安全见证着多少次的重逢与团圆。就像一首悠扬的歌曲总会让人回味无穷，但是没了音符，就变成了扰人心智的噪声，没有了安全亦是如此。如果没有安全，那生命这首歌就成了苍白的语言，没有动人的旋律就不再是一首歌。而我们面对的不再是平淡安逸的生活，或许你的人生就此改变，或许你要饱受对亲朋好友的思念，你要面对的是对一切未知的害怕与不安。我想不知何时安全已悄然走进你的心房，你是否对他动心，对他情有独钟，是否想告诉他你对他的在乎。我想若是你有心，安全必定能体会你的那片情，和你惺惺相惜。生命也已经告诉我们，安全和我们的宿命注定是永不言弃。

《周易·既济》中曾曰："君子以思患而豫防之。"这句话告诉我们，无论什么时候、什么地点，都应该居安思危，俗话说："思则有备，有备无患。"我们应该借鉴古人的智慧，将这观念放于安全之上，切实做到时刻与安全同行。记得有句古话叫"最危险的地方就是最安全的地方"。如果采用辩证法理解这句话，那么有的时候，越是安全的地方可能就是最危险的地方，危险常常藏于人们的麻痹大意之中。所以无论作为企业的员工还是家庭的一员，我们都应该做到"防微杜渐"，营造一个安全舒适的工作环境和幸福家庭。

《红楼梦》中有云："满纸荒唐言，一把辛酸泪。都云作者痴，谁解其中味。"这句话其实也是对"安全"这一词最好的写照。如果只将安全停留在表面的东西，嘴上说一套实际行动又一套，你会发现一切都是浮云，不是安全弃你而去而是你舍了安全而去。如果牢牢记住安全，与其共同进退，那你必将受益终生。安全就像一本书，书上写满了人生，写满了幸福，你有没有看出其中的奥义？

要问人世间最美好的场景是什么？莫过于与安全携手相伴共度一生。有了安全，你的生命将会充满温暖与幸福，再平淡的日子都会过的平安绚丽。我们应当感激安全对我们的不离不弃，要记得安全对我们说的那句："今生你若不离，我便不弃。"生命因为有了你才能到达幸福的彼岸，去一同唱响那一曲幸福之歌。

繁华如梦，道尽人间沧桑，此时的我心绪如麻，只能写一首关于安全的藏头诗来寄托安全在我心中的澎湃之情。诗藏头为"生命如花，安全相伴"，也是借此点题，告诉人们只有牵手安全，才能拥有幸福美满的人生。

诗云：

生当防患晓未然，命中必定少劫难。
如歌岁月平安至，花颜灿烂幸福满。
安邦定国四方赞，全民断绝危险源。
相守安全不离弃，伴君到老享福安。

话说崇明科举"进士"

龚家政

崇明科举最高学衔"进士"知多少

中国古代的科举制度是文职官员的选拔制度。科举始于605年的隋朝,终止于1905年的清朝,历时1 300年,其间选拔出十万名进士,百万名举人,千万名秀才。据邑志记载,崇明岛第一位进士是1138年,至1905年,其间767年,共产生了49名进士,他们的姓名和中举的年份如下:

南宋朝(共12名):

沈 询(1138)、沈 诚(1202)、沈应龙(1223)

施 爱(1238)、施 梁(1238)、沈 迈(1241)

王一飞(1241)、顾应玉(1244)、沈 藻(1247)

施 设(1253)、顾 瞻(1256)、施 说(1262)

元朝科举断续举行,邑志未有中举进士记载。

明 朝(共 5 名)

陈 杰(1451)、顾 达(1478)、顾 谧(1484)

杨 瑀(1517)、施一德(1521)

清 朝(共 32 名)

何 楝(1647)、李登云(1649)、宋德宜(1655)

顾瀛秀(1661)、黄礽绪(1667)、管父才(1670)

顾 藻(1676)、黄振凤(1679)、吴 标(1679)

施何牧(1685)、何 炯(1688)、何 焯(1703)

周玉甲(1706)、倪文辉(1706)、何 煜(1706)

张大受(1709)、王希曾(1713)、柏 谦(1730)

沈文镐(1733)、杨遇春(1742)、黄 垣(1754)

施 鼎(1754)、施一桂(1769)、施鸾坡(1802)

陈兆熊(1819)、蔡兆槐(1853)、龚聘英(1862)

姚恭寿(1874)、冯芳泽(1886)、王清穆 (1890)

孙培元(1892)、施启宇(1892)

崇明进士为什么南宋多，
明朝少，清朝最多

　　崇明岛的雏形东、西两沙是于 618 年露出长江口水面，而后周边贫民陆续迁居崇明垦殖，直至五代杨吴时期(892—937)才设置军事设施的"崇明镇"。北宋时期，崇明依然是贫民迁徙开垦之地，当然无富家大户的出现，于是就没有问鼎科举考场的饱学之士。北宋晚期，崇明北支水域适宜开辟盐场，1101 年，崇明淤涨三沙,盐场范围扩大,制盐业大有发展,至1207年,南宋政府在三沙设立盐课提举司,1222年后,崇明一度建场——天赐盐场。食盐买卖是封建时期政府的大宗收入,于是崇明富家巨户不断出现,文化人物代有辈出。这从南宋高宗嫔妃刘婕妤、大将张俊(1086—1154)、权相韩侂胄(1152—1207)在崇明建立庄园,以及上海地区第一家书苑——崇明的天赐书苑建于1244年,都可作为明证。所以在南宋150年里,崇明竟产生了12位科举进士。

元朝时,崇明升为崇明州,元朝科举考试断续举行,但没有记载崇明中举进士的姓名。

元末至明代,崇明沙岛涨塌不定。自1352年至1583年,崇明县城五迁六建,其中四迁五建是在明朝。而且海盗横行,倭寇屡侵,人口大减,例如1391年,崇明人口87 665人,至1525年人口只有30 847人。崇明富家大户有的败落,有的逃离,文化业绩无几。故在明朝276年中,崇明科举进士只有五人而已。

清朝大力实施开荒垦殖发展农业的措施,如对崇明岛实行"续增人丁,永不加赋"的政策,于是崇明人口大增。岛屿面积也大增,至清末,长江口崇明已是由60多个沙洲组成的东西长60公里、南北宽十多公里的大岛,岛上巨商大贾和耕读之家随处可见。由此理解清代崇明科举进士达32人之多。

崇明一科多进士、进士中级别最高和贡献最大的是谁?

崇明一科多进士共有五次:1238年施爱、施梁;1679年黄振凤、吴标;1706年周玉甲、倪文辉、何煜;1754年黄垣、施鼎;1892年孙培元、施启宇。

科举考试中的殿试是在殿廷由皇帝亲自主持举行,又分"三甲"录取,一甲赐进士及第,共有三名,称三鼎甲;二甲赐进士出身,有若干名;三甲赐同进士出身,有若干名。三甲统称进士。

49位进士中,最高级别是1733年中举进士沈文镐(崇明人尊称沈探花),列三鼎甲。第一名状元是江苏仪征人陈倓,第二名榜眼是北京人田志勤,第三名探花是江苏崇明人沈文镐。

49位进士中,其能力和对国家社会贡献最大的当为1890年中举的进士王清穆(1860—1941)。王初任清廷户部、商部官员,而后致力于经济民生,创办我国第一家商会——上海商会,支持华侨建造第一条商办铁路——潮州铁路;王清穆又任沪杭甬公司总经理、太湖水利督办,还为家乡崇明创建第一家轮船公司、第一家纱厂、第一家银行。王又是一个清官,曾奉命查办修筑京汉、京榆铁路贪污案,主持者始以苏州留园贿赂王,继之贿赂三十万银圆,王严词拒绝。抗战时期避居上海的王清穆拒绝日寇软硬诱降,国民政府主席林森因他保持民族气节特颁"褒奖令"。王清穆出仕清廷,民国肇始,王不做逊清遗老,与时俱进,并在近代化建设中作出贡献,实属难能可贵。

崇明四十九位进士前途如何

49位进士中,任职知县或充任乡试(省试)、会试(礼部试)考官的,例如南宋沈询、施设、顾瞻,清朝黄振凤、吴标、杨遇春等等。任职州府、省府官员的,例如:南宋沈迈为淮安西路判官,施说为淮南东路淮安军录事;明朝杨瑀为福建参议,清朝张大受为贵州提督学使,沈文镐为山西提督学使,蔡兆槐为榆林知府,施启宇以知府任直隶州知州候补等等。任职中央各机关的,例如:明朝顾达任左都御史,施一德任监察御史;清朝顾藻任工部左侍郎,何焯任武英殿纂修,倪文辉任考授内阁中书,施一桂任兵部车驾司主事,王清穆任商部右丞等等。

"金鳌山八景诗"碑刻

邱振培

文化艺术是旅游产业的灵魂,如果不去重视它的市场开拓与发展,这等于舞台上没有了灯光。崇明岛的文化艺术源远流长,潜在的文化与历史底蕴不可估量,比如"金鳌山八景诗"碑刻,就有它独特的艺术性和文化价值。

"金鳌山八景诗"碑刻,出自清乾隆年间崇明知县范国泰之手,计五言律句八首,平仄有致,音韵天成,其一,"鳌峰远眺",诗云:"拾级登鳌背,凭虚第一峰,云光连渤海,蜃气接吴淞。"寥寥数语构画了金鳌山与吴淞口隔江相望,而东海又与渤海相连的独特地理位置,读来令人神往,心潮澎湃。接着又写道:"平墅烟中泻,遥帆树杪逢,兴来吹铁笛,清响动蛟龙。"诗人在这里向我们描绘了一幅美丽的图画,远眺江边的沙滩在雾气中隐潜,葱郁的树梢上有远帆点点,有吹笛者,那美妙的韵律使江海的蛟龙起舞……读了范国泰的诗句,再去金鳌山登顶远眺,确有荣辱偕忘、喜气洋洋之千古情怀。此外,碑文上还有"长堤新柳""绿水环亭""梅林积雪""古刹钟声"等,不一一赘述。

现该碑刻镶嵌在寿安寺庙壁之上,无有残损,虽不引人注目,但它俊秀的小楷,线条刚中有柔,绵里藏针,起止笔画跌宕有致,看字里行间,范国泰曾临习黄庭坚、董其昌之墨宝,并有"二王"遗风,直是"无法不具,有妙必臻"。范国泰虽是知县,书艺超群。清王朝任用官员,相传有"十要":"一手好字,二等才情,三斤海量,四时服饰,五指围棋,六根清净,七步歪诗,八面玲珑,九练成钢,十分和气。"把一手好字,提在首位,是有道理的。康熙、雍正、乾隆三代皇帝,都是一手好字,其中乾隆的书艺为佳,康熙临习董其昌的书风,而乾隆更推崇赵孟頫为模,范国泰能任命古瀛知县,说与他的一手好字分不开,亦不为过。"金鳌山八景诗"碑刻,无疑是一笔宝贵的文化遗产,它的价值在于集文骚与书艺为一体,它本身所具有的丰厚内涵已达到神品的艺境,它的品味不受时势变换和人为因素的影响,有如金子不怕砂子混合,并经过300多年文明历史的洗礼,不失为一件富于旅游品味的文化收藏珍品。

崇明岛为当今世界第一冲积沙岛,在它的卧脊上独此一块精妙的碑刻,我认为它的艺术价值凸显,若能创新推出碑刻的拓片及衍生产品,必将会得到岛内外游客的喜爱与收藏。

崇明回文赋

朱荣兴

正读： 滔滔江水兮，养育绿岛；滚滚东海潮兮，催至岛绿；江与海交汇兮，浪与潮扑；江泛波光，岛射绿豪；地平镜，形状蚕；早早祖先，上岛而渔。

长江猛水推沙，沙积洲，洲连洲，洲成岛，千百岁岛；盛唐时西，现时东，流沙狂。阴阳肃，天地明，乾坤转，江河变，岛焕新，洲换装。

万顷地域，万顷田村；风清地绿，水净气爽。人天和谐兮，人瑞长寿；风调雨顺兮，五谷丰登；民富安泰兮，瑞祥如意。

巍巍大桥，滔滔大江；景如美画，形状仙境。南北通，苏沪联，货畅流，中国旺。

南门熙熙，南堡攘攘；车驰宽道，人行闲路；县府重重，百千街坊，正风正镇，游客纷纷，千百家商。

南岸处，高堤深岸，叠石傍岸，固如金；堤上风习习兮，凉透暑天。

北滩莽莽,蟹穴繁星,虾蜞种种,芦草丛丛,兼葭林林。鸟多集东滩,叽叽喳喳,唧唧啾啾。西滩湿地,休闲观光共一体,荡荡水,明珠湖,鱼虾纷纷。

远播驰名:嫩肉香鸡,土羊鲜,糯米糕香,家自酿酒醇;甜瓜脆,甜汁芦粟,新城花园,芳草菲菲,花围树深;心湖照镜,清水幽幽,微波绉绉,沉石点点,青莲飘飘,碧柳丝丝;风轻轻,乐声声;奇葩烨烨,青枝丛丛,壮草摇摇,树叶晃晃,瑞吐园内;湖连河,浙河环湖,水有江源,路四通,景虚实。

举目尽绿洲,抬眼都浓荫;水净土净,风清地绿;壮地脂米,壮水鱼肥;水中不涝,海近勿遏;真绿岛福岛。

青青草兮,林园森森,国家园壮兮,游人纷纷;地大林丰,枝繁木高,气足人爽;可骑游,可钓鱼,可窜林。

江海一统岛兮,雄江壮海壮岛;腾蛟舞龙兮,民欢岛欢。

尽力纵兮,辉光耀岛;民劲鼎兮,西成东定;高览远目兮,望岛荣光;深谋竭虑兮,盼岛兴旺。

倒读:旺兴岛盼兮,虑竭谋深;光荣岛望兮,目远览高;定东成西兮,鼎劲民;岛耀光辉兮,纵力尽;欢岛欢民兮,龙舞蛟腾;岛壮海壮江雄兮,岛统一海江;林窜可,鱼钓可,游骑可;爽人足气,高木繁枝,丰林大地;纷纷人游兮,壮园家国;森森园林兮,草青青。

岛福岛绿真,遏勿近海,涝不中水,肥鱼水壮,米脂地壮,绿地清风,净土净水;荫浓都眼抬,洲绿尽目举。通四路,实虚景;源江有水,湖环河浙,湖连河,内园吐瑞,晃晃叶树,摇摇草壮,烨烨葩奇;声声乐,轻轻风;柳碧丝丝,飘飘莲青,点点石沉,绉绉波微,青枝幽幽水清,镜照湖心,深树围花;菲菲草芳,园花城新。

粟芦汁甜,脆瓜甜,醇酒酿自家,香糕米糯,鲜羊土,鸡香肉嫩,名驰播远。

纷纷虾鱼,水荡荡湖,珠明体,一共光观闲休,地湿滩西。啾啾啁啁,喳喳叽叽,滩东集多鸟。林林葭蒹,丛丛草芦,种种蜞虾,星繁穴蟹,莽莽滩北。

天暑透凉兮,习习风上堤;金如固,岸傍石叠,岸深堤高处岸南。

商家百千,纷纷客游,镇正风正,坊街千百,重重府县;道宽驰车,路闲行人,攘攘堡南,熙熙门南。

国中旺,流畅货,联沪苏,通北南。境仙壮形,画美如景,江大滔滔江大,桥大巍巍。

意如祥瑞兮,泰安富民;登丰谷五兮,顺雨调风;寿长瑞人兮,谐和天人;爽气净水,绿地清风;村田顷万,域地顷万。装换洲新,焕岛变,河江转坤乾;明地天,肃阳阴。狂沙流东时现,西时唐盛;岛岁百千,岛成洲,洲连洲,洲积沙,沙推水,猛江长。渔而岛上,先祖早早;蚕状形,镜平地;豪绿射岛,光波泛江;扑潮与浪兮,汇交海与江;绿岛至催兮,海潮东滚滚;岛绿育养兮,水江滔滔。

崇明岛赋

袁人瑞

万里长江,浩浩汤汤。江海交汇,乃生息壤。聚沙成洲,始于隋唐。设镇建治,开拓堤塘。垦殖渔盐,唤醒蛮荒。披荆斩棘,搏风击浪。缅怀先祖,伟业煌煌。"东海瀛洲",赐自元璋。江海明珠,熠熠生光。水旱不作,鱼米之乡。

新中国立,整治海塘。风雨难撼,固若金汤。第三大岛,日增夜长。菜篮工程,都市粮仓。改革开放,骀荡春光。海纳百川,招凤引凰。勇立潮头,锐意开创。家乡巨变,百业腾骧。三岛繁盛,前景康庄。人民和谐,乐业安康。宜居福地,生态优良。

双桥南北,两翼齐张。北连启海,南达申厢。水土洁净兮天蓝,特产琳琅兮名扬。品香洌老酒,啖肥嫩山羊。甘甜芦稷,芋艿酥香。中华绒蟹,美味无双。前卫农家乐,瀛东渔趣庄。庙镇梨园,绿华橘乡。看东滩湿地,百鸟飞翔。听西沙明邸,蟋蟀鸣响。明珠湖旁。绿水长廊。森林公园,郁郁苍苍。寿安玉佛,香火兴旺。学宫古杏,阅尽沧桑。自行车赛,牵动五洋。游客纷纷,踏青摄像。海上花园兮鸟语花香。绿化模范兮长寿之乡。新城建设,努力打造田园水乡;环保先行,奋笔书写低碳文章。

桂楠居士欣然而赞曰:

都说天堂好,天堂路太长。家居崇明岛,不用觅仙乡。

编后记

《崇明颂》自征稿以来，经过各方面三年多的努力，《崇明颂·散文集》和《崇明颂·诗词集》终于与读者见面了。

三年前，智深大师乐后圣到崇明，告诉我们只有文化才能扩大崇明影响，只有文化才能永久留存。因此，崇明县经济促进会在县文化广播影视管理局和县文学艺术联合会的全力支持下，共同举办了"中国第三大岛——首届崇明岛文艺作品创作大赛"。在县电视台、《崇明报》的大力支持下，征稿取得了较大成果，收到文学作品 184 篇，书画作品 98 幅，其部分优秀作品在《崇明报》开辟专题专栏刊登，引起较大反响。国防大学政治部副主任李殿仁中将专门为这一活动题词"崇明颂"，中共中央直属机关书画协会副主席孟庆利书写书名"散文集""诗词集"。一些读者来信来电希望能出版读物。

鉴于出版读物，要求更高，内容更广，因而在促进会理事会员中开展第二次征稿，同样取得成效，收到近百篇文学作品，并得到了崇明县诗书画学会大力支持。经过精心挑选,《崇明颂·散文集》和《崇明颂·诗词集》与读者见面。

在整个活动和《崇明颂》的编辑过程中,始终得到了中共崇明县委、县政府、县文广局、县教育局、县文联、崇明瀛通老年大学、县诗书画学会、县文化馆、图书馆等单位支持,谨此表示衷心感谢!并对为本书出版作出贡献的乐后圣、李殿仁、孟庆利、叶辛、陆松平、黄海盛、黄胜、岑毅、魏佳妮、黄乃华、黄永存、顾岑等表示衷心感谢!

同时,我们还得到了促进会全体常务理事和全体会员的支持,特别得到了副理事长王士明经费的支持,谨此表示衷心感谢!

由于我们水平有限,编辑过程中一定存在不足之处,请读者谅解,并提出宝贵意见,以便在以后的续集中改进。

编　者

图书在版编目(CIP)数据

崇明颂 / 崇明县经济促进会主编. —上海：文汇
出版社，2015.12
ISBN 978 - 7 - 5496 - 0882 - 9

Ⅰ．①崇… Ⅱ．①崇… Ⅲ．①中国文学—当代文学—
作品综合集 Ⅳ．①I217.1

中国版本图书馆 CIP 数据核字(2015)第 269111 号

崇明颂(散文集)

本册主编 / 崇明县经济促进会

责任编辑 / 吴　华
装帧设计 / 沈　睿
封面题字 / 李殿仁　孟庆利
封底图画 / 陈玉兰
绘　画 / 沈　岳

出版发行 / 文汇出版社
　　　　　　上海市威海路 755 号
　　　　　　(邮政编码 200041)
经　销 / 全国新华书店
排　版 / 南京展望文化发展有限公司
印刷装订 / 江苏省启东市人民印刷有限公司
版　次 / 2015 年 12 月第 1 版
印　次 / 2015 年 12 月第 1 次印刷
开　本 / 890×1240　1/32
字　数 / 160 千字
印　张 / 8.125

ISBN 978 - 7 - 5496 - 0882 - 9
定　价：60.00 元（全二册）